선
택

선택 테마 2008 ǀ 5인 중편소설집
© 양진채, 이경희, 정태언, 조현, 허택

1판 1쇄 발행 2015년 12월 22일

지은이 양진채, 이경희, 정태언, 조현, 허택
펴낸이 정홍수
편집 김현숙 박지아
펴낸곳 (주)도서출판 강
출판등록 2000년 8월 9일(제2000-185호)

주소 서울시 마포구 동교로17안길 21(우 04002)

전화 02-225-9566
팩시밀리 02-325-8486
전자우편 gangpub@hanmail.net

값 14,000원
ISBN 978-89-8218-208-2   03810

이 도서의 국립중앙도서관 출판시도서목록(CIP)은 e-CIP 홈페이지(http://seoji.nl.go.kr)와
국가자료공동목록시스템(http://www.nl.go.kr/kolisnet)에서 이용하실 수 있습니다.
(CIP 제어번호: CIP2015033433)

* 이 책은 한국출판문화산업진흥원의 2015년 〈우수 출판콘텐츠 제작 지원〉 사업 선정작입니다.

선
택

테마 2008
5인 중편소설집

강

우리는 2008년을 건너왔다. 그것도 힘차게.

2008년에는 많은 일이 있었다. 새로운 대통령이 선출되었고, 숭례문이 불탔고, 광화문 촛불집회가 있었고, 바다 한가운데서 기름이 유출되는 사고가 있었다. 먹거리 공포, 세계 금융 위기도 있었다. 그런 일은 익숙했다. 우리는 어떤 일이 벌어질 때마다 기시감에 시달렸다. 그 가운데 우리의 2008년이 있었다. 우리는 모두 2008년에 등단했다.

수많은 기시감 속에서, 우리의 등단은 낯설었다. 우리는 젊지 않은 몸으로 '신인'이라는 이름을 달았다. '신인'과 우리가 잘 어울리는 조합은 아니었다. 그러나 어쨌든 공식적으로 신인이었다. 우리는 자기만의 세계를 구축하느라 안간힘을 썼다. 아등바등 썼다. 기를 쓰고 썼다. 박카스를 마시며 썼고, 줄기차게 커피를 홀짝이며 썼고, 술에 취해서도 썼고, 꿈에서도 자판을 두들겼다. 문학을 최전방에 내세웠다. 그러나 우리의 이름을 아는 이는 많지 않았다. 누가 알아달라고 소설을 쓰나, 스스로 달랬지만 무언가 슬슬 엄습해왔다. 알아주지 않아서

가 아니라, 소설을 읽고도 아무도 그 작품을 기억하지 못할까 봐. 우리는 아직도 강을 힘차게 건너고 있는가. 자신이 없었다.

원래 도도한 족속은 홀로 독야청청이다. '신인' 때부터 이미 지쳐 있었던 우리는 서로 모여 암중모색을 했다. '암중'이긴 했는데 '모색'은 어려웠다. 우리는 공동의 주제를 가지고 소설을, 그것도 중편소설을 쓰자고 의견을 모았다. 신인답지 않은 우리와 중편은 그 무게가 닮은 듯했다. 다섯 명이니 중편을 써야 책 한 권 분량이 될 터였다. 우리는 우리를 신인이게 했던 '2008년'을 배경으로 해서 소설을 써보자고, 자못 호기롭게 결의했다. 그 결의로 출판문화진흥원의 우수출판콘텐츠제작 지원금을 받았다.

우리는 잘 알고 있었다. 2008년이 다른 어느 해와 다르지 않았고, 앞으로 올 많은 날과도 다르지 않다는 것을. 그 '다르지 않은' 날들을 '다르게' 써야 했다. 그러니까, 미세한 결을 포착해야 했다. 우리는 2008년에 일어난 많은 사건 중 한 가지를 택해 소설을 썼다. 진지하게 썼다. 동료에게 누가 되지 않으려 노력했고, 더 나은 작품을 쓰려고 다짐했다. 서로를 독려했고, 작품에 대해 칼을 날렸다. 앙상한 몰골로 진군의 나팔을 불었고, 멈추지 않고 걸었다.

이제 우리에게 2008년은 오직 '2008년'으로 오롯이 남았다.

중편 모음집을 내며 내 글쓰기가 조금 달라졌다고 느꼈다. 거기에는 '성숙'이라는 말을 붙일 수 있을 듯도 싶다. 다른 이들에게는 묻지 않았지만 나와 크게 다르지 않으리라는 것을 알고 있다. 이 '오롯'의 느낌을 독자들도 느낄 수 있기를 바란다.

　이 책이 나오기까지 여러 잡일을 맡았다. 그 덕분에 지금 이 글을 쓰고 있다. 첫 문장을 써놓고 많이 망설였다는 것만은 알아주기를 바란다.

　아직 서로의 어깨 위로 둘렀던 팔을 풀지 않았다. 앞으로도 풀지 않은 채, 우리는 또 많은 날을 함께 걸어갈 것이다.

양진채

차례

책머리에 _ 5

플러싱의 숨 쉬는 돌 · 양진채 _ 11
달의 무덤 · 이경희 _ 75
성벽 앞에서―어느 소설가 G의 하루 · 정태언 _ 141
선택 · 조 현 _ 213
대사 증후군 · 허 택 _ 265

플러싱의 숨 쉬는 돌

양진채

2008년 『조선일보』 신춘문예에 단편소설 「나스카 라인」이 당선되며 작품
활동을 시작했다. 소설집 『푸른 유리 심장』이 있다. 제2회 스마트소설박
인성문학상 수상. 2014년 한국예술위원회창작기금을 수혜했다.

작 가 의 말

우리는 모두 어딘가를 건너왔다. 이상한 일이었지만
때로 어떤 일들은 그 길에서 시간이 멈춘 채 밀폐된 기억의
저장고에 밀봉되어 있다가, 저장고에서 그 일을 꺼냈을 때는
넣었던 그대로 부패하지도 않은 채 녹기를 기다리기도 했다.
내게는 하루에 두 번, 바다의 썰물과 밀물을 고스란히
받아내는 돌이 그랬다. 이제는 그 돌의 숨소리를 들을 수
있을 것도 같다.

1

드디어 그가 나타났다. 10시가 다 되어서였다. 다른 이들이 일찌감치 버스 정류장에 모여 무료 급식으로 한 끼를 해결할 동안에도 그의 모습은 보이지 않았다. 나는 혹시라도 그가 오지 않을까봐 초조해졌다. 정류장에서 서성이던 사람들이 모두 버스에 올라탈 즈음에야 멀리서 걸어오는 그가 보였다. 버스 기사가 시동을 걸고 있었지만 그는 뛰지 않았다. 걷는 게 어딘가 어색해 보였다. 그가 올라타자마자 기다렸다는 듯이 버스가 움직이기 시작했다. 삼촌이 맞는지 확인할 틈도 없었다. 나도 얼른 뒤따라 올라탔다. 그는 먼저 타고 있던 몇 사람과 한 손을 들어 보이는 것으로 인사를 대신하더니 운전석 바로 뒷자리에 앉았다. 나는 세 칸 뒤 통로를 사이에 두고 건너편에 앉았다. 아침 햇살이 유리창을 투과해 버스 안에 가득 들어차 있었다. 그는 타자마자 팔짱을 끼고 눈을 감았다. 그의 몸은 햇살과 상관없이 피로의 무게를 감당하지 못해 주저 앉을 것만 같아 보였다.

버스는 꽤 오랜 시간 달렸다. 그의 머리가 버스의 흔들림에 따라 움직였다. 어느새 잠이 든 모양이었다. 나는 창밖에 눈을 두는 것도, 그렇다고 그를 쳐다보는 것도 아닌 어정쩡한 자세로 앉아 있었다. 샌즈 카지노까지 가는 두 시간 동안 밖의 풍경은 빌딩 숲에서, 먼지 이는 벌판과 도로 건너편의 강물들을 보여주었다. 모두 아름다운 길이었다. 그러나 한 발짝 물러난 풍경이기도 했다. 오로지 45달러의 쿠폰을 얻기 위해 가는 길이었다. 이유는 달랐지만 대부분의 사람들이 이 일을 벗어나지 못한다고 했다. 집도 없이 버스로 오가는 일이 전부인 삶. 스스로를 카지노장의 분위기를 띄워주는 엑스트라라고 했다. 풍경에 눈을 두는 것이 사치이기라도 하듯 대부분이 눈을 감고 있었다. 차가 가는 방향에 따라 햇빛이 그의 얼굴에 가득 차기도 했고, 비껴서 한쪽만 비추기도 했다.

나는 그가 다리를 미묘하게 절뚝거리며 나타날 때부터 삼촌이라고 확신했다. 잊고 있었지만 삼촌이 이러저러한 일로 한국을 떠날 때도 한쪽 발을 절뚝였다는 게 떠올랐다. 그러나 나는 쉽사리 다가가지 못했다. 그게 무엇 때문인지 몰랐다.

너무 많은 시간이 흐른 탓이라고 생각했다. 삼촌이 아니면, 아니 정말 삼촌이면 어쩌나 하는 묘한 감정이 교차했다. 우스꽝스럽던 삼촌의 모습은 어디에도 없었다. 나는 마음속 한켠에 그가 그 옛날 우리 집을 찾아올 때와 같은 모습을 기대하고 있었다는 걸 알았다. 말이 되지 않았다.

삼촌이 우리 집 대문을 두드리던 날을 잊지 못한다. 내가 막 중학교 1학년에 올라갔을 때였고, 꽃샘추위가 삼한사온과 상관없이 계속되고 있었다. 대문을 열었을 때, 삼촌은 철 지난 크리스마스트리처럼 서 있었다. 진한 밤색 구두에 빨간 양말, 진초록 진바지, 흰 바탕에 커다란 야자수 잎이 프린트된 긴팔남방셔츠를 입고 있었고, 크리스마스트리의 하이라이트인 나무 꼭대기 금색 별 대신 색이 바랜 패도라 모자를 쓰고 있었다. 남방셔츠는 얇아서 안이 훤히 비칠 정도였고, 코는 추위에 얼어서 빨갰고, 햇빛도 없는데 눈이 보이지 않을 만큼 짙은 검은색 선글라스를 쓰고 있었다. 커다란 여행 가방을 들고 있는 손은 핏줄이 비칠 정도였다. 허리에는 좀 과장하자면 레슬링 선수가 찰 법한 커다란 벨트까지 하고 있었다. 모든 곳에 눈이 갔고, 어느 한곳에도 눈을 두기가 어색했다. 입고 있는 옷들이 어울리지 않았는데도 묘한 조화를 이뤘다.

하이, 재준?

그는 선글라스를 벗지 않은 채 검지와 중지를 세워 브이를

그러며 인사를 대신했다. 이 우스꽝스럽기도 하고, 괴이하기
도 한 어른 입에서 내 이름이 튀어나왔다. 그것도 두 옥타브
쯤 높은음으로 하이를 붙인 뒤였다. 나도 모르게 맙소사, 하
는 심정이 되었다. 나는 대문을 삼분의 일쯤 연 그대로 서 있
을 수밖에 없었다. 그는 내 이름뿐만 아니라 아버지와 어머니
이름을 댔고 자신을 나의 삼촌이라고 말했다. 내게 삼촌이 있
다는 얘길 들어본 적이 없었기 때문에, 이 괴상한 복장을 한
사람을 집안으로 들여야 할지 말지 고민이 되었다. 그가 뭐하
고 있냐는 듯이 어깨를 으쓱해 보였다. 나는 여전히 망설여졌
지만 추위에 떠는 그의 입에서 연신 입김이 나오는 것을 보자
문을 열지 않을 수가 없었다. 나는 문을 반쯤 더 여는 것으로
그가 집안에 들어오는 것을 허락했다.

그는 커다란 여행 가방을 낑낑대며 들고 계단을 올라와서
자연스럽게 현관에 가방을 두고는 성큼 안으로 들어왔다. 그
러고는 선글라스를 벗어서 셔츠 앞자락에 꽂았다. 그러자 야
자나무 잎 사이로 검은 열매가 매달린 것처럼 보였다. 그는
냉기를 없애려는지 두 손을 비벼가며 천천히 거실을 둘러보
았다.

예전엔 여기에 우리 가족사진이 걸려 있었는데……

그때까지도 삼촌이라는 낯선 이에 대한 경계를 풀지 않고
있던 나는 그 말을 듣는 순간 마음이 놓였다. 그의 말대로 거

기엔 가족사진이 걸려 있었다. 할머니 환갑 때 찍은 사진이었다. 엄마는 할머니가 돌아가시고 얼마 지나지 않아 그 사진 때문에 집안이 촌스러워 보인다고 도배를 새로 한 뒤로는 사진을 걸지 않았다. 그러니까 그는 사진이 걸렸던 흔적도 남아 있지 않은 자리에 사진이 걸려 있었다는 것을 알고 있는 사람이었던 것이다. 그렇다고 해도 이 괴상한 차림의 남자가 도대체 어디에 있다가 이리로 온 것인지 나로서는 짐작도 되지 않았다. 초봄에 뒤늦게 색이 바랜 크리스마스카드가 날아온 느낌이었다.

그는 뭐 먹을 것 좀 없나, 하고는 제집처럼 냉장고를 열어 보더니 혀를 츠츳 차고는 사과를 한 알 꺼내 씻지도 않고 껍질째 우걱우걱 씹어 먹었다. 그러다가 새삼스럽게 나를 발견했다는 듯이 눈을 동그랗게 뜨더니 서둘러 여행 가방을 끌고 들어와 열었다. 그리고는 사방 한 뼘 크기 정도 되는 종이 상자를 꺼냈다.

어우, 베이비, 힘들었지? 자, 봐. 드디어 코리아에 왔어.

종이 상자에 대고 말했다.

앨 혼자 두고 올 수가 있어야지.

혼잣말로 중얼거리며 상자를 열었다.

어디 보자, 괜찮은 거 같은데. 멀미할까봐 걱정했는데 다행이야. 자, 이젠 주특기를 발휘해야지? 제자리 버티기 말이야.

상자 안에 뭐가 들어 있는지 궁금해진 나는 어느새 사내에 대한 경계심을 풀고 바짝 고개를 들이밀고 안을 보았다. 무언가 내 주먹만한 묵직하고 둥근 어떤 것 하나가 톱밥이 깔린 위에 자리잡고 있을 뿐이었다. 삼촌은 의기양양한 표정으로 내게 어떠냐 했고, 나는 도대체 이게 뭐냐는 표정으로 그를 바라보았다.

너도 엄청 추운가보구나. 몸이 아주 얼었네, 얼었어.

그는 대답 대신 조심스럽게 그것을 꺼내 감싸 쥐고는 입김까지 불어넣어주었다. 얼마간 그렇게 몸을 녹여주는가 싶더니, 내게 무얼 키워본 적이 있느냐고 물었다. 나는 경계심을 풀지 않은 채 고개를 저었다.

컴 온. 당분간 네가 키워야 할 테니까.

그는 내 의사 따위는 안중에도 없다는 듯이 말했다. 아무리 살펴봐도 눈으로는 그게 무엇인지 알 수 없었다. 당연했다. 훗날 알게 된 것이지만 그것은 마음으로 보아야 하는 것이기 때문이었다. 그는 조심히 다뤄야 한다며 그것을 병아리 다루듯 살살 내 손에 올려놓았다. 매끄럽고 묵직한 느낌이었다. 겉으로 보기에는 돌 같아 보였지만 돌일 리가 없었다.

애 이름은 암스트롱 주니어. 알지? 아폴로 11호 몰고 달나라에 갔다 온 우주비행사 암스트롱. 그의 아들이야. 언젠가 애를 데리고 우주선에 오르는 게 내 꿈이지.

내가 암스트롱 주니어라는 이름을 듣고도 그의 얼굴을 빤히 쳐다보자 비밀이라도 알려주듯, 암스트롱 주니어가 들을까봐 조심하면서 내 귀에 대고 속삭이듯 말했다.

애는, 페트락이야.

혀를 잔뜩 굴려 페트락이라고 발음했는데 처음에는 알아들을 수가 없었다. 삼촌이 내 손바닥에 pet과 rock이라고 써줬다. 새로 산 지 얼마 안 되는 영한사전을 펼쳐서야 겨우 팻(pet)과 락(rock)이 각각 애완과 돌을 뜻한다는 걸 알 수 있었다. 애완 돌이라니? 분명 돌처럼 보였지만 돌로 보기에는 무리가 있었다. 눈앞에서 돌을 보고도 돌일 거라고 상상할 수 없었다. 그러기에는 돌을 대하는 삼촌의 말투가 너무 다정했다. 무생물인 돌에게 할 수 있는 말이나 태도가 아니었다. 아무리 '애완'이라는 말을 붙여도 그랬다. 아니 돌에게 '애완'을 붙인다는 자체가 말이 되지 않았다. 늦췄던 경계심이 바짝 섰다. 정신적으로 문제가 있거나 모자란 어른처럼 보였다. 진즉에 옷차림에서 눈치를 챘어야 하는데 하는 자책이 밀려왔다. 그는 내 태도에 아랑곳없이 돌과 비슷한 어떤 것에 폭 빠져서 말을 이었다.

애는 다른 돌들과 달라. 세상의 어떤 돌과도 다르지. 애는 멕시코 만 출신이고, 잡종이 아닌 순수 혈통이야. 도도하고 자존심이 세. 방엔 언제나 향나무 톱밥을 깔아서 신선한 나무 냄새를 맡게 해야 해. 하루에 한 번 샤워를 시켜주고, 샤워 후엔 물기를 꼼꼼히 잘 닦아줘야 기분이 좋아져. 우선은 책상 위 햇볕이 잘 드는 곳에 애 자리를 마련해줘. 애가 돋보일 수 있도록 심플하거나 클래식한 접시를 준비하고 그 위에 내가 가져온 향나무 톱밥을 깔고 애를 쉬게 해주면 돼. 오랜 시간 여행하느라 피곤했을 거야. 다루는 법은 천천히 알려줄 테니까 우선은 지금 말한 것만 지켜줘.

그때까지도 나는 그가 무슨 말을 하는지 알아듣지 못했고, 어쩌라는 건지도 몰랐다. 그는 내게 왜 일어나지 않느냐는 눈빛을 보냈고 나는 어정쩡하게 일어났다. 그는 장식장에서 직접 유백색 접시를 꺼냈고 종이 상자에 있던 톱밥을 꺼내 깐 다음, 내 방에 들어와 창가 바로 아래쪽 책상에 접시를 올려놓았다. 그러고는 내 손에 있던, 아직까지 돌인지 아니면 돌을 닮은 그 무엇인지 모르는 묵직한 그것을 올려놓았다.

여기가 앞쪽이야. 이렇게 앉혀주면 아주 편안해해.

나는 구분되지 않았지만 비스듬히 선이 있는 곳이 앞이라고 했다.

항상 벽이 아니라 누군가를 바라볼 수 있도록 해줘. 외로움을 많이 타는 놈이거든. 태생적으로 바닷바람을 맞으며 자랐는데도 어떨 때는 못 견디겠나봐.

나는 다시 한 번 속으로 맙소사를 외쳤다. 이 물건이 외로움을 타다니, 그것도 많이. 정말 제정신이란 말인가.

그때, 누군가 현관문을 여는 소리가 들렸다. 그 소리가 드디어 이 어정쩡하고 이상한 상황과, 정체를 알 수 없는 사내로부터 나를 꺼내 다시 일상으로 돌려놓을 것만 같았다. 튀어나가다시피 현관으로 갔다. 장바구니를 들고 들어오던 엄마는 내 뒤에서 형수님, 하고 부르는 사내를 바라보더니, 어머, 도련님, 하고 신음처럼 내뱉었다. 삼촌이 맞기는 맞는 모양이었다. 엄마 역시 그의 옷 입은 행색을 위아래로 훑었다. 그 차림은 대체…… 엄마는 말끝을 흐렸다. 삼촌은 손을 흔들며 가볍게 엇갈려 꼬며 스텝을 밟더니 어깨를 으쓱해 보이는 것으로 인사를 대신했다. 여전하시네요. 엄마가 어이없다는 듯 웃었다.

우리 형수님은 나이를 거꾸로 먹나봐요. 어디 가면 아가씨 소리 듣겠는데요.

엄마를 보자마자 괴상한 춤을 춰대던 삼촌은 씨알도 안 먹힐 애교를 날리면서 두 팔을 벌려 엄마를 안았다.

아이, 삼촌도 뭘 좀 아시네요.

엄마는 부끄러운 듯 웃었다. 씨알이 먹히고 있었다. 나나 아버지는 엄마에게 저런 낯간지러운 말도, 엄마 허리춤을 끌어안는 행동도 해보지 않았다. 뭔가 쑥스럽고 낯부끄러운 말과 행동이었는데 삼촌이 하니 아무렇지 않았다. 좀 어이가 없었다.

엄마는 아버지의 셔츠와 바지를 가지고 나와 그 옷부터 갈아입으라고 하면서 삼촌을 위아래로 훑더니 쿡 웃었다. 정말 웃음이 나오는 차림이긴 했다. 삼촌은 왜 웃는지 모르겠다는 듯 엄마를 따라다니며 와이? 했다.

아버지와 삼촌은 삼촌이 사온 양주를 아껴가며 입안을 적시고 목구멍으로 흘려 넣었다. 금단의 열매를 먹는 것 같은 표정이었다. 석 잔을 마시고 나면 남은 양주를 가늠하며 아쉬운 듯 입맛을 다셨지만 내일을 위해 뚜껑을 다시 열지는 않았다. 양주를 아껴가며 홀짝이던 며칠은 그런대로 화기애애했다. 나는 사기잔에 담긴 그 양주를 아주 조금씩 마지막 한 방울까지 흘려 넣으며 짓던 아버지 표정을 잊을 수가 없었다. 우리 집의 화목은 양주를 다 마신 며칠까지만이었다.

아버지는 삼촌이 온 지 열흘쯤 지나서부터 못마땅한 표정을 짓기 시작했다. 엄마는 조곤조곤 아버지를 말렸는데 그렇다고 삼촌 편을 드는 것도 아니었다. 어쨌든 삼촌은 객식구였다. 게다가 삼촌이 말하는 원대한 포부나 사업은 내가 듣기에도 허황되게 느껴졌다. 게다가 갖고 있는 돈도 없었다. 무엇보다도 아버지는 혹시라도 당신에게 손을 벌릴까봐 전전긍긍하는 듯했다. 아버지는 나중에는 대놓고 허파에 바람만 잔뜩 든 놈이라거나, 하고 다니는 꼬락서니를 보라거나 하면서 투

22

덜거렸다. 지금 생각해보면 아버지는 변변찮은 동생이 객식구로 와 있는 것에 대해 아내에게 미안해서 그랬을 테지만, 그때는 좀 심하다는 생각도 들었다. 양주를 마시며 삼촌이 풀어놓는 미국 여자들 애기에 클클대며 좋아하던 모습과는 딴판이었다.

무엇보다도 아버지가 삼촌을 못마땅하게 여겼던 건 내 방 한쪽에 가득한 돌 때문이었다. 삼촌은 일주일째 되는 날부터 여행 가방을 끌고 바닷가로 나갔고 돌을 담아 왔다. 삼촌은 우리 집이 바닷가에서 멀리 떨어져 있지 않다는 걸 무엇보다 마음에 들어 했다. 삼촌은 매일 몇 개씩 돌을 주워 왔다. 삼촌이 내게 주었던 페트락과 닮은 돌이었다. 삼촌은 이 돌이야말로 역사적 현장을 함께한 돌이라고 했다. 황해는 태평양의 북부에 위치한 연해이고 삼국 통일의 발판을 마련할 수 있는 근거가 된 바다이고, 개항의 중심지였으며 국제항구의 기반이 된 바다이기 때문에 그곳의 돌은 멕시코 만의 순종과 비교해도 하등 가치가 떨어지지 않는 돌이라고 했다. 순종에 의기까지 갖춘 돌이니 오히려 가치가 더 높다고 했다. 그러면서 부모님께는 큰돈을 벌게 해줄 것이라고 했지만 아무도 그 말을 믿지 않았다. 그때쯤 나는 삼촌과 한방을 쓰면서 삼촌이 역사적 현장에서 가져온 돌에 지극한 애정을 보이는 것을 보며 마음이 흔들리던 차였다. 어느새 나도 암스트롱 주니어를 보며

뜻 없이 몇 마디 던지곤 했다. 갔다 올게 라든가, 심심했지 라든가, 잘 자라 정도의 실없는 인사였다. 그래도 그렇게 던져놓고 나면 암스트롱 주니어가 조금은 달라 보이기도 했다.

중간고사가 끝난 토요일 오후, 삼촌을 따라 바닷가에 간 적이 있었다. 여름이면 친구들과 어깨동무하고 걸어가서 물놀이를 하곤 하던 바닷가였다. 삼촌이 바닷가에서 하루 종일 한 일이라고는 돌을 줍는 것뿐이었다. 그러나 돌을 줍는 태도만큼은 그 어느 때보다 진지했다. 돌을 줍고 이리저리 살펴보고 아니다 싶으면 버리고, 수많은 돌들 사이에서 또 다른 돌을 주워 올리기를 반복했다. 내가 내 방에 있는 암스트롱 주니어를 닮은 돌을 주워서 건네면 삼촌은 이리저리 살펴보다가 미련 없이 버리곤 했다. 어떤 돌을 골라야 하느냐고 물었을 때, 삼촌은 무심하게 말했다. 숨 쉬는 돌. 어떻게 살아 있는 돌인 줄 아냐고 되물었을 때, 삼촌은 당연하다는 듯이 말했다. 마음이 보이잖아. 살아온 삶이 보이고. 나는 입을 다물었다. 어이가 없었지만 삼촌의 표정으로는 거짓말 같지도 않았다. 삼촌처럼 돌들을 유심히 보았다. 하지만 내게는 그 마음이라는 것이 보이지 않았다.

삼촌은 내 방 방바닥에 어디서 났는지 모를 붉은 융단을 깔고 돌을 늘어놓고 쌓기도 했다. 그 돌을 놓을 때도 이리저리 위치를 가늠했고, 돌들에게 모두 이름을 지어주기도 했다. 찰슨 브론슨, 로버트 레드포드, 더스틴 호프만, 아바, 엘튼 존, 오드리 햅번과 같은 낯선 이름도 있었고, 내가 아는 김추자나 문주란 같은 이름도 있었고, 우리 할머니 이름인 이복심도 있었다. 삼촌은 매일 그들의 이름을 다정하게 한 번씩 불러주었다. 나는 다른 건 몰라도 내가 아는 김추자나 문주란, 이복심 같은 이름의 돌은 유심히 보게 되었다. 그렇게 보니 정말 삼촌 말대로 돌이 그들과 닮은 것도 같았다. 딱히 무어라 얘기할 수는 없어도 그때는 정말 그렇게 생각되었다. 이상한 것은 보면 볼수록 더 그렇게 생각된다는 거였다.

화산이 터지고 난 뒤의 돌을 봐. 구멍이 숭숭 뚫려 있고 가볍잖아. 그들은 모두 엄청난 상처를 입었고, 더 이상 상처 입지 않기 위해 스스로를 비운 거야. 여기의 돌들이 수천 년을 파도와 싸워 단단해진 것과 반대의 경우지.

나는 삼촌의 그런 말을 모두 믿었다. 아니, 믿겼다는 표현이 더 어울릴지 모르겠다.

아버지가 '허파에 바람' 들었다고 한 삼촌은 돌로 사업을 벌일 생각이었다. 삼촌은 여기저기 관공서나, 사무실 등도 찾아다니고, 돌을 담기 위해 골판지 상자나 향나무 톱밥 등도 마련하려고 분주히 다녔다. 그러나 시간이 지날수록 삼촌의 얼굴은 어두워졌다.

먹고살기도 바빠 죽겠는데 그깟 돌멩이를 쳐다보고 있으면

밥이 나오니 떡이 나오니.

아버지 말이 맞았다. 밥도 떡도 나오지 않았다.

내 방에 돌이 쌓여갔다. 친구들에게 삼촌이 내게 했던 말들
을 전했다. 나라도 돌을 몇 개 팔아보려고 했지만 어림없었다.
처음 올 때의 활달하던 삼촌 모습은 보이지 않고 몇 달 만에
눈에 띄게 웃음이 사라졌다. 여전한 건 그 행색밖에 없었다.
다행히 날이 따뜻해지면서 덜 추워 보이기는 했지만, 어딜 가
도 눈에 띌 수밖에 없는 무늬나 색상은 어쩔 수 없었다. 엄마
가 여러 벌의 옷을 사다줬지만 모두 삼촌 취향은 아니었던 모
양이었다. 결국 삼촌은 자신의 취향에 맞는, 그러나 우리 모
두에게는 쳐다보기 곤란한 옷을 내내 입었다.

연일 폭염과 열대야 속에 잠을 설치던 어느 날, 삼촌은 아
무 말도 없이 사라졌다. 처음엔 어디선가 돌을 줍고 있을 거
라고 생각했지만, 며칠이 지나도 돌아오지 않자 슬슬 걱정이
되기 시작했다. 삼촌이 넉살 좋게 여기저기 인맥을 만들기는
했어도 딱히 어디 묵을 만한 곳이 있는 건 아니었다. 허풍쟁
이라고 욕을 하던 아버지가 바짝 긴장을 하고 삼촌을 찾아 이
리저리 수소문했다. 수상한 시절이었다. 삼촌은 두 달 가까이
지나서야 나타났다. 어찌된 일인지 다리를 절뚝였다. 누구의
옷인지도 모를 옷을 입고 있었다. 삼촌이 대문에 들어섰을 때
는 쉽게 알아보지 못할 정도였다. 삼촌은 이틀 내내 잠만 잤다.

아버지의 줄담배 연기 속에 신음 소리가 묻혔다. 삼촌은 얼마 뒤 미국으로 돌아갔다.

삼촌은 그렇게 떠나가서 한 번도 돌아오지 않았다. 바닷가 바위 근처에서 암스트롱 주니어를 닮은 돌을 주워 물기가 가시는 모습을 천천히 지켜보던 삼촌, 해가 질 때면 금빛 장식이 노을빛을 받아 더 반짝이던 허리 벨트, 마음에 드는 돌을 찾았을 때 자기도 모르게 연발하던 굿(Good)도 더 이상 없었다. 아버지는 삼촌의 그 괴상망측한 옷차림 때문에 건달로 오인돼 교육대에 끌려갔다 왔을 거라고 했다. 삼촌이 집을 나설 때는 길가의 은행나무 잎이 노랗게 물들기 시작할 때였다. 작은 열매들이 잎에 가려 잘 보이지 않았다. 삼촌은 올 때와는 전혀 다른, 엄마가 삼촌을 위해 새로 사준 양복을 입고 집을 떠났다.

떠나기 전날, 삼촌은 주워 왔던 돌들을 트렁크에 가득 담고 집을 나섰다. 나는 삼촌이 어떤 일을 벌일까 겁이 나 뒤를 쫓았다. 삼촌의 굳은 얼굴을 보았기 때문이다. 사라졌다가 돌아온 삼촌에게서는 예전의 웃음기를 찾아볼 수 없었다. 어쨌든 누군가 삼촌 옆에 있어야 하지 않을까 생각했고, 그게 나여야 한다고 여겼다. 순전히 내 생각이었다. 그래도 삼촌을 가장 잘 이해한 사람이 나였다고 믿었다.

삼촌은 돌을 주워 왔던 갯바위 근처까지 트렁크를 끌고 갔고 물이 들어오는 바다에 차례로 돌을 집어 던졌다. 파도 소리에 묻혀 물속으로 가라앉는 돌의 소리조차 희미했다. 노을이 지고 있었다. 서쪽 끝 지평선은 그 어느 때보다 붉었다. 삼촌은 돌의 이름을 하나하나 불렀다. 그러고는 돌과 눈을 맞춘 뒤 바다로 던졌다. 돌이 바다의 표면과 맞닿았다가 가라앉는 동안, 내 마음에도 무언가 던져지는 기분이었다. 트렁크에서 돌을 꺼내고 이름을 불러주고 바다에 던져 넣는 일체의 행위가, 돌에게 숨결을 불어넣어주었던 삼촌이 스스로 그 숨을 거두는 제의처럼 느껴졌다. 삼촌이 얼마나 돌을 사랑했는지, 얼마나 그 돌을 통해 인생의 정점을 맞고 싶었는지 고스란히 느껴졌다. 그러니까 저 바닷속에 가라앉는 것이 돌이 아니라 진심 같은 것이라 여겨졌다. 삼촌이 마지막 돌의 이름을 부르고 바다에 던져 넣었다. 마지막에 던져 넣은 돌은 이복심이었다.

삼촌은 언제 챙겨왔는지 가방 안에서 소주를 꺼내 소위 병나발을 불기 시작했다. 한 병을 단숨에 다 비우고 몇 분쯤 거칠게 숨만 내쉬던 삼촌이 이윽고 춤을 추기 시작했다. 음악은 없었다. 삼촌은 제 마음 깊은 곳에서 울리는 노래에 따라 춤을 추고 있었다. 우리 집에 오던 날, 엄마를 봤을 때 추었던 춤과 같은 듯하면서 달랐다. 팔과 다리가 엇갈렸고, 몸을 좌우로 비틀면서 춤을 추었다. 흐느적거리는 것 같았다. 지금으로 말하면 레게풍의 춤과 비슷했다고 할까. 춤을 추는 동안 몸은 점점 아래로 더 구부정하게 숙여졌다. 그래도 몸은 리듬을 타듯, 배배꼬듯, 엇박자로 스텝을 밟고 있었다. 삼촌은 춤을 추며 울고 있었다. 꼭 다시 데리러 올게, 같은 말도 중얼거렸다. 그때 삼촌한테 필요한 것은 터무니없는 진지함이 아니라 유머였을지도 모른다는 사실은 아주 늦게 떠올랐다. 삼촌에게 그 우스꽝스러운 옷차림만큼이라도 유머가 있었다면 그렇게 돌을 수장하는 일은 없었을 것이다.

2

바다에 잠긴 돌을 다시 찾으러 간 사람은 삼촌이 아니라 나였다.

삼촌이 떠나고 2년쯤 뒤에 우리는 그 도시를 떠났다. 어떻게든 서울로 진입하려는 아버지의 눈물겨운 노력으로 외곽에 방을 마련할 수 있었다. 아주 가끔 삼촌이 떠나기 전날이 떠오르기도 했다. 그것은 붉게 타들어가던 노을과 소리가 되어 나오지 않는 어떤 음악과 삼촌의 춤이 범벅된 눈물 같은 것이었다.

꽤 오랫동안 암스트롱 주니어는 내 곁에 있었다. 이사할 때도 엄마가 그것을 버릴까봐 내 가방에 따로 챙기기도 했다. 언제부턴가 암스트롱 주니어를 정말 살아 있는 돌이라고 생각하게 되었다. 남이 들으면 우스울지 모르지만, 지금도 그런 것을 사춘기 철없는 아이의 상상이나 치기로만 생각하지 않는다. 나는 삼촌이 한 말을 그대로 믿었다. 어느 날 암스트롱 주니어를 목욕시킨 뒤, 찬찬히 물기가 말라가는 걸 보면서 언뜻 움직인다고까지 느끼기도 했다. 어느 날은 암스트롱 주니어에게 말을 걸고 있는 나를 발견하기도 했다. 엄마는 코웃음을 쳤다. 삼촌의 말은 모든 말이 진실하게, 진심에서 우러나오는 말처럼 들리게 하는 묘한 설득력이 있다는 것이다. 할머니가 매번 삼촌의 달콤한 꼬임에 넘어가 여러 차례 살림을 거덜냈다는 소리도 했다. 그것도 네 할머니 있을 때나 가능한 일이지 어림없다고, 버스로 십 분만 나가면 바닷가에 저런 돌멩이는 쎄고 쎘다고 했다. 엄마는 아까운 접시는 왜 여기다가, 하고는 암스트롱과 톱밥을 쓸어 쓰레기통에 처박고 빈 접시만 들고 나갔다. 엄마 말은 맞기도 하고 틀리기도 했다. 물론 근처 바닷가에 나가면 비슷한 돌들은 많았다. 그러나 모든 돌들이 책상 위 가장 좋은 자리를 차지하는 것은 아니었다. 암스트롱 주니어는 그냥 돌이 아니었다. 순수 혈통을 가진 멕시코 만에서 온 돌이었다. 암스트롱 주니어는 오직 암스트롱 주니어일 뿐이었다. 암스트롱 주니어가 향나무 톱밥과 함께 쓰레기통에 처박히며 둔탁한 소리를 낼 때 나도 모르게 그의 고통이 느껴져 소리를 질렀다. 암스트롱 주니어가 다치기라도 한 것처럼.

암스트롱 주니어와의 관계가 언제부터 시들해졌는지 알 수 없었다.

돌보는 일이 시들해진 것이 아니라 집에 제대로 들어가는 일이 드물어지면서 자연히 관계가 소원해졌다. 내 관심사에서 벗어나 있었다는 표현이 더 맞을 것이다. 학교 근처 자취하는 애들 방에 끼어 자기도 했고, 밤을 새워 토론하고 집회를 준비하느라 암스트롱 주니어가 어떻게 됐는지 신경 쓸 틈이 없었다. 제도 교육이 거짓투성이라는 걸 알게 되었고, 부정의하고 썩은 사회를 바꿔보고 싶은 열망이 모든 걸 잊게 했다.

어느 날 모처럼 집에 들어갔을 때, 암스트롱 주니어는 오랫동안 내가 들어오길 기다리고 있기라도 했던 것처럼, 아무말 없이 내 앞에서 스스로 굴러 책상에서 방바닥으로 떨어졌고 금이 가면서 쩌억 반으로 나뉘었다. 스스로 굴러떨어질 리 없었지만 나는 내내 얌전히 앉아 있던 그가 우리의 관계가 끝났음을 알고 정리한 거라고 생각했다. 고양이였다면 내 얼굴이나 손등을 할퀴었을 것 같았다. 섬에 버려진 강아지의 심정 같았을지도 모를 일이었다. 암스트롱 주니어에게 소원했던 게 미안했다.

그 바닷가의 삼촌이 떠올랐다. 그것은 삼촌이 내게 나타날 때의 느낌과 겹쳐지기도 했는데 온갖 부조화 속에서도 꿋꿋

하던 패도라 모자나 검은 선글라스, 커다란 버클이 달린 허리 벨트 같은 느낌이었다. 그리고 내게 건넨, 이 세상에 단 하나밖에 없는 돌, 살아 있는 암스트롱 주니어 같은 것이었다.

내가 살던 도시에서 대규모 집회가 잡혔을 때, 이틀째 집에 들어가지 못했다. 집회는 시민회관 앞에서 있을 예정이었다. 나는 몇 년 만에 이 도시에 발을 들여놓았다. 내가 살던 곳에서 제법 떨어진 곳이긴 했지만, 내가 태어나고 내가 살던, 멀리 부두와 바다를 가진 도시였다. 시민회관 주변에는 사람들로 가득했다. 사람들은 서로 모르는 척 지나쳤다. 말은 없었지만 무엇을 위해 왔는지는 짐작할 수 있는 사람들이었다. 누군가는 플래카드를 접어서 배에 두르고 있었고 누군가는 각목을 숨겼다. 누군가는 전단지를 감추고 있었다. 나는 허리에 철사를 감고 있었고 표시가 나지 않도록 헐렁한 셔츠를 입고 있었다. 철사는 아주 가늘지도, 굵지도 않은 적당히 휘어지는 것이었다. 대여섯 가닥이 맨살에 둘러져 있었다. 겉으로는 표시가 나지 않는데 나도 모르게 바짝 긴장하고 있었다. 철사를 두르고 난 뒤에야 아토피가 걱정되었다. 이미 거리로 나선 뒤였다. 철사가 닿는 곳이 가렵기 시작했다. 긁을 수는 없었다. 수시로 불심 검문이 있었다. 연행이 두려웠지만 내가 가진 철사가 없으면 연단은 만들 수 없었다. 거리 전체에 팽팽한 긴장이 흘렀다. 육차선 도로의 지열이 지글지글 끓는 것 같았다.

하지만 아직, 봄이었다. 그리고 그녀가 거기 있었다.

그녀는 길 건너편에서 한가롭게 아이스크림을 먹으며 걷고 있었다. 긴 머리는 뒷목쯤에서 단단하게 묶여 있었고, 자잘한 꽃이 프린트된 플레어스커트를 입고 있었고, 그에 어울리는 단화를 신고 있었다. 나는 그녀가 오늘 집회에서 중요한 역할을 맡았을 거라고 짐작하고 있었는데 뜻밖이었다. 모임에서 그녀를 봤다. 그녀는 늦게 왔고, 다른 사람들보다 먼저 자리를 떴다. 수배 중이었다. 나는 가끔 그녀의 얼굴을 슬쩍 봤다. 그녀는 단호하고 결의에 차서 이론을 가르치고 논쟁에서 이겨나갔지만 눈이나, 코, 입은 어린아이 것처럼 여려 보였다. 그 미묘한 부조화가 나를 흔들었다. 뭐라고 설명할 수 없는 감정들이 내 이념을 덧대고 있었다. 언제부턴가 내가 지금 무엇을 하고 있는지 헷갈렸다. 이 사회를 바꿔보고 싶은 것인지, 그녀를 만나고 싶은 것인지. 들여다보고도 끝끝내 확인하고 싶지 않은 감정 때문에 많은 날들이 엉망이었다. 그녀가 오기를 기다렸고, 그녀가 오면 눈을 어디에 둘지 몰라 허둥거렸다. 어떻게든 내 감정을 드러내지 않으려고 했다.

매번 티셔츠에 바지만 입던 그녀였다. 나는 그녀가 아이스크림을 천천히 빨며 천진한 표정으로 거리를 활보하고 있는 게 믿기지 않아 자꾸 그녀를 힐끔거리게 되었다. 어느새 그녀가 어디에 있는지 수시로 찾고 있었고 그녀를 발견해야 안심

할 수 있었다. 그녀의 모습이 이 거리의 긴장을 풀고 있다고 느꼈다.

시민회관에서는 야당의 지부당 결성 대회를 몇 시간 앞두고 정부를 비판하는 선동용 방송을 밖으로 내보내고 있었다. 나는 속으로 중얼거렸다. 우리에겐 우리의 시간이 있다. 누군가 휘슬을 불었다. 그것은 우리의 시간이 시작되었음을 알리는 신호탄이었다. 아우성 속에서 재빨리 허리에 감고 있던 철사를 풀었다. 언뜻 허리의 붉은 줄이 눈에 들어왔지만 그것을 쳐다보고 만져볼 여유가 없었다. 리어카 위를 합판으로 덮고 연단을 세웠다. 철사로 연단이 무너지지 않게 지지대와 연결해서 고정시켜야 했다. 누군가는 각목을, 누군가는 합판을 들고, 일사분란하게 움직여, 순식간에 연단이 만들어졌다. 공연장 무대를 방불케 하는 요즘 연단 차량과는 비교 자체가 안 되는 작고 보잘것없는 선동 차량이었다. 그때 우리의 힘은 리어카 연단처럼 보잘것없었다. 적어도 외형적으로는 그랬다.

연단이 만들어지고 연단 위로 누군가 올라섰다. 단화가 눈에 띄었다. 그녀였다. 아이스크림도 없었고 플레어스커트도 입고 있지 않았다. 수십 종의 유인물이 거리에 뿌려지고 앙다문 주먹들이 하늘로 솟구쳤다. 무자비한 연행이 이어졌다. 최루탄이 터지고 흩어지는 과정에서 누군가 내 옆의 여자의 머리채를 잡았다. 여자는 새된 비명을 지르고 머리를 세차게 저어 뿌리치고 도망쳤다. 나는 그 뒤를 막았고, 나중에는 여자의 손목을 잡고 뛰었다. 전철역 방향으로 뛰었고, 개찰구를 뛰어넘고 플랫폼으로 들어오는 전철을 무조건 탔다. 전철을 타자마자 바로 옆 사람이 재채기를 했다. 곧바로 그 옆 사람도 재채기를 했다. 우리 옷에 허옇게 묻은 최루 가스 때문이었다. 그때까지 붙들고 있던 여자 손을 놓았다. 내 손에 피가 묻어 있었다. 놀라서 그녀의 손목을 보았다. 도망칠 때 시멘트벽에 긁힌 모양이었다. 제법 피가 나오고 있었다. 그녀는 가방에서 손수건을 꺼내 묶어달라고 했다. 손수건을 접어 단단하게 묶었다. 우리는 사람들 눈을 피해 각자 열차의 다른 칸으로 옮겼다. 짓밟힌 단화가 보였다. 붙들 수는 없었다.

몇 분 지나지 않아 전철을 잘못 탔다는 것을 알았다. 전철은 이 도시의 서쪽 끝을 향하고 있었다. 몸은 지칠 대로 지쳐 피곤했다. 어딘가에 드러누웠으면 딱 좋겠다는 생각뿐이었다. 몇 개 역을 지났나 싶었는데 종착역이었다. 승객은 한 분도 빠짐없이 내려달라는 안내 방송이 재차 나올 때에야 겨우 엉덩이를 들어 일어났다.

역사 내 텔레비전에서 오늘 시위에 대해 보도하고 있었다. 깨진 보도블록, 불타는 전투경찰차, 난무하는 유인물, 화염병을 든 시위대, 최루탄 가스로 자욱한 거리. 휘날리는 색색의 깃발들. 저기 사각 화면에서 비껴선 어디엔가 내가 있었다.

철사를 둘렀던 자리가 맹렬하게 가려워왔다. 참을 수가 없었다. 잠깐 아득해졌다. 그녀를 붙들어야 했다. 따라갔어야 했다. 뒤늦은 후회가 몰렸다. 아득함이 어디서 오는지도 모른 채 멍하니 서 있었다. 그때 감각을 깨우듯 바람이 불어왔다. 비린, 짠내가 섞인 바람이었다. 바다! 갑자기 기운이 나는 것 같았다. 바다라고 작게 외친 그 순간부터 갑자기 해야 할 일을 찾은 것처럼 정신이 번쩍 났다. 나는 처음부터 바다를 찾아 이역을 온 것처럼 서둘렀다. 바람은 역 뒤쪽에서 앞쪽으로 불고 있었다. 역 뒤로 가보면 분명 바다가 보일 것 같았다. 조바심이 일었다. 지나가는 사람을 붙들고 이 근처에 바다를 볼 수 있는 데가 있냐고 물었다. 고개를 저었다. 바다를 보려면 버스를 타고 좀더 가야 한다고 했다. 다른 사람한테 물어도 같은 대답이었다. 그때 다시 비린 바람이 불어왔다. 그럼 이 바람이 그렇게 먼 곳에서 불어오는 바람이냐고 물었다.

아하, 포구를 찾는 게구만. 저어기, 저 공장을 지나가면 볼 수 있을 거요. 바다라고 하기도 뭣하긴 하지만, 바다는 바다지.

일러주는 대로 역 뒤쪽 공장 건물을 따라갔다. 바다 냄새가 짙어지고 있었다. 파도 소리도 들리는 듯했다. 그러나 바다인지 포구인지 어떤 것도 눈앞에 나타나지 않았다. 공장 주변을 밝힌 가로등이 있다고는 하지만 지나가는 사람도 없었다. 공장과 그 건너편에 도열한 수십 대의 트럭은 모두 어둠에 잠기

듯 잠들어 있었다. 어디에도 바다는 있을 것 같지 않았다. 분명 냄새는 지척에서 나는데 바다는 보이지 않았다. 더 멀리까지 가봤지만 마찬가지였다. 무엇보다 주변의 공장들과 트럭들이 이곳에 바다가 없음을 말해주고 있었다. 냄새가 거짓이라고 생각할 수밖에 없었다. 혹시나 하는 미련이 있었지만 끝내 바다는 찾을 수 없었다. 역으로 돌아가는 수밖에 없었다. 어디서든 주저앉아 쉬고 싶었다. 너무 오래 걸었다는 생각이 들었다. 겨우 역으로 돌아와 주저앉듯 벤치에 몸을 부렸다. 허기가 몰려왔다. 역 안에 있는 매점에 들어가 빵과 우유를 사서는 허겁지겁 먹었다. 탈탈 털어먹고 나니 정신이 드는 것 같았다.

다시 그 바람 냄새가 났다. 역무원에게 이 근처를 아무리 뒤져도 바다는 보이지 않더라고 했다. 역무원이 알만하다는 표정으로 웃었다.

그 포구가 말이야, 새색시처럼 꼭꼭 숨어 있거든. 아무나 찾아간다고 만날 수 있는 곳이 아니란 말이지. 냄새만 살살 풍기고 정작 몸을 보여주지는 않거든. 공장을 지나고 더 쭉 가다 보면 딱 한곳, 아주 작은 골목이 나타나. 처음 포구를 찾아가는 사람은 양쪽으로 담이 높고 좁은 골목길이 포구로 향하는 입구라고는 생각 못하지. 그 골목을 잘 찾아 들어가야 한단 말이지. 그래야 포구를 만날 수 있고, 바다도 보고, 배가 들어오는 것도 볼 수 있어.

골목, 골목이란 말이죠.

나는 한숨처럼 중얼거렸다. 지나가다 본 것도 같고 아닌 것도 같았다.

이 밤에 거길 가긴 너무 어두워. 가봤자 물때가 아니니 벨 것도 없고. 거긴 물때 맞춰 가야 생새우라도 보지 암껏도 없어.

별것도 없다는 역무원의 말이 자꾸 걸렸다. 지친 몸을 끌고 보고자 했던 것은 정말 바다였을까. 다시 전철에 몸을 싣기 위해 개찰구로 들어갔다. 아주 긴 하루였다. 무엇보다 허리둘레 전체가 가려워 참기 어려웠다. 아토피 피부에 철사가 닿았으니 괜찮을 리 없었다. 내일 11시쯤에 와봐. 그러면 포구가 열릴 테니. 일러주는 역무원의 말에 그러겠다고 했다. 승강장으로 걸어갈 때는 다리에 모래주머니라도 매단 듯 무거워 더이상 발을 옮길 수가 없었다. 나는 쓰러지듯 벤치에 몸을 부렸다. 그냥 아무데서고 한숨 자고 일어나면 기운이 날 것 같았다.

역으로 들어오는 열차 소리를 들었나 했는데 아니었다. 고개를 돌려보니 벤치 한쪽에 누군가가 세운 무릎에 얼굴을 파묻고 울고 있었다. 그것도 꽤 서럽게 울고 있었다. 내가 누워 있는지도 모르는 모양이었다. 움직일 수가 없었다. 울음소리는 내게도 전염된듯 가슴이 먹먹했다. 같이 울고 싶어졌다.

그러나 바로 그때 참을 수 없이 재채기가 터졌다. 울던 여자가 놀라 돌아보았다. 그녀였다! 중간쯤에서 다시 서울로 올라갔을 줄 알았는데 어찌된 영문인지 그녀가 이 도시의 끝 종착역에서 혼자 울고 있었다. 묶었던 머리가 풀려 있었고, 어느새 스커트를 입고 있었다. 손목에 묶었던 손수건은 붉은 피가 배어 있었다. 밟힌 단화만이 그대로였다. 그녀가 서둘러 눈물을 훔쳤다. 바다 냄새가 나네. 최루 가스 때문인지 눈물이 묻은 그녀의 얼굴이 빨갛게 변해 있었다. 얼굴이 쓰라려. 눈물 자국이 그대로 남아 있는 그녀의 목소리에는 울음이 섞여 있었다.

우리는 전철을 타는 대신 역사 밖으로 나가 길을 건넜고 골목 술집으로 들어갔다. 각자 전철비만 남기고 주머니를 털어 술을 마시기로 했다. 막차 시간 전까지만 마시자고 시작한 술이었다. 그러나 막차 시간이 되기도 전에 취했다. 술이 한 잔 들어가는 순간 급격한 피로가 몰려왔고, 소주 두 병을 비우기도 전해 취해 비틀거리며 다시 역사로 돌아왔다. 그녀의 눈은 술 때문인지 처음 볼 때보다 더 빨갛게 충혈되어 있었다. 취해서 그런지 그녀는 처음보다 더 우울해 보였다. 입을 꾹 다물고 있었지만, 금방이라도 벤치에 주저앉아 울음을 터트릴 것 같았다. 그녀를 다독이고 위로해주고 싶었다. 그러나 어떻게 해야 할지 알 수 없었다. 그때 역사 밖 어디선가 노랫소리가 희미하게 들렸다. 내내 노랫소리가 들리고 있었는데 이제야 감지를 한 것인지도 몰랐다. 노래라고는 해도 무슨 노래인지도 알 수 없을 만큼 작았다.

나는 그녀가 앉아 있는 벤치 앞에 서서 춤을 추기 시작했다. 삼촌이 가르쳐준 춤이었다. 바다 냄새가 그 춤을 생각나게 했는지도 몰랐다. 삼촌이 거실 라디오에서 흘러나오는 노래에 맞춰 몸을 흔들다가 쭈뼛대며 내게 가르쳐준 춤이었다. 발바닥을 잘 비벼야지. 신발 밑창을 몇 개쯤은 해치워야 진정한 고수가 될 수 있어. 엉덩이를 뒤로 더 빼고, 옳지. 리듬을 타야지. 춤은 배우는 게 아냐, 느끼는 거지. 스텝과 손동작만 기본으로 하고 나머지는 맘대로 춰도 돼. 배배 꽈도 돼. 일단 흔들어봐, 어서 흔들어보라고. 그렇지. 생각보다 잘하는데? 완전 샌님인 줄 알았더니 나중에 여자깨나 후리겠는걸! 삼촌이 내게 가르쳐주면서 했던 말들이 떠올랐다. 나는 무작정 흔들었다. 엉덩이를 더 뒤로 뺐고, 승강장 바닥에 불이 나도록 발바닥을 비볐다. 손은 허공을 찌를 듯했다. 사실 나 역시 엄청 취해 있었기 때문에 어떻게 추고 있는지도 모를 지경이었다. 그녀가 내 발이 이리저리 움직이는 것을 보고 고개를 들어 나를 봤다. 그녀가 바라보자 더 신이 났다. 삼촌이 가르쳐주던 트위스트는 온데간데없었고 그야말로 막춤의 세계로 접어들고 있었다. 그녀가 웃었다. 눈물이 그렁한 얼굴로 웃었다. 그러고는 일어서서 내 춤을 따라 하기 시작했다. 우리는 열차가 들어와 한 떼의 승객들을 부려놓을 때까지 춤을 멈추지 않았고, 나중에는 배꼽을 잡고 웃었다. 고마워. 그녀가 너무 웃어서 흘린 눈물이 분명한 젖은 눈으로 말했다. 내일 11시에 여기서 만나자. 바다를 보러 가자. 내일 11시에 이곳으로 오면 바다를 볼 수 있다는 역무원의 말을 전했다. 바다를 찾지 못한 나와 한 번도 바다를 본 적이 없는 그녀와의 약속이었다. 바다를 본다면 무언가 답이 있을 것 같았다. 바다에서 꼭 무언가 찾을 게 있을 것도 같았다. 전철이 들어와서는 한 떼의 사람을 부리고 갔고, 다시 채우고 갔다. 사람들이 오갔고 우리를 흘낏거렸다.

우리는 몇 분쯤 뒤에 냉담한 얼굴로 각자 다른 칸의 전철을 탔다. 그녀가 그렇게 하자고 한 것 같았다. 내 몰골이 시위자임을 온몸으로 드러내고 있었다. 종착역에서 몇 분을 지체한 전철은 천천히 움직이기 시작했다. 문이 닫히기 직전 바다 냄새가 난 것 같았다. 몇 정거장 지나다가 불현듯 우리가 이렇게 헤어지면 다시는 못 만날 것 같다는 생각이 들었다. 전철은 우리가 몇 시간 전 도망치듯 전철을 탔던 그 역으로 진입하고 있었다. 다시, 그녀를 보고 싶었다. 꼭 할 말이 있을 것 같았다. 이미 허리 전체에 독이 올랐는지 붉게 부어올라 참을 수 없이 가려웠지만 더 참을 수 없는 것은 그녀를 다시 보고 싶은 열망이었다. 나는 서둘러 그녀가 탔던 칸으로 건너갔다. 웬일인지 그녀는 없었다. 다른 칸들도 뒤져보았지만 그녀는 끝내 보이지 않았다. 다음날 그녀를 만나기 위해 약속 장소로 나갔지만 그녀는 나타나지 않았다.

3

다시 돌이었다. 그것은 분명 '다시'였다. 기사를 본 순간 나는 수장되어 있던 돌에 대한 아득한 기억을 떠올렸고, 잠깐 전율했다. 흥분에 가까운 떨림이었는데, 좀처럼 맞닥뜨리기 어려운 감정이기도 했다. 삼촌의 돌이었다. 기사는 돌에 관한 것이었다. 일반 돌이 아니라 애완용 돌을 일컫는 페트락(pet-rock)이었다. 괴상한 복장을 하고 나타난 삼촌이 내게 혀를 굴려가며 발음했던 그 페트락이었다. 오랫동안 내 곁에 있었던 암스트롱 주니어였다.

기사는 그 돌에 대해 자세하게 소개했다. 엄밀히 말하면 기사의 초점은 돌이 아니라 페트락을 만들어낸 게리 달(Gary Dahl)의 성공 신화에 맞춰져 있었다. 층층이 불을 밝힌 건너편 아파트가 마주보이는 책상에 앉아 맥주 캔을 따다가 기사를 발견했다. 나는 꼭꼭 싸인 소중한 물건의 포장지를 한 겹 한 겹 조심스럽게 벗기듯 기사를 읽어 내려갔다.

게리 달의 운명은 술자리 가벼운 농담 한마디가 갈라놓았다. 술자리에서는 애완동물 돌보는 문제로 한창 화제가 이어졌다. 다들 사랑스러운 동물이 끼치는 온갖 수고와 말썽, 사료값과 병원비 따위에 애정이 담긴 불평을 쏟아낼 때였다. 잠자코 있던 달이 한마디 했다. 나는 돌을 키워(I have a Pet Rock).

어리둥절한 친구들에게 달은 '애완돌'에 대해 자랑을 늘어놓기 시작했다.

밥 줄 필요 없고, 똥 치울 일도 없고, 말썽도 안 피우고, 씻기기도 쉽고, 안 씻겨도 그만이고, 산책시켜달라고 조르지도 않고, 나보다 오래 살고, 또……

친구들은 반쯤은 조롱하듯, 반쯤은 유쾌한 농담 삼아 맞장구를 치며 덩달아 애완돌의 장점을 늘어놓기 시작했다. 결코 진지한 자리는 아니었다. 그 누구도, 심지어 달 자신조차도 그날 그 술자리의 농담이, 미국 전역에 페트락 열풍을 몰고 오리라고는 생각하지 못했다.

그런데, 그렇게 됐다. 달의 돌은 '순종 페트락(pure blood pet-rock)'이라는 이름표를 달고 그해 8월부터 이듬해 2월까지 약 6개월 동안 개당 3.95달러에 약 150만 개가 팔렸고, 실업자나 다름없던 38세의 달은 순식간에 벼락부자가 되었다. 1975년 여름 미국 캘리포니아 로스가토스(Los Gatos)의 한 허름한 술집에서 시작된 일이었다.

술자리가 끝나고, 프리랜서 광고업자 달은 책상 앞에 앉아 페트락에 대한 몽상을 이어갔다. 페트락 돌보는 법, 재능과 특기, 길들이는 법, 훈련시키는 법 등, 보름여의 작업 끝에 그는 30여 쪽의 팸플릿 「페트락 훈련교본(Pet-Rock Training Manual)」을 완성했다. 돌 한 개 값은 단돈 1센트였다. 애완동물 운반용 케이지를 모방한 골판지 박스를 숨구멍까지 뚫어 주문 제작했고, 거기 대팻밥을 깔아 돌을 얹었다. 박스에는 회심의 역작인 매뉴얼 팸플릿을 첨부했다. 페트락 인기는 폭발적이었다. 크리스마스 직전에는 하루에만 10만 개가 팔려 나갈 정도였다. 달의 분석에 의하면, 베트남 전쟁이 끝난 뒤의 집단적 공허와 허탈감, 워터게이트 사건과 닉슨 대통령의 하야 등 우울한 뉴스에 지친 소비자들에게 자신의 유쾌한 장난이 우연히 먹혔을 뿐이라고 했다. 달은 TV에 출연해서도 "우리는 엄격한 복종 성향 테스트 등을 거쳐 우수한 페트락만을 선별해 배송한다"는 식으로 능청을 떨었다.

매뉴얼 책자에는 이런 내용이 있었다.

박스에서 나오면 처음에는 긴장할지 모른다. 그러면 신문지 위에 가만히 올려놓아만 줘라. 페트락은 신문지가 왜 필요한지 스스로 알 테니 따로 가르칠 필요가 없다.

(혈통에 대해) 당신의 페트락은 이집트 피라미드와 유럽 고대 도시의 자갈길, 중국의 만리장성 속 선조들, 아니 시간이

시작된 그 순간 너머까지 혈통이 이어져 있다.

(기본 훈련에 대해) 당신의 페트락은 누가 주인인지 이미 알고 있다. 하지만 훈련은 필요하다. 페트락은 채찍이나 초크체인이 필요 없는 애완동물이다. '이리 와' 같은 명령은 부드럽지만 단호해야 한다. 처음에 아무 반응이 없으면 정상이다. (……) 자기 페트락이 너무 멍청하다고 불평하는 고객들도 있지만, 모든 훈련에는 극도의 인내심이 요구된다. (……) 하지만 '멈춰'나 '앉아' 같은 명령에는 기가 막히게 잘 따를 것이다.

(심화 훈련에 대해) '굴러' 같은 기술을 익히게 하려면 경사진 곳에서 훈련시키는 게 좋다. 일단 구르기 시작하면 지칠 때까지 구를 것이다. '죽은 척하기(Play Dead)'는 페트락의 주특기다.

그다음 내용은 페트락의 열풍에 대한 분석과 게리 달의 이력, 열정으로 이어졌다. 책자의 매뉴얼은 지금 읽어봐도 흥미로웠다. 한번쯤 돌을 키우고 친구들끼리 장난삼아 돌을 가지고 놀만 했다.

그 기사를 읽고 나서 나는 천천히 맥주를 들이켰다. 그리고 창가로 다가가 아파트 불빛들을 바라보았다. 불빛을 바라보는 몇 분 동안 어느 집의 불은 꺼지고 어느 집의 불은 켜졌다. 거대한 콘크리트 아파트는 아무런 움직임조차 없는 듯했지만 자세히 보면 무수한 움직임이 있었다. 그러니까 그 페트락이 숨구멍이 뚫린 골판지 상자에 담겨 내게 왔을 때는 이미 인기가 시들해진 몇 년 뒤였다. 이제야 삼촌의 행적이 이해되었다. 달이 그랬듯이 삼촌도 한국에 페트락 열풍을 일으켜보고 싶었던 것이다. 삼촌도 그 비슷한 얘기를 했지만 그때는 모두 삼촌이 지어낸 얘기인 줄 알았다. 밖으로 나가면 발에 차이는 돌을 사고팔다니, 이해할 수 없었다. 시대적으로도 가능하지 않았다.

가장 큰 문제는 삼촌이 페트락을 근본적으로 잘못 이해했다는 데 있었다. 삼촌의 돌에는 몽상가 게리 달이 말한 '유머'가 없었다. 소위 유머를 가능하게 할 매뉴얼 책자가 없었던 것이다. 게리 달의 페트락은 살아 있는 돌이 아니라 무의미에 가까운 돌이었다. 다만 약속과 유머가 존재했을 뿐이다. 게리 달의 페트락을 산 사람들은 그 돌을 살아 있는 돌로 여기는 게 아니라 살아 있다는 가정 하에 페트락을 키우는 것이다. 그 가정에는 유머가 존재할 수 있지만, 돌이 살아 있다고 믿는 순간 그것은 유머가 아니라 삶이 되는 것이었다. 그러니 삼촌이 내게 페트락을 주며 살아 있는 돌이라고 말했던 건 허풍이 아니었다. 그 돌. 달은 그 돌이야말로 '유머'라고 했지만 우리나라에선 정치적으로나 사회적으로 유머가 될 수 없는 돌이었다. 삼촌의 떠나기 전날 모습이 떠올라 맥주가 썼다.

돌이켜보면 그때 나는 막 사춘기에 접어들었고, 학교와 집을 오가던 지극히 내성적이고 평범한 학생이었다. 어제와 오늘이 다르지 않은 날들이었다. 그러나 삼촌이 온 뒤로 내일이 달라졌다. 삼촌이 와 있던 동안은 제 궤도의 일상이 아니었다. 삼촌은 등장부터 가는 날까지 일탈 그 자체였다. 삼촌은 그렇게 떠나갔지만 나는 가끔 돌이 떠올랐다. 돌이 떠올랐다기보다 나도 모르게 돌을 가까이하고 있었다는 표현이 더 맞을 것이다. 바닷가에 놀러 가면 다른 사람들이 모래사장이나 바닷가에서 놀 때, 꼭 한 번은 바위 근처 돌들이 모여 있는 곳을 어슬렁거리며 돌에게 눈길을 주고는 했다. 그러다가 마음이 가는 돌이 있으면 주워 물기가 말라가는 과정을 무연히 바라보곤 했다. 그건 수석을 수집하는 행위와는 다른 것이었다. 그냥, 돌에게 눈길이 가는 마음이라고 해야 했다.

오래전 직장 상사가 이사를 하는데 수족관 옮기는 일을 도운 적이 있었다. 나와 직원 한 사람이 그 일을 도왔다. 한두 시간이면 끝날 줄 알았는데 거의 하루 종일 걸렸다. 열대어들과 산호초, 돌이 들어 있는 수족관을 옮기는 일은 생각처럼 만만치 않았다. 상사가 굳이 이삿짐 센터 직원을 두고도 우리에게 도움을 요청한 데는 그만한 이유가 있었다. 수족관을 옮기는 일이 그렇게 번거롭고, 조심스럽고, 오래 걸리는 일인 줄 몰랐다. 문제는 산소였다. 옮기고 설치하는 동안 산소를 공급해주어야 했다. 그때 그 상사는 돌들도 산소를 공급해

주지 않으면 데드락이 되어 하얗게 변한다고 했다. 내가 깜짝 놀라, 데드락이요? 그럼 라이브락도 있다는 건가요, 하고 물었을 때 상사는 뭘 당연한 걸 묻냐는 얼굴이었다. 라이브락이라니. 정말 살아 있는 돌이 있다는 말씀인가요? 상사는 수족관 인테리어까지 모두 끝낸 뒤에야 라이브락을 가리켰다.

보게. 저게 라이브락이야. 저 돌에는 수많은 미생물이 살아 움직이지. 죽은 돌은 그렇지 않아. 미생물이 번식하지 못하고 돌도 허옇게 변해.

나는 살아 숨 쉰다는 돌을 한참 들여다보았다. 그렇다면 바닷가에 이끼니 고동이니 하는 것들이 붙어 있는 바위나 돌도 라이브락이라고 불러야 하나 하는 생각이 들었다. 나는 반쯤 고개를 끄덕였다. 딱히 못 붙일 것도 없다는 생각이 들긴 했다. 그러나 그러한 인정에는 '딱히'라는 어쩔 수 없음이 함께했다. 적어도 내가 보기엔, 수족관 밑의 비비 꼬인 형형색색의 전선들이 돌보다 더 살아 있는 생물처럼 보였다. 열대어들이 돌에다 입술을 댔다. 삼촌 말이 맞는지 모른다는 생각이 들었다. 돌은 살아 있는 것이었다. 다만 그 움직임이나 변화가 너무 느려 우리가 눈치채지 못하고 있을 뿐인지도 몰랐다.

실제 데스벨리에는 아직까지도 미스터리로 남아 있는 움직이는 돌도 있다지 않은가. 세계 미스터리를 소개한 책에서 그 움직이는 돌에 대한 내용을 읽었을 때 제일 먼저 든 생각은,

그때 삼촌이 내게 주었던 암스트롱 주니어도 어쩌면 정말 살아 있는 생명체였을지 모른다는 사실이었다.

명백한 사실은 삼촌은 수십 개의 또 다른 암스트롱 주니어를 만들어내기도 했지만, 수십 개의 돌이 암스트롱 주니어가 아니듯 삼촌도 달이 아니었다. 게리 달과 같은 꿈을 꾸었던 삼촌이 어떻게 살고 있는지 궁금했다.

엄마에게 전화를 걸었다. 막 잠에서 깬 목소리였다. 아직 저녁 9시도 안 된 시간이었다. 요즘은 왜 이렇게 초저녁잠이 쏟아지는지 연속극도 제대로 볼 수 없지 뭐냐. 잠이 달라붙으면 어떻게 해볼 재간이 없다고 했다. 괜히 잠을 깨운 것 같아 미안했다. 에둘러 삼촌 얘기를 꺼냈다. 엄마는 네가 어떻게 그 삼촌을 기억하냐고 물었다.

왜 몰라. 내 방에서 몇 달을 살았는데. 삼촌이 돌 장사나 하려고 한다고 허풍쟁이라고 놀리곤 했잖아.

내가 그랬나? 그래도 그 삼촌 멋쟁이였다. 낭만이라곤 눈곱만큼도 없는 네 아빠완 달랐지. 노래도 잘하고, 춤도 잘 추고, 실없이 웃긴 얘기도 잘하고. 형수라고 나한테도 잘했고.

삼촌은 지금 어디 계셔요?

내가 알 수가 있나. 그때 그렇게 떠나서는 다신 안 왔지. 들리는 말로는 아직도 미국에서 살고 있다고는 하지만 모르지. 나도 가끔 삼촌이 생각나더라. 한번쯤 찾아보고 싶은 생각도 들고. 뜬금없이 삼촌은 왜?

문득 삼촌이 생각나서 그랬다고 말했다. 엄마는 잠이 달아났으니 연속극이나 봐야겠다고 전화를 끊었다.

그때 삼촌이 바닷물에 던진 돌이 어딘가에 살아 있을 것만 같았다. 삼촌이 돌을 던졌던 그 자리 어느 바위틈에 있을지도 몰랐다. 나는 몰랐지만 삼촌이 돌에 삼촌만의 표시를 남겼을 수도 있었다. 그 돌들처럼 삼촌은 어딘가에서 여전히 진지하게 '돌'이 아닌 '돌'을 찾고 있을 것만 같았다.

삼촌이 어떻게 살고 있는지 궁금하긴 했지만 그렇다고 해도 인터넷 검색창에 삼촌 이름을 넣어본 것은 순전히 장난에 가까웠다. 얼추 나이를 계산해봐도 예순이 넘었고, 미국에 살고 있을 삼촌을 찾는다는 것은 말이 되지 않았다. 아무리 정보로 넘쳐나는 인터넷이라고 해도. 그러나 놀랍게도 있었다. 물론 인물 정보에서 찾은 것은 아니었다. '물론'이라니. 삼촌이 검색 정보에 이름이 오를 만큼 유명인이 되어 있지 않을 거라고 생각한 근거는 없었다. 돌을 버리고 집을 떠날 때의 모습 때문에 그렇게 생각한 것 같았다. 같은 이름의 정치인, 교수, 배우 등을 거치고 블로그나 카페 등 삼촌의 이름으로 검색되어 나온 것은 다 뒤졌다. 장난처럼 시작했지만 뭔가 삼촌을 찾을 실마리가 보일 것도 같았다. 아니, 꼭 찾아야 할 것만 같았다.

삼촌의 이름과 얼굴을 발견한 것은 뉴스펀딩에서였다.

버스꾼. 그러니까 펜실베이니아 주 베들레헴 시의 샌즈 카지노는 뉴욕 고객들을 유치하기 위해 중국계 버스 회사와 계약을 맺고, 아시안 밀집 지역인 맨해튼 차이나타운, 플러싱, 브루클린 선셋파크 등 세 곳에 30분에 1대씩 왕복 버스노선을 운행한다고 했다. 이때 소위 버스꾼들이 버스에 탄다고 했다. 2시간 걸려 카지노에 도착하면 카지노 직원이 하차하는 모든 고객들에게 45달러 상당의 슬롯머신 게임머니가 든 쿠폰을 주는데 그 쿠폰을 받기 위해서이다. 버스꾼들은 상당수의 아시안 갬블러들에게 현금 38~40달러를 받고 쿠폰을 판다. 버스비 15달러를 빼면 한 번의 왕복 버스 여정으로 25달러를 벌 수 있는 것이다.

이 기사에 따르면 버스꾼들은 하루 15시간 이상을 카지노와 버스에서 지내는 생계형 무직자들이라고 했다. 버스꾼들은 쿠폰을 현금으로 교환해서 얻은 돈을 모으기 위해 카지노에서 게임을 하지 않는다. 카지노에서 왔던 곳으로 돌아가는 버스에 오르기 위해서는 다섯 시간이 남는데 버스꾼들은 그 시간 동안 주위를 배회하거나 카지노 대기실에서 잠을 청한다고 했다. 도박의 유혹에 빠져 돈을 잃고 다시 버스를 타는 악순환에 빠지는 사람도 많다고 했다.

카지노에서는 아시안 고객들을 끌어모으기 위해, 카지노로

가는 사람들이 많은 것처럼 보이기 위해, 소위 버스꾼들을 이용하고 이들이 파는 쿠폰을 묵인한다는 것이다. 아시안이 카지노에 많을수록 지갑이 두둑한 소수의 아시안 겜블러들이 모이기 때문이라는 것이다. 버스꾼들도 이렇게 돈을 모아 이삼백 달러가 모이면 다시 바카라에 앉아 게임을 한다. 따는 경우는 거의 없다. 그러나 한때 얼마간 땄던 기억이 그들을 평생 붙잡는다. 병들어 움직일 수 없어야 버스꾼 생활을 그만둔다고 했다.

이 기사와 함께 실린 사진 속에 삼촌이 있었다. 사진 속 삼촌은 대기실로 보이는 곳의 의자에 앉아 고개를 비스듬히 젖히고 잠들어 있는 모습이었다. 반쯤 벌어진 입속으로 왼쪽 아래 어금니 근처 이가 한 개 빠져 휑한 모습도 그대로 드러나 있었다. 흑백사진이고 어두웠지만 나는 어쩐지 그가 삼촌이라는 확신이 들었다. 그는 인터뷰에서 이렇게 말했다.

그 안에는 욕심낼 만한 것들이 가득 들어 있습니다. 돈, 여자, 술 등을 마음껏 누릴 수 있어요. 그런데 그 어떤 것도 가지고 나올 수는 없어요. 떠날 때 다 두고 나와야 합니다. 돌멩이 하나도 들고 나올 수 없죠.

나는 벌어진 입속의 이가 빠진 자리를 한참 동안 들여다보았다. 삼촌이 어떻게 살고 있을까 상상할 수 없었지만 이런 모습은 아니라는 생각이 들었다.

4

부산시립미술관의 '이우환 공간'에서 「관계항—길모퉁이」
를 보았다. 「관계항—길모퉁이」는 야외 뜰에 놓여 있었다. 커
다랗고 흰 돌과, 그 돌을 감싸 안는 것이 아니라 등을 돌리고
있는 듯한 기역 자 철판이 놓여 있었다. 돌은 기역자의 모서
리가 아니라 한쪽 면 뒤쪽에 배치되어 있었다. 돌은 철판 모
퉁이에 몰래 숨어 있는 듯도 했고, 반대편으로 꺾기 위해 숨
을 고르고 있는 것 같기도 했다. 그 반대편에 뭐가 있는지 전
혀 모른 채. 나는 그녀와 나의 '관계항'이 길모퉁이 같은 것은
아닐까 생각했다. 마주치지 않는 길모퉁이에서 서성일 뿐인
관계. 그러나 그 존재를 잊은 적은 없는.

갤러리 팸플릿을 펼쳐 들었을 때, 다음과 같은 내용을 읽을
수 있었다.

"비슷한 돌과 철판인데도 어떤 때는 묵언의 대담을 나누는
듯 경건해 보이기도, 어떤 때는 사랑의 속삭임을 나누는 듯
전시 장소마다 그 느낌을 달리한다. 솔직히 돌과 철판이 이처
럼 의인화되는 느낌이 들 때마다, 로깡탱의 구토가 되살아온
다(사르트르의 『구토』에서, 앙투안 로깡탱은 자갈을 집었을
때, 자갈이 살아 있다는 느낌 때문에 구토를 느낀다). '꽃을
꺾으면 아파요'라고 믿었던 어린 시절의 유치한 감성을 버린

지 오래되었다. 그러나 이우환의 조각은 이러한 감성을 돌연 불러일으키며, 이성을 혼동시키고, 자아가 생략된 관계성 속으로 들어가게 한다." 미술평론가 심은록의 글이었다. 그 글을 읽으면서 나도 모르게 짧은 신음을 삼켰다. 내가 왜 이 자리에 서 있는지 알 것도 같았다. 삼촌에게서 암스트롱 주니어를 받은 뒤로, 지금까지도 간간히 돌을 떠올릴 수밖에 없는, 나로서는 설명할 수 없는 이유가 거기 있었다.

그녀에게 전화를 걸기 위해 휴대전화를 몇 번이고 열었다가는 닫았다.

가끔 그녀와 나는 어떤 관계일까 생각했다. 온라인에서 친구 찾기 열풍이 불 때, 제일 먼저 그녀의 이름이 떠올랐다. 나는 그녀가 아닌 많은 같은 이름들의 집을 찾아가 그녀의 흔적을 찾고 있는 나를 발견하곤 했다. 같은 이름의 집을 찾아 문을 두드릴 때마다, 매번 가슴이 설렜다. 그녀와 사귄 적도 없었으면서 내 속에서는 한없이 그녀를 키웠다. 그것은 이루지 못한 첫사랑 같은 것이기도 했고, 저 수장된 돌에 대한 아픈 기억 같은 것이기도 했다. 많은 집을 헤맨 끝에 그녀를 찾았다. 그녀는 아직도 그녀가 굳게 믿는 신념의 언저리에 있었다.

나는 오래전 아침 바다를 보러 가자고 약속했던 그날 이후로 그녀를 한 번도 본 적이 없었다. 그 얼마 뒤에 도망치듯 군입대를 했고, 제대를 했고 복학을 했다. 오로지 공부만 했다.

철없는 내가 끼어들 운동도 혁명도 아니었다. 군 복무를 하고 나오니 많은 것이 변해 있기도 했다. 나는 무심한 척 그녀의 소재를 파악하기 위해 애썼지만 어디서도 그녀의 소식을 들을 수가 없었다. 오랫동안 그랬다. 그랬던 그녀를 온라인에서는 쉽게 찾을 수 있었다. 그녀가 속한 단체의 행사 일정이 그녀의 동선과 맞았다. 내 예상대로라면 그녀는 오늘 광장에 나타날 것이었다. 나도 모르게 그 근처에서 서성였다. 한번은 봐야 할 것 같았다. 그녀와의 대면이 어떤 변화를 줄지 알 수 없어서 혼란스러웠지만 그래도 보고 싶었다.

그해 여름 광장은 들끓고 있었다. 미친 소가 일으킨 파동은 상상을 초월했다. 텔레비전에서는 연일 소가 거품을 물고 쓰러지는 장면이 반복되고 있었고, 거리는 촛불을 든 사람들로 채워졌다. 촛불이 광장을 점령하고 있을 때, 나는 한 발짝 물러서서 촛불이 물결처럼 흔들리는 것을 보고만 있었다.

그녀가 나타났다. 나는 그 많은 사람들 속에서 한눈에 그녀를 알아보았다. 많은 시간이 흘렀는데 그녀는 크게 변하지 않은 듯했다. 나는 그녀가 먼저 나를 알아보도록 근처를 배회했다. 이 만남을 그녀가 어떻게 생각할지 몰랐기 때문이었다. 아니, 그 옛날의 나를 기억이나 할지 걱정이 되기도 했다. 나 혼자만 키워온 감정이었다.

그녀가 저, 하고 말을 걸어왔을 때, 나는 그제야 그녀를 발견한 것처럼 눈을 크게 뜨고 놀라는 시늉을 했다. 맞구나! 그녀가 환하게 웃었다. 그녀는 들고 있던 초가 든 상자를 동료에게 맡기고 내 손을 끌었다. 더운데 맥주 한잔하자. 우리는 바로 근처 2층 비어호프집으로 들어갔다. 전면이 유리창이라 밖이 다 보였다.

그녀는 아름답고 건강해 보였다. 긴 머리는 단발에 가까웠고 눈가의 주름과 관자놀이 근처의 기미가 눈에 띄긴 했지만 그런 것으로 가릴 수 없는 어떤 것이 있었다. 그녀가 불쑥 손을 들어 내 얼굴 앞에 내밀었다. 보이지?

나는 무엇이 보인다는 것인지 알아듣지 못했다. 그녀의 손가락에는 반지도, 손목에는 시계도 없었다. 코앞으로 내밀어진 그녀의 손을 보고 다시 멀뚱히 그녀를 보았다. 손목.

그녀는 시계를 두르는 듯한 시늉을 해 보였다. 그래도 나는 무얼 말하려 하는지 알아듣지 못했다.

그 옛날 너랑 도망칠 때 시멘트 벽에 긁혀서 난 흉터야. 그땐 정신없어서 몰랐는데 제때 처치를 못했더니 결국 흉터로 남았어. 그 말을 듣고 보니 손목 뼈 부근의 살색이 좀 달랐다. 손목에 희미하게 띠가 둘러진 듯 보이기도 했다.

그러고 보니 20년도 더 된 얘기네. 나도 그 생각을 하고 있었다. 시간이 짐작되지 않았다. 이상한 일이었지만 때로 어떤 일들은 시간이 멈춘 채 밀폐된 기억의 저장고에 밀봉되어 있기도 해서, 저장고에서 그 일을 꺼냈을 때는 넣었던 그대로 부패하지도 않은 채 녹기를 기다리기도 했다. 다시금 그날이 떠올랐다. 역에서 울고 있던 그녀. 왜 울고 있었는지 물을 수 없었다. 부패하지 않았다고 해도 유효 기간이 지난 애기일 터였다. 조금 전부터 앰프 소리가 들리더니 간간이 함성 소리가 이어졌다.

"대단하지 않니? 여기 있다가 집에 가면 집에서도 함성 소리가 들려. 예전에 우리는 뭐든 조직하려 했고, 이끌려 했고, 선동하려 했는데 참 많이 변했어. 제일 많이 변한 건 마이크를 잡는 사람들이지. 저 아줌마 봐. 유모차를 끌고 나온 아줌마야. 그들이 거창하게 애기를 하는 것도 아니고 조리 있게 말하는 것도 아니고 그저 제 생각을 한두 마디 하는 것뿐인데 그 말들이 더 가슴을 파고들어. 엄마 미친 소고기 안 먹을래요. 이런 구호가 얼마나 소박하면서 진실되냐는 거지. 이런 정치 상황이 개그 소재가 되고 패러디가 되고 또 구호 대신 노래가 사가 돼. 요즘엔 그야말로 집회가 아니라 문화제라는 말이 맞다는 생각이 들더라고. 기발한 아이디어들이 얼마나 많은지. 세상 참 많이 변했어. 역사가 승자의 기록이라는 것은 맞는데, 펜으로 쓴 기록만 기록인 건 아니지. 아주 조금씩 물살이 바뀌면서 도도하게 흐르는 물이 있는 거잖아."

나는 그녀의 말투가 조금 바뀌어 있다는 것을 느꼈다. 말투가 왠지 조곤조곤해진 것 같았다. 힘이 있으면서도 부드러웠다. 그녀는 약간 상기된 듯 보였다.

"내 꿈이 뭔 줄 알아? 이 광장에 나와서 사람들한테 싸고 맛있는 잔치국수를 파는 거야. 다시마랑 양파랑 멸치 잔뜩 넣고 끓인 육수에 차진 국수 가락이랑 김치도 몇 점 들어간 잔치국수 말이야. 배고파서 먹든, 맛으로 먹든 한 그릇씩 사서 서서 후루룩 면발과 국물을 들이켠 다음 광장으로 가는 거야. 촛불을 들든, 깃발을 들든, 노래를 하든 다 같이 모여 춤추는 곳으로. 그러면 나도 앞치마를 풀고 같이 춤추는 거지."

나는 매일 광장 근처 빌딩으로 출퇴근했지만 한 번도 광장에 나서본 적은 없었다. 주로 그녀가 얘기했고 나는 들었다. 표면적으로는 오랜만에 만난 친구끼리의 맥주 한잔으로 보일 수 있지만 내 속에는 얼마나 많은 파도가 몰려왔다가 흩어지곤 했는지 모른다. 이런 감정을 들킬까봐 조심했고, 조심하는 내가 어색해서 얼굴이 굳었다. 자주 맥주를 홀짝였다. 우리는 맥주 500시시를 마셨고 30분쯤 얘기하다 헤어졌다. 그녀가 인파에 묻혀 찾을 수 없을 때까지 서 있었다. 잠깐의 만남이었지만 오랫동안 그녀를 잊지 못하고 있는 것에 대해 확인하는 자리였다.

그녀의 말대로 집회라기보다는 문화축제 같은 분위기였다. 김밥이나 떡, 음료수를 파는 상인도 많았다. 어린이용 야광볼 같은 장난감을 파는 장사꾼도 있었다. 이 시간에 광장에 있어 본 적이 없었는데 뭔가 열기가 느껴졌다. 새벽에 담 너머로 던진 유인물이 마당으로 떨어지며 시멘트 바닥에 맞닿을 때 나던 그 서늘한 소리. 골목길을 내달리던 발자국 소리, 긴장되고 급박한 발걸음보다 더 경직되었던 유인물. 주먹 쥔 손을 들어올려 구호를 외치던 내 목소리를 기억한다. 당찬 목소리와는 달리 달달 떨리던 발끝. 모든 것은 긴장으로 시작해 긴장으로 끝났다. 노래는 비장했고, 유인물은 살벌했다. 집회는 비밀리에 불시에 진행되었고 구속을 각오해야 했다. 화염병과 최루탄이 날아다니고 날조와 고문이 있었다. 그때에는 지금과 같은 모습은 상상할 수 없었다. 아니, 상상이 되지 않는 광경이었다. 세월이 흐른 것을 실감할 수 있었다. 지하도에 내려서다가 주머니에 휴대전화가 없는 것을 알았다. 생각해보니 호프집에 두고 나온 것 같았다. 다시 갔다 오는 수밖에 없었다.

다행히 휴대전화는 계산대에서 보관하고 있었다. 나는 나가려다 말고 마른안주와 병맥주 두 병을 시켰다. 두 병의 맥주를 마시는 동안 광장을 내려다보았다. 그녀가 어디에 있는지 찾아보려 했지만 점점 늘어나는 사람들 틈에서 그녀를 찾기란 불가능해 보였다. 어둠이 내려앉기 시작하고 촛불이 더 밝아졌다.

전철을 타러 가는 동안에도 혹시나 그녀를 볼 수 있을까 하고 서성였다. 수많은 촛불들이 광장을 밝히고 있었다. 그때 컨테이너 쪽에서 웅성거림이 들렸다. 그건 집회 시위자의 청와대 쪽 진출을 막기 위해 대형 컨테이너를 2층으로 쌓아 만든 일종의 바리케이드였다. 컨테이너 안은 모래로 가득 채웠고 콘크리트 바닥을 뚫고 고정을 시켰고 위아래 컨테이너는 분리되지 않게 용접으로 붙였다고 했다. 거기다가 컨테이너 위로 올라서거나 넘어오지 못하게 전면에는 그리스라는 공업용 기름이 잔뜩 발려 있었다. 올라가려 한다면 누구든 미끄러지지 않을 수 없게 만든 것이었다.

그 컨테이너에 몇 사람이 올라가려고 애쓰고 있었다. 그러나 쉽게 올라설 수 없었다. 미끄러지다 떨어지기를 반복했다. 나는 내 눈을 의심했다. 그들 몇 명 중에 그녀가 있었다. 나는 사람들 틈을 헤집고 서둘러 컨테이너 쪽으로 향했다. 그녀는 어떻게든 컨테이너 위로 올라가려고 안간힘을 썼다. 그러나 잔뜩 발린 그리스 때문에 도저히 어떻게 해볼 수가 없었다. 저길 올라서야만 하는가. 올라서면 그다음엔 어떻게 할 것인가. 넘어가서 청와대로 진출할 것인가. 나는 몇 번이고 미끄러지는 그녀가 바위를 굴려 산꼭대기까지 올라가야 하는 시지프스처럼 느껴졌다. 무모했다. 아니, 이성적으로는 무모하다고 생각했지만 얼른 다가가 그녀가 저 절벽을 올라설 수 있게 발판이라도 되어주고 싶었다. 어디선가 몇 사람이 스티로폼 박스를 들고 왔다. 그리고 그 스티로폼 박스를 밟고 몇 사람이 컨테이너 박스 위로 올라섰다. 누군가 그녀의 손을 잡아주었고 그녀도 컨테이너 위로 올라섰다. 함성이 이어졌다. 컨테이너에 막혀 주저앉은 것이 아님을 보여주기 위해 일부가 컨테이너 위로 올라간 듯했다. 대형 플래카드가 펼쳐졌다. 올라간 사람들이 대형 태극기를 흔들었다. 나는 그녀가 흔드는 깃발을 바라보았다. 깃발을 흔들기에는 버거운 몸이었다. 깃발이 몸보다 컸다. 가슴이 아팠다. 그녀는 내내 간절한 무언가를 가슴에 품고 있었던 것인가. 그 간절함이 제 몸보다 커서 어떻게든 광장에 있기 위해 잔치국수라도 팔아보겠다고 말했던 것인가. 광장 어디에도 잔치국수를 파는 곳은 없었다.

헤어지기 전, 나는 손을 내밀었고 그녀가 맞잡았다. 악수하는 내 손바닥의 뜨거움이 느껴질까봐 긴장했다. 다시 보자. 그녀가 말했고, 나는, 그래, 꼭 다시 보자 서흔, 하고 답했다. 처음으로 그녀의 이름을 내뱉었다는 걸 알았다. 마음속에서 수백 번 되뇌었던 이름이었다. 그녀의 손목에 난 희미한 상처를 보았다. 그녀는 쑥스러운 듯 손목을 문지르더니 생각난 듯 그 돌은 찾았느냐고 물었다.

그 돌이라니?

미처 알아듣지 못했을 때, 그녀가 말했다.

그때 술 취해 돌을 찾으러 바닷가에 가야 한다고 했잖아.

꼭 그 돌을 찾아야 한다고. 괴상한 춤까지 추면서 말이야. 그 춤이 가끔 생각나기도 했어. 궁금했거든. 그 돌이 무슨 돌인지. 그 돌은 찾았는지 말이야.

5

그녀의 부고는 뜻밖이었다. 사적인 단어 한마디 없는 간결한 부고 문자였다. 어디서 어떻게 무엇 때문에 죽음을 맞았는지 알 수 없었다. 나는 부고 문자를 받고 가볍게 떨었다. 며칠 동안 자잘한 실수가 이어졌다. 치약 대신 클린징 폼을 칫솔에 짜거나, 엘리베이터에 타서는 층수를 누르지 않은 채 서 있기도 하고, 문득 휴대전화 패턴을 잊어버려 열지 못하기도 했다. 아무렇지 않다고 생각했는데 많이 흔들렸다. 결국 나는 주체할 수 없을 만큼 취해 밤바다를 찾았다. 삼촌이 페트락을 버린 바다였고, 스물몇 살, 오월의 밤에 그녀와 내가 다음날 아침 찾아가기로 했던 바다이기도 했다. 나는 철썩이는 파도에 울음을 묻었다. 그러고는 기어코 휴대전화 주소록에서 그녀 이름을 찾아내 눌렀다. 신호가 가고, 내가 전화기에 대고 그녀의 이름을 소리쳐 부르는 것과 동시에 신호음이 끊기고 누군가 전화를 받았다. 술이 확 깨는 것 같았다.

여보세요.

중저음의 남자 목소리였다. 억양의 고저가 없었다. 새벽이 가까운 시간이었는데 잠자던 기색이 전혀 없는 목소리였다.

왜요. 왜 죽었나요?

나는 따지듯 물었다. 어쨌든 그녀의 전화를 받은 이는 그녀와 가장 가까운 사람일 것이다. 그녀의 남편이거나 장성한 아들이거나. 그러면 안 되는 것인 줄 알면서도 술기운으로 인해 이성이 나를 제어하지 못했다. 잠깐 저쪽에서 아무런 소리도 들리지 않았다.

이봐요, 이재준 씨.

그쪽에서 내 이름을 불렀다. 한 자 한 자 꾹꾹 누르는 듯했다.

아내는 암 투병 중이었고, 끝내 극복하지 못했습니다.

나는 다시 끄윽, 울음을 삼켰다. 그 울음이 전화를 끈 뒤였는지 아니었는지는 기억나지 않았다. 언제 바다에서 돌아왔는지도 기억에 없었다. 다음날 나는 오후 늦게까지 일어나지 못했다.

무거운 눈꺼풀을 밀어 올려 휴대전화로 시간을 확인하려다 배터리가 나간 것을 알았다. 느낌만으로도 아침이 한참 지났다는 것을 알 수 있었다. 몸을 일으키려는데 무언가 서걱거렸다. 온통 모래였다. 침대에도, 머리칼도, 얼굴도, 옷도, 양말도. 도대체 모래가 왜 여기 있는지 알 수 없었다. 기어가듯 욕조에 앉아 샤워기를 틀었다. 물줄기를 타고 모래가 떨어졌다.

우선 청소기를 돌렸다. 현관에서부터 거실과 침실까지 온통 모랫길이 나 있었다. 양말과 옷을 털었다. 양복은 세탁소에 맡겨야 했다. 모래를 털려고 옷을 흔들었을 때, 묵직한 무게가 느껴졌다. 바지 주머니에 돌이 하나 들어 있었다. 이 돌이 어떻게 내 주머니에 들어와 있는지 알 수 없었다. 씻는 동안 충전된 휴대전화에는 몇 통의 부재중 전화와 문자가 들어와 있었다.

고인을 더 이상 욕되게 하지 않았으면 좋겠습니다.

그 문자를 보는 순간 모든 것이 확연하게 떠올랐다. 여보세요, 라고 전화를 받고, 내 이름을 한 자 한 자 눌러 부르던 목소리. 밤바다의 파도와 울음과 막무가내의 전화. 나는 거실 소파에 털썩 주저앉았다. 후회가 밤바다의 파도 소리만큼 밀려들었다. 무어라 사과를 해야 할지 알 수 없었다. 몇 번이고 전화를 걸려다가 망설였고 문자를 쓰다 지우길 반복했다. 전화는 새벽 2시 7분에 건 거였고, 34초의 통화였다. 그 새벽까지 잠을 이루지 못하고 있던 그녀의 남편이 당했을 봉변에 가까운 전화가 얼마나 고통스러웠을까를 생각하자 고개를 들수 없었다. 이런 짓은 있을 수 없는 행위였다. 입안에 모래가 한주먹 들어 있는 느낌이었다. 전화를 다시 하는 것이 그에게 더 고통스러운 일이라는 생각도 들었다. 전화를 걸었을 때 그쪽에서 누구냐고 묻는다면 더더욱 난감한 일이었다. 결국, 어젯밤에는 고인과 가족에게 크나큰 결례를 범했다고 정말 죄송하다고 문자를 보냈다. 답장은 없었다.

무심코 식탁에 올려놓았던 돌을 바라보았다. 삼촌은 돌을 주웠을 때, 그 돌을 바라보거나 만져보면 무언가 느껴지는 게 있다고 했다. 그런 돌이 좋은 돌이라고도 했다. 돌은 거칠었지만 따뜻했다. 해가 지는지 창밖이 붉었다. 흐릿한 돌의 그림자가 보였다. 며칠째 식탁의 돌은 그대로였다.

뉴욕 출장길에 삼촌을 찾아보리라고 마음먹은 것은 식탁 위의 돌 때문이었다.

페트락을 소개했던 기사의 한 부분에는 다음과 같은 내용이 있었다.

페트락은 이제 전설이 됐고 그 현상은 미스터리로 남았지만, 페트락은 지금도 틀림없이 어딘가에서 살아가고 있다.

그때 삼촌이 바닷물에 던진 돌도 어딘가에 살아 있을 것만 같았다. 그러나 이제는 알 것 같았다. 삼촌이 찾고자 했던 것이 돌이 아니라 '유머'였음을. 나는 조바심이 났다.

나는 비행기를 타기 전 기사를 올린 곳에 메일을 보내 사진 속 주인공이 플러싱에서 늘 10시에 샌즈 카지노로 가는 버스를 탄다는 것을 알았다. 비즈니스를 끝내자마자 플러싱으로 향했다. 3일 뒤에 JFK공항에서 출발할 수 있도록 비행기 티켓팅을 해놓았다. 플러싱에서 며칠 머무르면서 삼촌을 찾아볼 생각이었다.

한인 타운에 들어선 나는 발걸음을 쉬이 움직이지 못했다. 플러싱의 한인 타운은 삼촌이 내게 오던 그 시절을 재현해놓은 것만 같았다. 거리와 골목과 건물과 간판이 그랬다. 지금 내가 사는 곳의 음식점 체인점이 이곳까지 진출해 있었지만 고풍스럽다는 생각이 들 정도로 낡은 느낌이 들었다. 나는 문득 Flushing function within a few seconds이라는 글귀를 떠올렸다. 업무를 보고 나오는 길에 대변이 급해 찾아간 대형 빌딩의 화장실에서였을 것이다. 대형 빌딩답게 영어와 중국어, 일본어 다음에 '몇 초 후 자동 물 내림'이라는 한국어가 적혀 있었다. 내가 알고 있는 'flushing'은 '수세식 세정', '물을 내리다'라는 의미가 있는 말이었다. 이곳 뉴욕의 플러싱도 같은 영문자를 쓰고 있었다. 내가 모르는 또 다른 뜻이 있는지 알 수 없었다. 도시 이름으로는 곤란하다는 생각이 들었다.

호텔에 짐을 풀고 거리로 나왔다. 어쩐지 한국 사람들은 많이 눈에 띄지 않았다. 오히려 중국인들이 많았다. 상점의 점원들 역시 대부분 중국인이었다. 버거킹에서 간단하게 햄버거를 먹고 맥주 캔 몇 개를 사들고 숙소에 들었다. 나는 여행 가방 한쪽 구석에 담아온 돌과 적지 않은 액수의 달러를 사이드 테이블에 올려놓았다.

괜찮은 거지?

맥주 캔을 따면서 돌에게 말을 걸었다.

뉴욕으로 출장을 떠나기 며칠 전, 그 바다로 갔다. 바닷물은 멀리 밀려나 있었다. 나는 그 밤의 끔찍했던 주정이 떠올라 몸서리쳤다. 그리고 아주 잠깐 그녀를 떠올렸다. 그녀의 남편이 전화를 받아 '여보세요' 하던 목소리를 떠올렸다. 건조하던 그 목소리에 잠겨 있던 슬픔이 전해지는 듯했다. '여보세요'가 전화기 이쪽 편에 존재하는 이를 드러내기 위한 인사가 아니라 슬픔을 나눌 누군가를 찾는 목소리였다는 생각도 뒤늦게 들었다. 나는 향을 피우는 심정으로 돌을 찾았다. 삼촌이 하던 대로 바위 주변을 기웃거렸고, 신중하게 돌을 살폈고, 돌을 찾아냈다. 이 돌이 그때 삼촌이 팔려 했던 페트락과 같은 돌이길 빌면서.

밤새 뒤척이다 일어났다. 창밖으로 서서히 날이 밝아오는 걸 지켜보았다. 9시 조금 넘은 시간에 버스 정류장으로 나갔다. 그 기사 속 버스꾼이 정말 삼촌인지, 오늘 이 버스를 타러 나올지 그 어떤 것도 알 수 없었다. 나는 주머니 속 돌을 만지작거렸다.

그녀의 번호로 다시 전화가 온 것은 뉴욕으로 출장을 떠나기 전날이었다. 잠결에 전화벨 소리를 들었다. 새벽 3시가 가까워오고 있었다. 액정에 뜬 그녀의 이름을 보자 잠이 확 달아났다. 순간, 그녀가 어딘가에 살아 있을 것만 같았다. 그러나 그럴 리가 없었다. 그게 아니라면 그녀의 남편인가. 모욕을 되갚아주기 위해, 아니면 내가 그녀와 어떤 관계인지를 끝내 알고 싶어 이 새벽 전화를 건 것일까. 망설여졌다. 그러나 나는 어떠한 경우든 받아들일 수밖에 없다고 생각했다. 그래도 액정 위 통화 표시를 터치하는 손끝이 떨리는 건 어쩔 수 없었다. 나는 몇 초간 저쪽의 기색을 살피듯 아무 말 없이 있었다. 저쪽도 마찬가지였다. 어쩔 수 없이 내가 먼저 입을 때였다. 여보세요의 '여'를 뱉는 순간, 귓속으로 울음이 쏟아져 들어왔다. 사내의 울음이었다. 큰 짐승의 울음이었다. 그 울음이 파도처럼 밀려들었다. 나는 먹먹해져 전화기를 귀에서 떼어 가만히 내려놓았다. 얼마쯤 뒤에 전화가 끊겼다. 나는 불도 켜지 않은 채 창밖에서 비치는 희미한 빛만을 의지해 냉장고에서 맥주 캔을 꺼냈다. 차가운 알루미늄 캔의 감촉이 서늘했다. 맥주 캔을 천천히 두 캔 비우고 팔짱을 낀 채 거실 밖 풍경을 바라보았다. 어둠이 서서히 옅어지고 음식물 수거 차량이 아파트 단지를 돌고, 분주한 움직임들이 아파트에 활기를 불어넣어줄 때까지 그대로 있었다. 눈이 뻑뻑했다. 아직도 전화기 속 울음이 멈추지 않았을 것 같아 전화기를 들기가 겁이 났다. 그녀의 죽음 이후 슬픔을 눌러 담았을 사내를 떠올렸다. 나와 같은 슬픔이라는 생각이었다. 그 전화가 뉴욕에서 삼촌을 찾아보리라 마음먹게 하는 계기가 되었다. 나 역시 광장을 지날 때마다 그녀가 떠올랐다. 그리고 한쪽 가슴이 아팠다. 그 광장에서 만난 이후, 이우환의 '공간'에 섰을 때, 그녀에게 전화를 걸었어야 했다는 후회가 밀려왔다. 그때 한 번 더 얼굴을 봤더라면, 그랬다면 이 광장을 지나치는 일이 덜 아플 거였다. 퇴근이 늦어져 광장 주변이 어둑해지면 더 그랬다. 그 시간 안에 오롯이 그녀가 있었다. 내게 돌을 찾았느냐고 묻던 그녀가 있었고, 상흔처럼 남아 있던 그녀의 손목과 컨테이너를 오르던 그녀, 태극기를 흔들던 야윈 몸이 떠올랐다. 끝 모를 외로움에 시달릴 때면 차를 몰아 서쪽 끝 그 바닷가로 갔다가 돌아오곤 했다. 그때, 나는 삼촌의 돌이 아니라 내 돌을 찾고 있었다. 아니, 그녀의 돌이었는지 모른다.

공항으로 가는 공항철도를 타기 위해 서울역으로 갈 때, 광장이 끝나는 지점에서 택시가 멈춰 움직이지 않았다. 서울역 쪽에서 오는 것으로 짐작되는 시위 행렬이 차도를 가로지르고 있었다. 꽤 긴 행렬이었다. 10분 이상을 멈춰 서 있는 듯했다. 츳츳. 택시 기사가 혀를 찼다. 나는 시위대를 바라보았다. 저 무리들 중 그녀가 있을 것만 같았다. 나는 갑자기 눈시울이 뜨거워졌다. 그녀가 죽었다는 게 정말 믿기지 않았다.

버스 안 사람들이 슬슬 기지개를 켜기도 하고, 두런두런 소리가 들리기도 했다. 대부분 중국어였다. 한국말도 들리기는 했지만 억양이 조금 달랐다. 그리고 10분쯤 더 달리자 카지노장 버스 센터였다. 주섬주섬 사람들을 따라 내렸다. 버스 문 앞에서 카지노 직원이 쿠폰을 나눠주었다. 45달러 상당의 슬롯머신 게임머니가 든 쿠폰이었다. 나는 버스에 탔던 무리들을 따라, 아니 그의 뒤를 따라갔다. 그는 얼마쯤 가다가 두리번거리더니 어떤 이와 손짓으로 무엇인가 주고받았다. 쿠폰을 현금으로 바꾸는 듯했다. 겜블러인 듯한 이가 다가와 10달러짜리 4장을 슬쩍 보였다. 내가 버스에서 내리는 것을 본 듯했다. 어느새 버스꾼이 되어 있었다. 나도 슬쩍 쿠폰과 달러를 교환했다. 40달러를 받아들자 기분이 묘했다.

40달러를 주머니에 쑤셔 넣고 그를 찾았다. 그에게 다가가 말을 걸었다.

저, 혹시.

그가 고개를 돌려 나를 바라보았다. 순간 긴장하는 눈빛이었으나 금세 표정이 바뀌었다.

그는 나를 보며 중국말로 거칠게 무슨 일이냐고 물었다. 그가 중국말을 쓰리라곤 전혀 생각 못했다. 나를 알아보지는 못해도 최소한 내가 한국 사람이라는 걸 직감적으로 알 텐데 이해할 수 없었다. 나는 나도 모르게 죄송하다고 말하고 고개를 숙였다. 내가 분명 한국말로 사과를 했음에도 그는 빤히 나를 쳐다보더니 아무런 말도 하지 않은 채 몸을 돌렸다. 삼촌이 아닌 것인가. 헷갈렸다. 나는 거리를 두고 그의 뒤를 따랐다.

그는 카지노장이 아닌 버스 대합실 쪽으로 가서는 한쪽 구석 의자에 쭈그리고 앉아 주머니에서 볶음밥이 든 팩을 꺼내 밥을 먹기 시작했다. 나는 그가 밥을 먹고 물을 마시고 달게 담배를 한 대 피울 때까지 기다렸다.

저, 제 대신 바카라를 해주실 수 있겠습니까.

그의 눈이 번뜩였다. 이제까지 지치고 후줄근하던 모습은 어디에도 없었다. 정말이냐는 눈빛을 보냈고, 나는 고개를 끄덕이는 것으로 대답을 대신했다. 그가 앞장서서 카지노장으로 걸어갔다. 구부정하던 걸음이 어느새 달라져 있었다.

카지노장에 들어서기 전에 뒤를 돌아보았다.

왜, 나요?

한국어였다. 나는 당신이 한 번은 크게 딸 것 같아서라고 간단하게 대답했다. 우리는 서로를 알아본 것도 같고 아닌 것도 같은 이상한 모양새를 하고 있었다. 나는 잠깐 동안이라도 그를 엑스트라가 아니라 이곳의 당당한 손님으로 만들어주고 싶었다. 불필요한 객기였다. 차라리 그에게 현금을 주는 편이 나을지 몰랐다.

카지노장은 역시나 휘황찬란했다. 요란하다는 말이 더 어울릴 법했다. 나는 그가 말한 액수만큼 코인으로 바꿨다. 그는 코인을 받아들었다. 아주 잠깐 코인을 바라보는 그의 눈이 맵게 떨렸다. 그러고는 내 얼굴을 다시 한 번 바라보았다. 이

돈을 잃으면 깨끗이 털고 여길 떠나라고 했다. 바카라 앞에 앉았다. 그는 시시하게 기계와 하는 비디오 게임은 하지 않겠다는 태도였다. 바카라를 하는 동안에는 버스 센터 대합실을 어슬렁거리지 않아도 되고, 푸드 코트에서 쫓겨나는 일도 없을 것이었다. 나는 그의 뒤에 섰다. 객장을 기웃거리던 버스꾼 몇이 내 옆에 섰다. 베팅이 시작되었다. 치열한 수읽기와 눈치 싸움이 시작되었다. 그는 조금도 흔들리지 않았다. 그러나 모든 코인을 잃는 데는 10분도 걸리지 않았다. 두 차례 따는가 싶었지만 그걸로 끝이었다. 뒤에 있던 버스꾼이 다시 흩어졌다. 어딘가에서 다시 출발할 버스를 타기 위해 몇 시간을 버텨야 했다.

미안하게 됐소.

나는 그에게 담배를 건넸다.

한국으로 돌아가고 싶지 않나요?

아니요. 나는 한국을 떠나온 지 아주 오래되었고, 다시는 그곳으로 돌아가지 않을 거요. 평생 버스를 타고 카지노장이나 어슬렁거리게 될지라도 한국에는 가지 않을 겁니다. 여기서는 누구도 나를 건드리지 않아요. 들러리니, 엑스트라니 하는 말들에 신경 쓰지 않아요. 나는 누가 나를 어떻게 보든 상관없어요. 누구의 평가가 아니라 내 생을 삽니다.

그는 돈을 잃은 것이 미안해서 그랬는지 꽤 긴 말을, 그러나 단호하게 했다. 나는 나를 밝힐 때가 되었다고 생각했다. 한 번 더 그를 설득해보고 싶었다.

그가 돌아서기 전 주머니에서 돌을 꺼냈다. 그가 바카라를 하는 동안 내내 주머니 속의 돌을 만지작거리고 있어서 돌이 내 체온과 비슷하게 따뜻한 느낌이었다. 그는 내가 건넨 돌을 바라보았다. 그의 눈가가 미세하게 떨리는 걸 놓치지 않았다.

저, 재준입니다.

그는 아무 말도 하지 않았다. 표정이 굳어가고 있었다. 물끄러미 돌만 바라보았다.

좋은 돌이오. 내게 주는 것이오?

나는 고개를 끄덕였다. 그에게 건넨 돌이 그 옛날을 떠올려주길 바랐다. 조카인 나를 기억하고 나와 같이 한국으로 돌아가 다시 생활할 수 있기를 바랐다. 그러나 그는 우리 관계를 허용하지 않았다.

돌이 참 좋소. 좋은 선물을 받으니 기분이 좋습니다. 가시오.

그는 돌아섰다. 자신이 끝내 누구임을 밝히지 않았다. 이돌이 무엇을 의미하는지도 묻지 않았다. 스스로 떠돌이 버스꾼의 삶을 택했다. 나는 더 이상 어쩔 수 없음을 알았다.

내가 막 돌아서려는 순간이었다. 그가 몸을 흔들었다. 한쪽 발로 담배를 비벼 끄듯 마구 비벼주고, 수건이 있다고 생각하고 양쪽 끝을 붙잡아 엉덩이를 닦는 듯한 자세를 취해봐. 마구 비틀어주는 거지. 트위스트가 괜히 트위스트가 아니야. 마구 비벼준다는 뜻이거든. 마구마구 말이야. 흥이 저절로 몸에 차오를 때까지 흔들어봐.

삼촌이 트위스트를 췄다. 음악도 없이, 무성영화나 흑백 필름을 보는 것같이. 뒷모습이었고 엉덩이를 뒤로 쑥 빼고 있어서 오리궁둥이처럼 보이는 엉덩이를 흔들며. 그 옛날 내게 트위스트 춤을 가르쳐주던 그 모습 그대로였다. 삼촌은 그렇게 춤을 추면서 대합실로 걸어 들어갔다. 그 모습은 삼촌이 우리 집 대문을 두드리던 날을 떠올리게 했다. 내가 삼촌을 보고 크리스마스트리라고 느낀 건 어쩌면 그 복장 때문이 아니라는 생각이 들었다. 평생을 뿌리 없이 살아가야 하는 삼촌의 생을 봐버렸기 때문은 아니었을까.

나는 삼촌의 우스꽝스런 춤을 보면서 웃었다. 그러나 이내 얼굴이 일그러졌다. 나는 우는 것도 아닌, 그렇다고 웃는 것도 아닌 어정쩡한 자세로 삼촌이 보이지 않을 때까지 서 있었다. 잘 가, 서흔. 어디선가 돌들이 파도에 부딪치는 소리가 들려오는 듯했다.

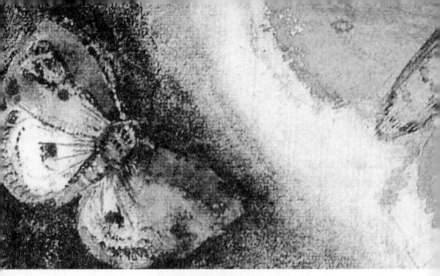

달의 무덤

이경희

2008년 『실천문학』 신인상에 단편소설 「도망」이 당선되며 작품 활동을
시작했다. 소설집 『도베르는 개다』, 장편소설 『불의 여신 백파선』 『기억의
숲』, 산문집 『에미는 괜찮다』가 있다.

작 가 의 말

태안에 가면 드르니항이라는 어항이 있다.

작은 어촌 마을과 어울리지 않게. 무슨 불어인가 했는데,

'드르니'는 우리말로 '들르다'라는 뜻이었다.

드르니항의 명물 꽃게다리에서 감상하는 서해의 낙조는

차진 개펄이 뿜어내는 열기로 숨막히게 경이롭다.

바다는 섬을 품고 개펄은 바다를 품는다.

그리고 우리는 바다와 섬과 개펄의 경이로움을 안고 살아간다.

꽃게와 달이 춤추는 그곳, 서해에 가고 싶다.

새벽 달빛에 고약한 냄새가 스며들었다.

그녀는 안개가 출렁이는 부둣가를 심상치 않은 눈길로 바라보았다. 몽이도로 급하게 피신한 배들의 흔적도 보이지 않는데, 난데없는 냄새라니? 얼핏 시체 썩는 냄새 같기도 해서 그녀는 섬뜩했다. 방금 전에는 시커먼 개 한 마리까지 나타나 선착장을 배회하기 시작했다. 부두의 느낌이 분명 어제와는 달랐다. 장화 한 짝을 물고 부둣가를 배회하는 개는 마치 장화 주인을 기다리기라도 하는 양 바다를 보며 끙끙거렸다. 그녀는 창밖으로 고개를 내밀어 안개 속을 떠다니는 장화의 실체를 확인하려 애를 썼다. 육지 사람이 버리고 간 개인 듯 낯설었지만, 놈이 물고 있는 장화는 색이 낯설지 않았다. 목이 짧은 파란색 장화를 어디서 보았을까? 딱히 누구 것인지는 떠오르지 않지만 분명 몽이도 어딘가에서 본 기억이 있었다. 개는 선착장 주변을 계속해서 맴돌았다. 장화의 주인은 쉽게 떠오르지 않았다. 그녀는 고약한 냄새와 장화 때문에 여느 때 하고는 다른 부두의 풍경이 영 께름칙했다.

사실 한가롭게 부두나 내다보고 있을 상황은 아니었다.

주말에는 단체 손님이 많아 영주에게 가끔 도움을 청하지만, 그녀 역시 펜션을 운영하고 있어 쉽게 부탁할 일은 아니었다. 그녀의 바다펜션은 내가 운영하는 달펜션에서 백 미터 정도 떨어진 바다 가까이에 있었다. 달펜션이 규모가 큰 지중해풍 화이트하우스라면 영주네 바다펜션은 아기자기한 일본식 건물이었다. 두 집 모두 특색이 있어 손님이 적지 않은 편이지만 달펜션이 언덕에 있다 보니 전망 좋다는 소릴 더 많이 들었다.

열한시쯤 첫 배가 닿으면 손님들이 몰려올 것이었다. 내가 빈 병에 샴푸와 린스를 담는 동안 영주는 쌓여 있던 수건을 모두 개키고는 아몬드 봉지를 집어 들었다. 그녀는 나를 바라보며 한 번에 하나씩 아몬드를 꺼내 오독오독 씹어 먹었다. 그럴 때 보면 가볍지 않은 사람이라는 생각이 들다가도 뭔가 숨기고 있는 것 같아 내가 늘 손해 보는 기분이었다. 그녀를 먼저 찾아가거나 부르는 쪽은 매번 나였고, 그녀는 마지못해 시간을 내주고 있다는 느낌을 버릴 수가 없었다. 그래서 그녀가 가끔은 멀게 느껴지지만, 그녀는 내가 무리해서라도 사고 싶은 명품 가방 같은 존재였다. 무엇이든 그녀와 함께 공유해야만 마음이 놓였고 그래야만 내 삶이 조금씩 성장하고 있는 것만 같았다.

몽이도에서 말이 통하는 친구라고는 그녀뿐이었고 솔직히 속마음 털어놓기는 남편보다 더 편했다. 샴푸와 린스를 대량으로 사다가 용기에 덜어 쓰는 방법도 그녀가 알려주었고, 커피와 녹차도 제 거래처를 소개해주었다. 그녀는 서산에서 남편과 부동산을 하다 섬으로 들어와 정착한 경우라 몽이도 원주민은 아니지만, 그전부터 몽이도를 자주 왕래하며 낚시도 하고 외지인들한테 땅도 팔아주며 친해진 덕분에 현재 몽이도 주민 대표를 맡고 있었다.

몇 방울 흘리긴 했지만 빈 용기에 샴푸와 린스를 채워 넣는 일은 예상보다 빨리 끝났다.

"자기가 좋아하는 코스타리카 원두 사왔어."

영주가 아몬드를 씹으며 환하게 웃었다. 영주의 그런 모습을 자주 보기 위해서 나는 그녀가 좋아하는 커피와 간식들을 꼭 준비해두었다. 주전자에 물을 받다가 문득 뒤돌아보니 그녀가 놀란 얼굴로 내 등뒤에 서 있었다.

"뭐야! 왜 그래?"

아몬드 봉지를 손에 든 그녀가 큰 눈으로 날 바라보다 스윽 거실 쪽으로 고개를 돌렸다. 중지 씨가 거실을 가로질러 현관으로 향하고 있었다. 검정색 목도리로 얼굴을 칭칭 감싸고 무릎까지 닿는 점퍼를 입은 중지 씨가 현관으로 달려가 신발장 문을 세차게 열어젖히더니 내가 감춰둔 빨간 장화를 용케도 찾아 신었다.

"귀신인 줄 알았네. 또 나가는 거야?"

"말려도 소용없어."

중지 씨가 매일 바다에 나가는 걸 막을 수는 없었다. 남편이 여러 차례 말려도 보고 방문을 잠가보기도 했지만 괴성을 지르며 난동을 부려 펜션 손님들만 놀라게 할 뿐이었다. 평생 바다만 보고 산 사람인데 설마 그 바다에서 집을 못 찾아올까 싶지만, 그녀는 오래전에 방향 감각을 잃어버렸다. 그래봤자 늘 개펄 한가운데서 발견되긴 하지만, 펜션 일로 바쁜 남편과 내 입장에서 중지 씨의 그런 행동은 몹시 성가신 일이었다.

"자기 정말 짜증나겠다, 요양원에 집어넣지그래?"

중지 씨가 밖으로 나가자 영주가 나를 식탁 의자에 눌러앉히며 말했다. 그녀가 들고 있는 아몬드 봉지는 그새 홀쭉해져 있었다. 나는 살이 찔까봐 하루에 대여섯 개만 먹는 아몬드를 그녀는 한 주먹씩 집어서 하나씩 연속적으로 입안에 넣었다. 나는 그녀의 수상한 눈길보다 그녀의 가느다란 손목과 주름

하나 없는 목이 더 신경 쓰였다. 갸름한 얼굴에 피부까지 하얘서 몽이도로 휴양 온 어느 재벌 집 여자 같은 모습에 가끔은 질투가 났다. 무슨 일이든 머리가 아닌 온몸으로 해결하며 살아가는 나와 달리, 그녀는 희고 가는 손가락과 언제나 주판알처럼 움직이는 눈빛만으로도 원하는 삶을 살고 있는 것 같아 부러웠다.

골똘한 눈빛으로 아몬드를 오도독거리던 그녀가 다시 말했다.

"자기야, 중지 씨 언제까지 저렇게 둘 거야. 저 할망구만 보면 왠지 모르게 불길한 느낌이 들어. 더 심해지기 전에 다시 요양원에 집어넣어."

중지 씨가 아들인 남편조차 알아보지 못하고 며칠 동안 헛소리 해 요양원에 보낸 적이 있었다. 나이가 있으니 당연히 치매라고 생각했고 내가 감당할 수 있는 일이 아니었다. 남편도 흔쾌히 동의한 일이라 시설 좋은 요양원이 집보다 낫다는 생각이었는데, 그녀는 입원한 지 한 달 만에 되돌아오고 말았다. 노인장기요양보험의 수급자로 인정받으려면 건강 심사 평가를 받아야 하는데, 등급 외 판정을 받아 보험금 지급이 어렵다는 이유였다. 사전에 그토록 교육을 시켰는데도 불구하고 그녀는 평가원 직원의 질문에 또박또박 정확히 대답하는가 하면 그들이 보는 앞에서 보란듯이 멀쩡하게 걸어 다

넀다. 집에서는 자신의 이름조차 잊고 엉뚱한 소리만 하는데, 요양원에만 들어가면 허리까지 꼿꼿해지는 것이었다. 다른 노인들은 없는 병도 만들어 백여만 원씩이나 타먹도록 자식을 도와주는데, 그녀는 어림도 없었다. 남편과 나는 당장에라도 개펄로 뛰어나갈 듯 팔팔한 그녀를 요양원에 가두려 한다는 비난을 받으며 집으로 데려올 수밖에 없었다. 이후에도 그녀의 병증이 심해진 듯 보여 다시 요양원에 데려갔지만, 그녀는 전하고 똑같이 언제 아팠느냐는 듯 벌떡 일어나 병실 문을 박차고 뛰쳐나갔다.

"바다에 나가는 것만 막지 않으면 괜찮아. 뭐가 불길하다고 그래? 지금도 봐, 조용히 나가잖아."

영주는 그녀를 볼 때마다 뭔가 이상하다고 말했다. 정신이 오락가락해서 하는 허튼소리를 두고 하는 얘기가 아니었다. 그녀는 마치 중지 씨를 무슨 사건에 얽힌 범인처럼 예민하게 관찰하고 의심을 키웠다. 중지 씨가 평범한 치매 노인이 아니라는 것은 나도 알고 있지만 아무리 그래도 힘없는 노인이었다.

"아니야, 저 노인네 분명히 뭔가 있어……"

영주가 고개를 빼고 그녀가 나간 현관을 바라보았다. 현관문은 꼭 닫혀 있었다. 개펄로 나간 그녀는 어제와 똑같은 곳에서 길을 잃고 마냥 앉아 있을 것이 분명했다. 나와 남편 둘 중 누군가 찾으러 올 때까지 그곳에 앉아 자기만의 망상에 빠져 말인지 노래인지 모를 소릴 해가며 바다를 보고 있을 것이 틀림없었다.

"개펄 같은 그녀의 시커먼 속을 누가 알겠어, 짜증나도 할 수 없지. 그나저나 자기 서산에 건물 샀다며? 경매로 헐값에 샀다고 소문났더라. 나도 여유 자금 조금 있는데, 자기가 좀 알아봐줘."

건물 얘기를 꺼내자 중지 씨에 대한 의심으로 가득했던 영주의 눈빛이 확 달라졌다. 영주는 펜션을 운영해서 번 돈으로 그새 건물을 두 채나 사두었다. 부동산 중개소를 한 이력 때문인지 돈 굴리는 소질이 있는 게 분명한데, 남에게는 절대로 중요한 정보를 털어놓지 않았다. 아몬드 봉지에서 손을 뗀 영주가 조심스럽게 커피 잔을 들어 향을 맡더니 홀짝거리기 시작했다. 그녀도 나도 이보다 더 평화로운 일상을 시작할 수는 없었다. 거실 창으로 들이친 겨울 볕이 부엌까지 넘실거렸다. 이제 겨우 마흔넷이었고 바다가 이처럼 축복된 삶을 살게 할 줄은 짐작하지 못했다. 나는 아침 햇살을 받으며 커피를 홀짝거리는 영주에게서 지금의 내 모습을 확인하는 걸 즐겼다. 어쩌면 그녀도 나와 같은 생각일 것이다.

중지 씨 얘기를 끝으로 영주는 그만 집으로 돌아갔다. 그녀와 나는 하루에도 서너 번씩 만났는데 매번 할 얘기가 남은 듯 아쉬움이 남았다. 그녀를 배웅하고 현관으로 들어섰는데,

한 남자가 성큼성큼 펜션으로 들어오고 있었다. 첫 배가 도착하지 않았으니 남자는 어제나 그제 들어와 야영한 낚시꾼일 것이었다. 남자는 마치 아는 집이라도 찾아온 양 곧바로 걸어와 현관문을 두드렸다. 이미 거실 창으로 눈이 마주쳤으니 모른 척할 수도 없어 얼떨결에 현관문을 열어주었다.

"펜션이 아주 삐까번쩍하네. 돈 많이 벌겠어요. 근데, 기홍이는 어디 갔어요?"

남자가 삐딱한 자세로 서서 집안을 훑었다. 좁은 이마와 푹 꺼진 눈자위가 어디서 본 듯한 인상이었다. 그나저나 남자가 남편 친구라면 미리 연락을 했을 텐데, 아무리 살펴봐도 남자를 본 기억은 떠오르지 않았다. 남편은 몽이도로 이사 오면서 친구들과 연락을 끊은 지 오래되었다. 친구라고 찾아온 사람은 남자가 유일했다. 남자의 차림새도 오랜만에 친구 집에 찾아온 사람이라고 하기는 어딘지 구질구질해 보였다. 사업이 망해서 고향으로 내려오긴 했지만, 그래도 남편은 서울에서 어엿한 대학을 나와 대기업에서 일했던 사람이고 그에 걸맞은 친구들도 많았다.

"처음 뵙는 것 같은데, 동창이세요?"

"……뭐, 아주 친한 사이라고 할 수 있죠. 찐한 얘기는 차차 하기로 하고 우선 방부터 하나 줘요, 내가 좀 피곤해서."

남자는 허름한 후드티에 얇은 청바지를 입고 있어 바다낚시를 하러 온 것 같지도 않았다. 무엇보다 남자의 불안정한 눈빛이 거슬려 마주보고 있기가 불편했다.

"방 있지요?"

내 대답을 듣기도 전에 남자가 운동화를 벗으려는 듯 현관 바닥에 털썩 주저앉았다. 없다고 할걸, 하는 후회가 들었지만 남자를 돌려보낼 용기가 나지 않았다. 남편의 이름까지 알고 있는 걸 보면 친구이건 아니건 우리 펜션을 알고 찾아온 게 틀림없어 함부로 대하기도 그랬다. 작정하고 찾아온 것 같은 그 느낌과 누군가를 닮은 것 같은 남자의 인상이 맘에 걸렸지만 나는 그를 거절할 타이밍을 놓치고 말았다. 3년 전 바다펜션에서 한 남자가 자살하는 바람에 영주가 큰 곤욕을 치르는 걸 본 적 있었다. 그런 일이 자주 일어나는 것은 아니지만 그렇다고 손님들에 대한 경계를 늦출 수는 없었다. 남자가 낡은 운동화 끈을 차례로 풀더니 번갈아 다리를 흔들었다. 남자의 더러운 운동화가 나란히 놓여 있는 내 구두와 남편 구두 위로 무방비하게 떨어졌다. 남자한테 내줘야 할 방도 하필 남편과 내 방이 있는 3층이었다. 생각할수록 꺼림칙했다. 이미 투숙할 준비를 마친 남자에게 더 이상 저항할 힘이 없었다. 나는 남자의 눈치를 살펴가며 게걸음으로 남자를 앞질러 3층으로 올라갔다. 남자가 바로 등뒤에 서 있어 그런지 방문까지 잘 열리지 않았다. 손님이 잘 들지 않아 열쇠 구멍이 녹슨지도 몰랐다. 한 번 더 시도해보고 안 되면 비상키를 가져올 생각이었는데, 남자가 느닷없이 날 밀쳐내더니 문고리를 잡고 세차게 흔들어댔다. 신기하게도 방문이 덜컥 열렸다. 방문이 열리자 남자는 마치 자기 집에 온 듯 방안으로 들어가 들고 있던 가방을 침대 위에 집어던졌다. 그러고는 바다 쪽으로 나 있는 작은 창문을 떨어져 나갈 듯 열어젖히고는 그 앞에 떡하니 버티고 섰다. 바다를 그토록 당당하다 못해 비장하게 바라보는 사람은 남자가 처음이었다. 남자의 탄력 있는 등판은 마치 이곳에 쉬러 온 것이 아니라 전쟁을 하러 온 듯 잔뜩 긴장한 모습이었다. 나는 무서운 짐승 한 마리를 방안에 가둔 양 방문을 꼭 닫고는 살금살금 계단을 내려왔다.

첫 배를 타고 온 손님들이 펜션에 도착했다. 젊은 손님들은 방 열쇠만 건네주면 더 이상의 친절을 원하지 않았다. 몽이도에 대해 섬 주민들보다 더 잘 알고 있었고, 배를 타기 전 모두 마트에 들렀다가 와, 횟감 말고는 달리 제공해줄 물건도 없었다. 또 그들이 먼저 찾지 않으면 아무것도 간섭하지 않는 게 펜션 주인이 지켜야 할 예의였다. 손님 중에는 하루 종일 방안에만 처박혀 있는 사람들도 있고, 저녁 늦게까지 바닷가에서 노는 사람도 있었다. 층마다 밖으로 들고 나는 문이 따로 있다 보니 어느 때는 그 많은 사람들이 실제로 펜션에 머물고 있나 의심스러울 때도 있었다. 펜션 손님들은 애초부터 자신들이 머물고 갈 방에 대해서만 관심을 보였다. 펜션의 주인과 구태여 말을 섞지도 않을뿐더러 섬 주변에 대해 궁금해하지도 않았다. 그건 마치 섬은 좋은데 섬사람들은 관심 없다는 태도로, 사람들이 살고 있기에 섬이 되었음을 알지 못하는 것과 같았다. 별채와 2층 큰방을 빌린 사람들은 마지막 배로 올 모양인 듯 아직 도착하지 않았다. 하루에 두 번 왕래하는 배 때문에 손님은 오전, 오후로 나눠서 몰려왔고, 더러는 마지막 배를 타고 섬에 들어와서도 놀다가 늦게 펜션을 찾아오는 경우가 있어 밤늦도록 손님을 기다려야 했다.

포구에 나간 남편은 잠깐 영주 남편을 보고 오겠다고 했다. 남편이 영주네 바다펜션에 간 거라면 영주가 내게 전화로 알렸을 텐데, 남편은 아마 영주 남편과 술집에 있는 건지도 몰랐다. 그러고 보니 통화할 때 남편이 약간 취해 있었던 것 같기도 했다. 낮부터 무슨 술을 마시나 싶어 물었더니 남편은 별일 아니니 걱정 말라며 밖에 나가 있는 중지 씨나 찾아보라고 했다. 그제야 나는 중지 씨가 밖에 나간 지 오래되었다는 사실을 깨달았다. 매일 반복되는 일인데도 남편이 얘기하지 않으면 그녀의 존재를 자꾸 깜빡했다. 그녀가 우리 가족이고 나와 함께 살고 있다는 사실을 일깨워주는 것은 시계 소리였다. 그녀의 방안에 있는 시계가 댕댕거릴 때만 그녀의 존재감이 악몽처럼 되살아났다. 술에 취해 그런지 남편의 목소리는 평소보다 낮고 힘이 없었다. 펜션에 이상한 남자 손님이 들었다는 얘기를 하려던 나는 금방 들어갈 테니 걱정 말라는 남편의 말꼬리를 붙들지 못했다. 내가 남자에 대해 설명하는 것보다 남편이 들어와 직접 확인하는 게 이해가 빠를 것 같았다.

바다로 나간 중지 씨를 데려와야 했다. 몽이도로 오는 마지막 배가 도착하려면 아직 두 시간 정도 여유가 있었다. 나는 별채에 들러 난방 스위치를 켜놓고는 서둘러 바닷가로 나갔다. 저녁이 되면 별채는 다른 방보다 추워 미리 방을 덥혀놔야 했다. 젊은 사람들도 따듯한 방바닥을 좋아해 겨울이면 난방비가 한여름보다 두 배는 더 나왔다. 기름값을 감당하기 어려워 전기보일러로 바꿨지만, 그 역시 펜션 관리비의 반 이상을 차지했다. 영주네처럼 손님이 나간 눈치면 수시로 들락거리며 전기 코드를 빼버려야 할지도 몰랐다.

중지 씨는 선착장을 지나 십여 분쯤 걸으면 나타나는 개펄에 있었다. 펜션이 들어서기 전 몽이도 사람들은 그 개펄을 터전 삼아 먹고살았다. 배가 있는 서너 집 말고는 거의가 개펄에서 조개를 캐고 낙지를 잡으며 살았다. 남편을 따라 처음 몽이도에 왔을 때는 정말이지 마지막 배를 타고 다시 돌아가고 싶었다. 갯바닥에 엎드려 있는 중지 씨도 꼴 보기 싫었지만, 달랑 방 한 칸뿐인 집을 보니 결혼이고 뭐고 때려치우고 싶었다. 오랫동안 몽이도를 찾지 않은 것도 그래서였다.

그러나 지금의 몽이도는 서해안의 어느 섬보다 아름다웠다. 몽이봉의 빽빽한 소나무 숲도 볼 만하지만 한여름 1킬로미터에 이르는 해안가 팽나무 숲은 장관이었다. 팽나무를 처음 보았을 때는 마디마다 굽고 비틀려 노인들만 사는 몽이도와 닮았다는 느낌을 버릴 수가 없었다. 팽나무 숲에서 나는 우우거리는 바람 소리조차 개펄에 엎드려 사는 늙은 여자들의 한숨 소리 같아서 지겨웠다. 그 팽나무 숲이 이제는 몽이도의 낭만적인 산책로로 바뀌었다. 예전 그 가난했던 몽이도가 맞나 싶을 정도로 섬의 모든 것들이 달라졌다. 나는 한가한 선착장을 지나 긴 팽나무 숲길을 걸었다. 멀리 큰 파도가 몰려오는 것도 같았지만, 만조까지는 아직 시간이 남아 있었고 개펄은 더없이 평화로워 보였다.

개펄 한가운데, 겨울새들 무리 속에 앉아 있는 중지 씨가 보였다. 얼핏 봐선 그녀도 큰 새와 다르지 않았다. 날지 못하는 가마우지나 바다오리가 꼼짝없이 개펄에 갇혀 있는 형상이었다. 가마우지 같은 그녀를 집으로 데려가는 일은 쉽지 않았다. 남편이라면 억지로라도 업어서 데려갈 테지만, 나는 그녀를 업을 힘도 설득할 자신도 없었다. 더군다나 그녀는 개펄 한가운데 진을 치고 있어 낚싯대를 던질 수도, 그물을 쳐 끌어올릴 수도 없었다. 나는 또 고민에 빠졌다. 그녀를 섣불리

건드렸다가는 나 혼자 동문서답하다 날샐 것이 뻔했다. 그녀의 반복되는 개펄행을 아주 이해 못하는 바는 아니지만, 시간이 갈수록 그녀에 대한 이해가 뭔지 모를 불길함으로 바뀌었다. 그녀가 있는 개펄 한가운데로 들어가고 싶지 않았다. 개펄이 그녀만의 성역 같기도 하고 불길함의 뿌리 같기도 해서 발을 들여놓기 싫었다. 나는 푹푹 빠지는 개펄이 아닌 안전한 갯바위로 올라가 그녀를 불렀다.

"어머니!"

개펄이 일순 소란스러워지며 층층이 출렁거렸다. 검은 융단 같은 개펄이 몸을 틀자 바닷새가 푸드덕 날아올랐고, 게들이 놀라 달아났고, 총총한 구멍들이 일제히 문을 닫았다. 저만치 밀려난 바다가 까칠하게 철썩거렸고, 중지 씨가 희미한 하현달인 양 내 쪽으로 슬쩍 고개를 돌렸다. 그러나 그뿐이었다. 바닷새보다는 크고 조개나 게보다는 느린 바다 생물 중지 씨는 개펄 깊숙이 박힌 듯 더 이상 꿈쩍하지 않았다. 할 수 없었다. 갯바위에서 내려선 나는 두어 발짝 더 그녀에게로 다가갔다.

"어머니! 빨리 일어나요, 집으로 가요!"

그녀가 희미하게 날 쳐다보는가 싶더니 또다시 못 들은 척 바다로 고개를 돌렸다. 잔잔한 겨울 바다가 그녀 앞에 있었다. 수십 년 동안 지겹도록 봐왔을 바다에 넋을 빼앗긴 듯, 그녀는 다른 소리에 귀를 막았다. 나는 조금 더 가까이 다가가 그녀를 향해 손짓했다. 생각 같아서는 단숨에 개펄로 뛰어들어가 그녀를 번쩍 안아다 갯바닥에 내동냉이치고 싶었다. 솔직히 그만하면 됐다고 따귀라도 한 대 올려붙이고 싶은 적이 한두 번이 아니었다. 바다를 싫어하는 것은 아니지만 그녀가 있는 바다를 보는 것은 나는 물론이고 몽이도 사람들 모두에게 곤혹스런 기억을 떠올리게 만들었다. 이제 와서 하는 말이지만 아무도 그날을 기억하려 하는 사람이 없는데, 그녀가 자꾸 개펄에 나와 청승을 떨어 불편한 기억들을 불러냈다. 물론 그녀가 제정신이 아닌 것은 다행스러운 일이었다. 아무도 그녀가 멀쩡한 정신으로 그런다고는 생각지 않기 때문이었다.

"어머니 자꾸 이러시면 이제 데리러 오지 않을 거예요."

"……"

개펄은 언제나 차지고 윤택했다. 편편한가 싶으면 출렁이고 고요한가 싶으면 떠들썩했다. 그녀만 주인인 양 행세하지 않는다면 발끝에서 방정 떠는 게와 조개 한 바가지 정도는 쉽게 잡아갈 수 있는데, 내 속이 개펄만큼이나 시끄러워 그녀밖에는 보이지 않았다.

"해 떨어져요, 빨리 가요!"

"에미야, 저기 봐라!"

그녀가 바다를 가리키며 날 불렀다. 내게는 좀처럼 말을 걸지 않는 그녀가 나더러 바다를 보라고 했다. 그녀가 반응을 보였으니 집으로 데려가는 일이 아주 어려울 것 같지는 않았다.

"뭐요?"

그녀가 바다에서 뭔가 보았다면 몽이도로 오는 마지막 배여야 하는데, 배는 아직 들어올 시간이 아니었다.

"저기 시커먼 괴물이!"

그녀가 놀란 표정으로 다시 바다를 가리켰다.

"무슨 괴물이야…… 빨리 가요!"

그녀는 엊그제도 남편에게 시커먼 괴물 얘기를 했다고 했다. 남편은 그녀의 병세가 깊어지는 것 같다며 조금만 더 지켜보자고 했다. 남편의 말은 조만간 그녀를 다시 요양원에 입원시키겠다는 뜻이고 나는 내심 환영했다.

"집채만한 시커먼 괴물이 바다에서 쑥 올라왔단다. 처음에는 주먹만하더니 달을 먹고 자라는지…… 수박만해지고, 자동차만해지고, 학교 운동장만해지고…… 아무래도 막달이가 찾아온 것 같다."

치매 걸린 그녀가 혼자 중얼거린 소리였지만 아니, 다른 소리는 모두 헛소리였지만 말끝에 매달린 막달이란 이름은 헛소리가 아니라 진짜였다. 다른 말은 모두 환상이고 환청이라고 해도 막달이는 진짜였고, 그녀의 둘도 없는 친구였다. 몽이도 개펄이 고향인 막달이와 중지 씨의 삶을 뒤집어놓은 것은 우리가 아니라 저 바다였다. 그런데도 나는 두려웠다. 말도 안 되는 소리지만 막달이는 여전히 두려운 실체였다. 막달이는 오래전에 죽었는데, 그날의 일들이 마치 어제 일처럼 생생하게 떠오르면서 불안이 살금살금 갯바닥을 기어다녔다. 막아야 했다. 그녀의 헛소리를 막아야만 낭만적인 바다를 지킬 수 있었다.

"괴물 같은 소리 말아요! 어머니 자꾸 이러면 요양원에 집어넣을 거예요. 막달이 죽은 지가 언젠데, 아들 잘사는 거 보고 싶으면 그 입 다물어요."

그녀가 제 발로 걸어 나오길 바랐지만 더는 기다릴 수가 없었다. 그녀는 계속해서 바다를 가리키며 혼잣말을 이어갔다. 설움과 분노와 안타까움이 뒤섞인 그녀의 목소리는 대부분 깨지고 갈라져 바람에 흩어지고 개펄에 스며들었지만, 간간이 튀어나오는 막달이란 이름만큼은 정확하고 또렷해서 내 참을성을 시험했다.

"제발 그만 하세요!"

뒤쪽에서 끌어안았지만 그녀는 쉽게 빠지지 않았다.

"막달이 엄마가 막달이 불쌍하다고 잘 지내라고 했는데, 막달이는 까막눈이고 귀도 먹어서 내가 옆에 붙어 있어야 하는데, 막달이 엄마한테 미안해서 어떡하나. 막달이 신발 찾아야 하는데, 그노무 새끼들이 우리 막달이를 죽였어! 막달이는 내

친군데……"

나도 모르게 그녀의 등짝을 후려치고 말았다. 내가 죽을힘을 다해 들어올리면 그녀는 다시 밑으로 쑥 빠져 개펄에 콕 처박혔다. 마지막 배가 들어올 시간인데 개흙투성이 그녀는 헛소리를 멈추지 않았다.

"빨리 일어나지 못해요! 어서요!"

놀란 그녀가 고둥이 눈으로 날 빤히 바라보았다. 눈물을 흘린 듯 진흙 묻은 볼 가운데로 긴 갯지렁이 자국이 나 있었다. 그녀와 그렇게 가까이 마주한 적은 처음이었다. 그녀가 치매에 걸리기 전에는 그런대로 시어머니와 며느리라는 관계를 유지했다. 그런데 그녀의 정신이 퇴행을 거듭하면서 나는 그녀를 몽이도의 또 다른 섬으로 만들어버릴 수밖에 없었다. 막 달이가 죽고 그녀가 몽이도에 남은 마지막 원주민이라는 사실 또한 내게는 큰 부담이었다. 몽이도에서 나만 왠지 쓸모없는 골동품과 함께 사는 느낌이었다. 나는 그녀와 더 이상 마주하고 싶지 않았다. 순진한 것도 같고 엉큼한 것도 같은 그녀의 눈에 속아넘어갈 시간이 없었다. 나는 이때다 싶어 그녀를 다시 거칠게 끌어안았다. 순간 그녀가 세차게 몸을 비틀었고 나는 그녀를 놓치지 않으려 꼭 끌어안은 채 개펄을 나뒹굴기 시작했다. 아무리 일어나려 애를 써도 내 옷자락을 앙칼지게 움켜잡고 씨부렁거리는 그녀를 당해낼 재간이 없었다.

"미쳤어요! 도대체 왜 그래요. 이젠 부자로 잘사는데, 뭐가 부족해서 난리예요. 이 지긋지긋한 개펄에 무슨 미련이 있다고."

그녀에게 애원했지만 소용없었다. 그녀는 점점 더 개펄 속으로 내려앉고 있었다. 멀리 몽이도로 들어오는 배가 보였다. 달펜션으로 오는 손님들이 타고 있는 배였다. 이제 더는 기다릴 수 없었다. 집으로 돌아가 그들을 맞이할 준비를 하려면 무슨 수를 써서라도 그녀를 개펄에서 치워야 했다. 내 미래는 그녀와 개펄이 아니라 달펜션을 찾아오는 손님들이었다. 서울에서 공부하는 두 아들의 성공도 달펜션의 한 달 수입에 달려 있었고, 몽이도 최고의 숙박 시설을 만들겠다는 남편의 꿈도 펄 투성이 그녀 따위가 아니라 하룻저녁에 이삼십만 원을 주고 놀러 오는 손님들이었다. 그녀가 미끄러운 손으로 날 움켜잡으며 말했다.

"막달이? 막달아 살아 있었구나!"

그녀가 나를 막달이라고 불렀다. 개흙 범벅이 된 나는 그녀의 미끄덩거리는 두 손에 얼굴을 잡히고 말았다.

"어머니, 막달이 오래전에 이 개펄에서 죽었잖아요."

"아이구 막달아! 추워서 혼났지?"

그녀는 내 몸에 붙은 개흙을 훑어내며 막달이의 생환을 반겼다. 그녀가 날 막달이로 보는 것도 무리는 아니었다. 그날 막달이의 죽음은 지금의 나와 그녀처럼 시커먼 기름과 개흙 범벅을 하고 있어, 지켜보던 사람들을 기절하게 만들었다. 그러니까 5년 전 이맘때쯤이었을 것이다. 떠올리고 싶지 않은 그날이 그녀의 막달이 때문에 만조의 바다처럼 출렁거렸다.

중지 씨는 그날도 여느 때와 다름없이 개펄에 나가 있었다. 남편은 친구의 낚싯배를 빌려 바다에 나갔고 나는 손님이 떠난 빈방을 청소하느라 허리가 휠 지경이었다. 아무리 허름한 민박집이라고 해도 기본적으로 지켜야 할 상식이 있는데, 네 명의 낚시꾼들이 이틀 동안 머물다 간 방안은 쓰레기 집하장 같았다. 서울에서 왔다는 유세를 떨며 고추장 달라 된장 달라 며 가지가지 괴롭혀도 오랜만에 든 손님이라 고분고분 들어 주었다. 중지 씨가 나 몰래 동치미까지 퍼다 주며 친절을 떨었는데, 돌아온 것은 쓰레기들뿐이었다. 그들이 떠난 방안 풍경을 보면서 나는 상식이란 인간의 본성이 아니라 지폐의 두께에 비례하는 물성이라는 걸 깨달았다. 그들이 바닷가 오두막에 딸린 민박집이 아니라 하룻저녁에 몇 십만 원 하는 호텔이었다면 감히 그런 짓을 저지르고 태연히 섬을 떠나지 않았을 것이었다.

여자 둘 남자 둘 짝을 이뤄 찾아올 때부터 시끄러울 거라는 짐작은 했지만, 이틀 밤 내내 술판을 벌이며 괴성을 질러

댈 줄은 예상하지 못했다. 둘째 날 밤에는 열두시도 넘은 시간에 술이 떨어졌다고 생난리를 쳐 남편이 영주네 냉장고를 뒤져다 주기도 했다. 낚싯배 대여료와 방값까지 오랜만에 만져보는 현금이라 솟구치는 성질머리를 죽이느라 무던히 애쓰던 남편을 생각하니 오만 냄새를 만들어놓고 사라진 그들에게 분노가 일었다. 방안 가득 펼쳐진 이부자리 위로 과자 봉지와 라면 봉지가 수두룩했고 여기저기 쓰러져 있는 막걸리병과 소주병에선 먹다 남은 술들이 흘러나와 발 디딜 틈이 없었다. 컵라면을 먹었는지 텔레비전 장식대 위에는 시뻘건 라면 국물이 떨어져 이불 한 자락을 푹신 적셨고, 특별히 가져다 준 크리넥스 한 통도 속이 텅 빈 채 납작하게 찌그러져 있었다. 그들에게 외딴섬 몽이도는 똥을 싸고 싶어 찾아왔지만 실컷 싸고 난 뒤에는 구린내를 피해 뒤돌아보지 않고 얼른 빠져나가야 하는 변소에 불과했다. 변소에서 교양과 양심을 찾는 사람은 없을 테니 결국 그들이 문제가 아니라 변소가 문제라는 걸, 나는 방 청소하는 내내 되씹었다.

그렇게 이불 빨래까지 마치고 잠시 쉴까 했는데, 때맞춰 바다에 나갔던 남편이 중지 씨를 데리고 들어왔다. 아직 해가 남아 있는데, 중지 씨의 이른 귀가에 기분이 흐려졌다. 남편도 뜻하지 않게 집으로 돌아온 듯 내게 눈짓을 하며 그녀를 부축해 방으로 데려갔다.

"어머니가 아프다고 명근이가 전화했더라고."

명근이는 영주 남편이었다. 그녀가 개펄에서 비실비실하는 걸 때마침 그곳을 지나던 명근 씨가 보고는 남편에게 연락을 한 모양이었다.

"점심 먹은 게 좋지 않은가봐."

그녀의 방에서 나온 남편은 대수롭지 않게 말했다. 나 역시 그녀가 자주 체하거나 배앓이를 해 크게 신경쓰지 않았다. 더군다나 오늘 점심은 집에서 먹은 것도 아니고 마을회관에서 먹어 나 때문에 문제가 생긴 것도 아니었다. 그녀는 그렇게 다른 날보다 일찍 개펄에서 돌아와 자리에 누웠고 남편은 다시 바다로 나갔다. 몽이도에서 조금 떨어진 무인도로 낚시꾼들을 데리러 간다고 했다. 그녀만 아니었으면 자신도 그곳에서 낚시를 하려고 했는데, 그녀가 아프다는 명근 씨 연락을 받고 그냥 돌아왔다며 투덜거렸다. 그곳 무인도에는 우럭이 많이 잡혀 낚시꾼들이 자주 찾았고 남편도 시간이 날 때마다 그곳으로 향했다. 일몰이 가까워지면서 바다는 전에 없이 거칠었다. 수시로 모습을 바꾸어 뭐라 정의할 수는 없지만 그런 바다를 볼 때마다 나는 시커먼 개펄을 닮은 그녀 같다는 생각이 들었다. 겉으론 순하고 평온해 보이지만 개펄에만 나가면 펄펄 날아 몽이도에서 그녀만큼 조개를 잘 캐고 낙지를 잘 잡는 사람도 없었다. 또 며느리인 나하고는 본체만체 지내면서 막달이하고는 볼 적마다 반가워 죽는 꼴이 게 자루 속처럼 시끄러웠다. 개흙 속 같은 그녀 마음을 알려고 하다가는 내가 먼저 바다로 풍덩 들어가야 될 듯싶어 포기한 지 오래되었다.

다행인 것은 남편이 그녀와 나 사이를 상관하지 않는다는 것이었다. 누구 편도 아니고 누구 편도 되기 싫다는 남편의 태도에 서운할 때도 있지만, 덕분에 더 큰 고부 갈등은 일어나지 않았다. 그녀의 방은 조용했다. 가끔 기력이 달리는 듯 그녀는 한번 잠이 들면 쉽게 일어나지 못했다. 그녀는 어쩌면 늦은 저녁을 먹으러 일어날 수도 있고 내일 아침까지 깨어나지 않을 수도 있었다. 한갓졌다. 내 방으로 들어가 길게 누워 텔레비전을 켰다. 드라마를 기대했는데 방송사마다 속보가 전해지고 있었다. 만리포 서쪽 근해에서 해상 크레인과 원유를 싣고 가던 배가 부딪쳐 기름이 바다로 유출되었다는 소식이었다. 그런 일이 발생한다는 건 가끔 들었고 바다는 어마어마하게 넓었다. 그냥 뉴스일 뿐 내가 놀랄 일은 아니었다. 나는 계속해서 반복하는 그 뉴스를 보다가 스르르 잠이 들었다. 그러다 소스라치게 놀라 깬 것은 중지 씨 때문이었다. 텔레비전은 꺼져 있었고 시간은 벌써 한밤중이었다. 언제 들어온 것인지 남편도 술냄새를 풍기며 옆에서 자고 있었다. 무슨 일인가 싶어 거실로 나갔더니 그녀가 안절부절못하며 막달이를 불렀다.

"에미야! 막달이, 막달이 그냥 두고 왔다……"

그녀가 발을 동동거리며 캄캄한 밖을 가리켰다.

"지금 한밤중이에요. 집에 들어갔을 테죠."

"아니야! 어서 가자, 막달이 귀먹어서 아무것도 못 듣잖아."

몽이도에서 막달이가 귀머거리라는 사실을 모르는 사람은 없었다. 막달이가 귀머거리고, 까막눈이고, 혼자 살고, 우리보다 더 가난하다는 사실을 모두 알아 애들부터 노인들까지 아무나 막달이라고 불렀다. 그 막달이와 중지 씨가 죽고 못 사는 친구라는 사실도 알았고, 중지 씨만 막달이를 공경 받아야 할 노인으로 상대하며 동병상련한다는 것도 모두 알고 있었다.

"걱정 마세요, 누군가 집으로 데려다줬겠죠. 어머니 말고도 개펄에 사람 많아요."

"아니야! 막달이가 나 말고 누굴 믿겠냐, 얼른 나가보자."

그녀는 끝까지 고집을 부렸다. 만조 시간이라 나가봤자 개펄도 사라졌겠지만, 이때까지 막달이가 그곳에 있을 리 없었다. 하지만 아무리 말려도 그녀는 끝내 밖으로 나가려는 듯 발버둥치며 막달이를 불렀다. 그녀의 소란에 술에 취해 잠들어 있던 남편이 거실로 뛰쳐나오며 고함을 질렀다.

"어머니! 정신 차리세요! 지금 시간이 몇 신데, 빨리 들어가 자요!"

그녀가 흠칫해서 남편을 빤히 올려다보았다. 남편이 오금을 박듯 다시 소리쳤다.

"막달이가 죽은 친정엄마라도 돼요? 소란 떨지 말고 어서 들어가요."

내 팔을 잡았던 그녀의 손이 힘없이 떨어졌다. 새파랗게 소리치는 남편이 두려운 듯 슬금슬금 되돌아서더니 자신의 방으로 들어갔다. 곧이어 그녀가 막달이를 부르며 우는 소리가 들렸고, 남편이 그녀의 방으로 돌진하려는 걸 내가 말렸다. 그녀에게는 몸이 시원찮은 막달이를 챙겨야 한다는 책임감이 몸에 밴 모양이었다. 어릴 적부터 쭉 그렇게 살아 막달이가 자신의 일부처럼 생각되는 건지도 몰랐다. 이해는 하면서도 막상 그녀가 막달이를 챙기는 걸 보면 이상하게 기분이 좋지 않았다. 남편 체면도 있는데 기왕이면 그녀가 자신보다 나은 사람과 어울렸으면 하는 바람 같은 거였다. 그녀의 흐느끼는 소리만 빼면 몽이도의 밤은 어제와 다르지 않았다. 바람소리가 낮보다 조금 세진 느낌이지만, 언제 또 변덕을 부릴지 모르는 일이라 파도가 높다고 할 수도 없었다. 큰일을 해결한 듯 방으로 들어가려던 남편이 거실 창 쪽으로 고개를 돌리며 말했다.

"어디 불났나…… 무슨 냄새 나는 것 같지 않아?"

"아니, 아무 냄새도 안 나는데."

나는 아무 냄새도 맡지 못했는데 남편은 여러 번 코를 킁킁거렸다. 물을 끼고 살지만 바람이 세서 한번 불이 나면 걷잡을 수 없는 곳이 섬이었다. 소방서가 있는 것도 아니고 바닷물을 쉽게 퍼 올릴 수 있는 것도 아니라서 섬사람들은 화재에 예민할 수밖에 없었다. 전기와 수도 시설이 되어 있지만 집집마다 드럼통에 빗물을 받아놓는 것이 예사였다. 남편 말 때문인지 처음과 달리 밖에서 불내가 스머드는 것도 같았다. 하지만 불이 났다면 누군가 마을회관으로 달려가 방송을 했을 것이니 그건 아닐 것이었다.

이튿날 새벽, 중지 씨는 방안에 없었다. 엊저녁 그 난리를 피웠으니 새벽같이 개펄로 나갔을 거라는 짐작이 갔다. 그녀의 이른 외출보다 더 심각한 것은 텔레비전 뉴스를 통해 연속적으로 방송되는 기름 유출 사고였다. 새벽잠에서 깬 남편은 비로소 영주 남편이 왜 그리 여러 번 전화를 했는지 알았다. 마을회관에선 기름 유출을 알리는 방송이 영주 남편의 다급한 목소리를 타고 흘러나왔다. 그때까지도 나는 그 문제하고 몽이도하고 무슨 상관이 있다는 건지 이해하지 못했다. 다른 곳은 몰라도 몽이도는 지금까지 태풍 한 번 대차게 맞은 적이 없었다. 바다에 나갔다가 죽은 사람은 있지만 그건 어부의 숙명이라 몽이도만의 비극은 아니었다. 밤새 무슨 일이 일어난 것인지 영주 남편은 서둘러 선착장으로 모이라고 했다.

남편과 나는 방송이 끝나기 무섭게 달펜션을 박차고 나왔다. 꽃게잡이 나갔던 영주 시아버지 배가 풍랑에 침몰해 네 명이 죽었을 때도 몽이도 사람들은 묵묵히 받아들였다. 온 동네가 통곡을 하긴 했지만, 오늘처럼 무겁고 흉흉한 기분은 들지 않았다. 그러고 보니 어젯밤에 희미하게 맡아지던 불 냄새가 현관문을 열자 무섭게 달려들었다. 불내가 아니라 기름 냄새였다. 진득하면서도 매캐한 기름 냄새가 대번에 코를 움켜쥐게 만들었다. 점퍼에 붙은 모자를 끌어당겨 코를 막은 채로 마당을 지나 해안길로 내려선 남편과 나는 눈앞의 바다를 보고는 그만 그 자리에 우뚝 서고 말았다. 바다 색깔이 이상했다. 정의할 수 없는 게 바다색이라지만 몽이도 바다는 달랐다. 투명한 쪽빛은 아니지만 수평선 끝의 바닷빛은 천국으로 향하는 구름다리처럼 맑고 평화로운 바닷빛 그 자체였다. 그런데, 그런 바다는 보이지 않고 검은 물체만 가득했다. 지옥의 냄새를 풍기는 검은 물체가 꿈틀꿈틀 몽이도를 포위하고 있었다. 무서웠다. 나는 남편을 방패 삼아 바다를 등진 채 걸었다. 밤새바다를 지켜봤을 해안가 팽나무 길을, 남편과 나는 포화 속을 뚫고 가는 피난민처럼 뛰었다.

사람들 모두 두려운 눈으로 바다를 보거나 코를 틀어막거나 급작스런 재앙에 할 말을 잃은 표정들이었다. 손바닥으로 코를 막은 영주가 내 곁으로 다가왔다.

"자기 시어머닌 어딨어? 중지 씨……"

그러고 보니 남편과 나보다 먼저 나간 중지 씨가 보이지 않았다. 몽이도 사람들 모두 합해야 오십 명도 안 되는데, 아무리 둘러봐도 그녀는 보이지 않았다. 남편 역시 그녀를 찾았는지 보이지 않는다며 내게 눈짓을 보냈다. 귀먹은 막달이도 아니고 방송을 들었다면 분명히 선착장으로 왔을 텐데, 방송을 하자마자 선착장으로 달려왔다는 영주 남편도 중지 씨를 보지 못했다고 했다.

"아까 방송으로도 얘기했고 뉴스로 들어서도 아실 겁니다. 보시다시피 바다가 이 지경이 됐으니 최대한 피해를 막을 방법을 찾아야 할 것 같습니다. 막달네만 빼놓고 다들 모이신 것 같으니 두 패로 나눠서 섬을 한 바퀴 돌아본 뒤 마을회관으로 모이세요."

중지 씨는 막달이와 함께 있는 게 분명했다. 중지 씨는 지금쯤 막달이와 함께 어제 캔 조개를 까고 있을 것이었다. 그녀에게 막달이는 귀가 들리거나 말거나 자신의 말을 가장 잘 들어주고 이해해주는 친구이고, 몽이도에 무슨 일이 벌어졌는지는 중요하지 않을 것이었다. 다른 사람들 역시 막달이와 그녀의 불참에 대해선 아무 신경쓰지 않았다. 오히려 두 사람이 나타나 거치적거리면 더 신경쓰이니 안 보이는 게 낫다고도 했다.

윤기 흐르던 차진 개펄은 사라지고 없었다. 고약한 냄새를 풍기며 쿨렁거리는 시커먼 기름이 해안가 개펄을 두껍게 덮치고 있었다. 실감이 나지 않았다. 어제만 해도 수평선 너머까지 눈부시게 푸르던 바다는 온데간데없었다. 해일과 태풍이라면 모를까, 그 큰 바다가 저토록 무시무시한 괴물의 형상을 하고 있다는 게 믿기지 않았다. 섬사람들은 바다가 품어줘야 살 수 있는데, 바다가 저토록 검은 형상으로 찾아올 줄은 몰랐다. 사람들은 고개를 내저으며 깊은 절망을 내뱉었다. 남편이 죽고 아들이 죽었을 때조차 해장을 하듯 바다를 보며 숨을 고르던 사람들이 눈앞의 바다를 똑바로 쳐다보지 못했다. 엄두가 나지 않았다. 만질 수도 가까이 다가갈 수도 없어 발만 굴렀다. 질척이는 기름에 개펄을 내준 바다는 저만치에서 파도 소리조차 만들어내지 못하고 신음했다.

사람들이 잠시 멈췄던 걸음을 다시 옮기려 할 때 가까이에서 갈매기 울음소리가 들려왔다. 물살을 가르며 섬으로 달려오는 뱃고동도 없는데, 사람들은 어리둥절해 개펄을 둘러보았다.

"저기 봐요!"

영주 남편이 소리치며 거뭇한 물체가 있는 쪽으로 달려갔다. 나와 남편도 허겁지겁 그의 뒤를 따라갔고 나머지 사람들도 꼬리를 물고 소리 나는 곳을 향해 뛰었다. 얼마쯤 가지 않아서 나는 그 요상한 소리를 시어머니 중지 씨가 내고 있다는 걸 알았다. 그녀가 기름투성이 시커먼 개펄에 앉아 목이 잠긴 갈매기 소리로 누군가를 애타게 부르고 있었다. 막달이와 천연덕스럽게 조개를 까거나 부침개를 해먹으며 놀고 있을 거라 생각했는데, 중지 씨는 기름 개펄 한가운데 주저앉은 것도 모자라 시커먼 기름 덩이를 가슴에 끌어안고는 꺼이꺼이 숨넘어가는 소릴 내고 있었다. 나도 그렇지만 다른 사람들 역시 그녀의 해괴한 모습에 할 말을 잊은 표정들이었다. 남편이 다급하게 그녀를 불렀다.

"어머니! 지금 뭐하시는 거예요! 거기서 빨리 나오세요!"

아무 소리도 들리지 않는 듯 그녀는 가슴에 끌어안은 기름 덩이만 자꾸 손으로 쓸어내렸다.

"어머! 자기 시어머니 정말 심각하다. 빨리 요양원에 집어넣어……"

영주가 혀를 차며 내게 말했다. 지켜보던 사람들도 그녀가 정신을 놓아 이상한 짓을 한다고 여기는 눈치였다. 남편은 여전히 그녀더러 나오라고 소리만 지를 뿐 그녀가 있는 개펄로 선뜻 뛰어들지는 못했다. 보다 못해 기름 펄로 발을 들여놓은 사람은 몽이도 이장이었다. 그녀와 연배가 같은 이장이 꾸부정한 몸으로 푹푹 빠지는 기름 펄 속으로 들어갔다. 오십여 미터 정도의 거리밖에 안 되는데, 시커먼 안개와 냄새 때문인지 우리는 모두 그녀가 끌어안고 있는 것이 그냥 기름 덩이인 줄로만 알았다. 그녀 가까이에 줄줄이 흩어져 있는 크고 작은 물체들도 기름을 뒤집어쓴 작은 갯바위거나 바다에서 쓸려 온 쓰레기일 거라고 짐작했다. 이장이 살신성인하듯 그녀 곁으로 다가가 여전히 끅끅거리는 그녀에게 뭐라 말을 건넸다. 그리고 잠시 후, 구부정한 허리를 더 바짝 굽힌 이장이 그녀에게서 시커먼 기름 덩이를 건네받았다. 강보에 싸인 아이를 건네받듯 조심스럽게 기름 덩이를 넘겨받자, 그녀가 일어나 이장을 따라 나왔다. 지켜보는 내내 무슨 일인가 싶었다. 아무리 봐도 시커먼 기름 덩어리 같은 그것을 그녀가 이장 품에 조심스럽게 안겨줄 때조차 우리는 전혀 눈치채지 못했다.

갯가 자갈밭에 이른 이장이 두 무릎을 꿇더니 안고 온 기름 덩이를 가만히 내려놓았다. 가까이에서 봐도 기름 덩어리였다. 뒤따라온 그녀가 무릎을 꺾으며 다시 통곡하지 않았다면 지켜보는 사람들도 그것이 사람인지, 기름 범벅된 무슨 물건인지 분간하지 못했을 것이다. 그녀가 개펄을 뒤지고 쑤시듯 시커먼 기름 덩이에 손을 대며 울었다.

"막달아! 미안하다! 미안하다! 내가 있었더라면 이렇게 되지 않았을 텐데, 미안하다!"

그녀가 얼마쯤 훑어냈을까. 시커먼 기름 덩이 속에서 막달이의 눈이 나오고 입이 나오고 코가 나왔다. 얼마쯤 더 쑤시고 파내자, 막달이의 퉁퉁 부은 손과 발이 튀어나왔다. 그리고 그녀의 갈퀴 같은 시커먼 손이 막달이의 걸레 같은 팬티를 벗겨내고, 대합을 잡듯 사타구니 기름을 퍼내자 구부러진 두 다리가 나왔다. 징그럽고 소름 끼쳤다. 그녀가 개펄을 뒤지듯 막달이의 몸 여기저기를 손가락으로 쑤시고 파낼 때마다 사람들은 놀라 소리쳤다. 그녀처럼 우는 것이 아니라 놀라거나 징그러워서 내는 소리였다. 죽을 때조차 사람들을 불편하게 만든 막달이를 가여워하는 사람은 같은 또래 노인들뿐이었고, 중지 씨만이 막달이의 자식이자 부모인 양 서럽게 울었다. 평생 소리 한 번 듣지 못했을 막달이의 귓구멍을 파낼 때, 그녀는 죽어가는 갈매기 소릴 내며 몸을 뒤틀었다.

"아이구! 막달아! 살려달라고 소릴 질러야지……"

이 꼴을 보고도 가만히 서서 구경만 하느냐고 이장이 사람들을 향해 소리쳤다. 영주 남편이 바지를 걷어올리더니 어기적어기적 기름 펄로 들어갔고 남편과 다른 남자들도 뒤따라 들어갔다. 막달이 옆으로 또 다른 죽음들이 차례로 놓였다. 몇 마리의 새들과 들고양이, 고라니가 막달이와 같은 모습으로 진열되었다. 이장이 마지막으로 펄에서 꺼내온 막달이의 파란색 장화 한 짝은 시어머니의 품속에서 한참 동안 머물다 다른 죽음들과 함께 놓였다. 그것들은 냄새 지독한 크고 작은 기름 덩어리에 불과했다. 비상하던 새들의 날개도, 모래톱을 산책하던 들고양이도, 개펄을 헤매던 막달이의 장화도, 길 잃은 고라니의 슬픈 눈동자도 흔적이 없었다. 흔적을 찾을 수 없어 그런지 아무 감정이 생기지 않았다.

그날부터 몽이도는 전쟁을 시작했다. 사람들은 분노를 끌어안은 채 날이 밝기 무섭게 개펄로 나갔다. 방송에서는 매일 기름 유출 사고에 대한 피해 상황을 알렸지만, 무슨 일인지 몽이도에 대한 얘기는 어떤 방송에서도 나오지 않았다. 피해 주민 대책위원장인 명근 씨가 분명 한 일간지 기자에게 피해 사실을 알렸고 지역 신문 기자도 전화를 해 몽이도의 피해 상황을 물어봤다고 했는데, 신문이나 텔레비전 어디에서도 몽이도에 관한 뉴스는 없었다.

새벽부터 해가 질 때까지 코를 틀어막고 일해도 주민 수가 적어 그런지 기름 수거 작업은 좀처럼 표시가 나지 않았다. 끝없이 밀려왔고 아무리 걷어내도 시커먼 수렁은 바닥을 드러내지 않았다. 끈적거리는 타르 알갱이들이 해변에 스며들어 더 이상 수거가 불가능한 곳도 많았다. 이장의 김 양식장은 타르볼에 점령 당했고, 바람이 불 때마다 흙먼지와 함께 집안까지 날아들었다. 더구나 몽이도는 조류의 흐름이 빨라 오일볼의 경우 바닷속 어디든지 흘러 다닌다고 했다. 오일볼은 떠다니다 햇빛을 받으면 툭 터져 다시 기름띠를 형성하고 수개월 또는 수년에 걸쳐 가라앉았다 떠올랐다를 반복하며 바다 환경을 오염시킨다고 했다. 개펄만 알던 사람들에게 환경 오염이란 말은 낯설고도 어려웠지만 시시각각 변하는 바다를 보면 이해가 되는 것 같기도 했다. 그 많던 게와 바지락들이 새카맣게 죽어 나왔다. 낙지와 개불은 물론이고 괭이갈매기들조차 새까만 기름 펄 속에 빠져 죽었다.

사람들은 몽이도가 작은 섬이라 차별을 당하는 것이라며 분통을 터뜨렸다. 큰 섬에는 자원봉사자들이 넘쳐나고 지원 물품이 밀려드는데, 몽이도에 대한 얘기는 아직 바다를 건너가지 못한 모양이었다. 사람이 죽었는데 사고를 낸 책임자도 정부도 알은체를 하지 않았다. 명근 씨는 기자가 혹시 잘못 알아들었을 수도 있으니 다시 한 번 통화를 해보겠다고 했다. 사고 발생 닷새째 되던 날, 명근 씨가 막 한 방송사 기자에게 전화를 하려던 참이었다. 첫 배를 타고 수십 명의 자원봉사자들이 몽이도 선착장에 나타났다. 반가웠다. 아무도 찾지 않아 몽이도는 버려진 섬이 될지도 모른다고 생각했는데, 그들을 보는 순간 나는 구원자를 만난 것만 같았다. 깜깜하기만 했던 개펄이 사람들 손이 닿자 조금씩 숨을 쉬기 시작했다. 그렇게 정신없이 기름과 싸우던 어느 날, 또 다른 자원봉사자들과 함께 한 변호사가 몽이도를 찾아왔다. 말쑥한 양복 차림으로 나타난 남자는 종일 기름을 닦아내느라 지친 사람들을 모아놓고 호기롭게 말했다.

"서울에서 온 김변호사입니다. 갑작스런 피해를 입은 주민 여러분께 회사를 대표해 사죄드립니다. 회사 측에서는 주민 여러분들의 생계에 지장 없도록 최대한 보상을 하겠다고 약속했습니다. 그래서 저희가 피해 상황을 고려해 측정한 최대 보상 금액은 개인의 일일 어업 획득량에 위로금을 더해 지급하는 것으로 결정했습니다."

나만 말귀를 알아듣지 못한 게 아니라 주민들 대부분이 그가 무슨 말을 하는지 모르는 눈치였다.

"지금 그게 말이라고 합니까! 책임자가 직접 찾아와 용서를 비는 게 순서지, 지금 돈 몇 푼 줄 테니 합의해달라는 겁니까."

명근 씨가 벌떡 일어나 삿대질을 해가며 말했다. 사람들이 웅성거렸다. 명근 씨 말이 맞다고 소리치는 사람도 있었고 기왕 이렇게 된 거 당연히 보상을 받아야 하지 않겠느냐고 속닥거리는 사람들도 있었다.

"제가 회사 측을 대변하는 사람이니까 여러분들의 어려움은 충분히 전달하겠습니다. 잘 한번 생각해보십시오. 여러분들이 하루에 개펄에 나가 채취하는 어패류가 얼마나 되는지, 또 바다에 나가 고기를 얼마나 잡는지요."

변호사는 시종일관 같은 표정으로 말했다. 사죄의 말을 전할 때조차 잠깐 고개만 숙였을 뿐, 그의 얼굴빛은 조금도 변하지 않았다. 명근 씨가 씩씩거리며 다시 일어났다.

"까짓 조개값 몇 푼으로 죄를 면하려는 모양인데 어림도 없는 소리 말아요. 일일 어업 획득량이라고? 그렇다면 우리가 죽을 때까지 여기서 일할 것이니 한 오십 년 치는 계산해줘야 맞을 거요."

사람들은 또다시 술렁거렸고 변호사의 얘기는 더 이상 진전이 없었다. 그는 가방 속에서 서류 한 다발을 꺼내 명근 씨에게 떠안기고는 서둘러 선착장으로 떠났다. 아직 결정이 난 일은 아니지만 누가 봐도 명근 씨의 협상 능력은 뛰어났다. 영주가 은근히 부러웠다. 부동산 중개사 정도는 마음만 먹으면 따는 거 아닌가 싶었는데, 똑 부러지도록 논리적인 명근 씨를 보니 그게 아니라는 생각이 들었다. 변호사가 떠나고 명근 씨가 다시 사람들의 의견을 모으려 했지만 결론은 쉽게 나지 않았다. 버텨야 한다는 쪽과 더는 힘들다며 하루라도 빨리 보상을 받아 몽이도를 떠나고 싶다는 쪽으로 갈렸다. 사실 나도 명근 씨에 대한 믿음은 있지만 변호사가 어떻게 나올지 모르는 마당이라 불안한 마음도 없지는 않았다.

명근 씨는 우리가 먼저 애가 닳을 필요는 없다고 했다. 해결 보자고 덤비는 쪽이 뒤가 구려 그런 것이라고. 기다리다 보면 구린 쪽 사람들이 제 발로 찾아올 것이고, 또 우리가 직접 나서지 않아도 앞장서서 일해줄 사람이 나타날 것이니 조급해할 필요가 없다고 했다. 듣고 보니 명근 씨 말이 맞는 것 같았다. 기름 유출 사고는 전 국민의 분노를 사고 있어 결코 쉽게 넘어갈 일이 아니었다. 몇 푼의 보상으로 끝날 일이라면 그쪽 변호사가 그렇게 빨리 찾아와 서류부터 내밀지는 않았을 것이었다. 명근 씨는 그들의 속셈을 일찌감치 간파하고 나름 계획을 세운 듯했다. 남편이 내 옆구리를 툭 치며 알아들었느냐고 물었다. 영주를 부러워하며 사는 나도 모자라 남편까지 명근 씨의 존재감에 밀리는 분위기였다.

  이튿날 명근 씨 말대로 또 한 명의 변호사가 마을회관에 나타났다. 사람들 모두 놀라는 눈치였다. 선거철도 아니고 하루 이틀 사이에 변호사가 둘씩이나 나타나 잘 부탁한다며 고개를 조아리니 몽이도 사람들로서는 무슨 일인가 싶었다. 사고를 낸 회사 측에서 보낸 변호사는 무슨 꿍꿍이로 왔는지 대충 짐작이 갔지만, 서울의 큰 로펌에서 왔다는 변호사의 방문은 사람들을 아리송하게 만들었다. 그러나 사람들은 이내 박변호사가 몽이도 편에 서서 싸워줄 아군임을 알아챘다.
  "여러분들은 그냥 제가 시키는 대로만 하면 됩니다. 여러분들의 피 같은 바다와 개펄을 제가 지켜드리겠습니다. 몽이도에서 편안히 살아갈 수 있도록 최고의 피해 보상금을 받아드릴 것이니 저희 로펌을 믿고 맡겨주십시오."

박변호사는 사고를 낸 회사 측에서 나온 변호사와 다르게 말했다. 조개값이나 들먹이며 은근히 몽이도 사람들을 무시하던 그와 달리 박변호사는 예의 바르고 침착했다. 보상금에 대한 문제도 최고의 금액을 받아준다고 자신 있게 말해 사람들을 설레게 했다. 명근 씨 역시 이번에는 타협의 의지가 있는 듯 박변호사의 말을 자르지 않고 끝까지 들었다. 사람들이 모두 돌아간 뒤에도 박변호사와 오랜 시간 이야기를 나누는 눈치였다. 또 그가 돌아갈 때는 남편을 동행해 선착장까지 배웅하는 걸 보니 그의 제안을 받아들이려는 것도 같았다. 이야기가 어디까지 진전된 것인지 궁금했던 나는 남편이 현관으로 들어서기 무섭게 붙들고는 도대체 보상금을 얼마까지 받아주겠다고 했는지 물었다. 남편이 픽픽 웃어가며 말했다.

"이 사람아 이제 시작이야. 공부도 안하고 백 점 맞을 생각부터 하냐."

그게 무슨 소리냐고 되물었지만 남편은 더 이상 설명하지 않았다. 하나씩 차근차근 풀어야 할 일들이 많으니 어서 자고 일어나 개펄에 나가봐야 한다고만 했다. 보상이라는 게 그리 쉽게 이루어지지 않는다는 것은 나도 대충은 알고 있었지만, 박변호사가 다녀간 뒤로는 공연히 일이 손에 잡히지 않았다. 처음에는 어떻게든 개펄을 되살려보려고 억지를 떨었는데, 뜻대로 되지 않았다. 자원봉사자들 덕분에 작업이 한결 수월해졌는데도, 개펄이 살아난들 무슨 소용이 있을까 싶은 것이 하루가 지겹기만 했다.

오늘도 온종일 미친년 치맛자락 펄럭이듯 하는 마음을 갯바닥에 붙들어놓고 있자니 이래저래 심란했다. 정든 님이라도 기다리는 양 고개가 자꾸만 선착장 쪽으로 돌아가 내가 왜 이러나 싶었다. 회관에서 국수로 대충 저녁을 때운 사람들이 하나둘 집으로 돌아가자 영주 내외와 우리 내외만 남았다. 영주가 별일로 자청해서 설거지를 하겠다고 나섰다. 기름 사단이 나면서부터 회관에 늦게까지 남아 뒤처리하는 사람은 으레 명근 씨라 이상할 것은 없었지만 영주가 설거지를 하겠다고 팔을 걷어붙인 것은 처음이었다. 그녀는 피곤한 기색이 없어 보였다. 명근 씨가 할 말이 있으니 우선 나하고 남편부터 앉으라고 했다.

"박변호사한테 우리 일 맡아달라고 했어. 다른 변호사도 알아봤는데 그쪽이 그래도 경험도 많고 우리 입장을 잘 대변해줄 것 같아서. 우선 우리가 해야 할 일들이 있어. 기름도 웬만큼 제거했으니까, 이제부터는 몽이도의 피해 사실을 밖에 알려야 한대. 다른 섬은 벌써부터 시작했다는데⋯⋯"

박변호사가 우리 일을 맡게 되었다는 소릴 들으니 반가웠다. 딱 한 번 본 변호사일 뿐인데, 이상하게 그를 생각하면 마음이 들떴다. 기다리던 소식을 전하고 있는 명근 씨가 더 대견해 보였고, 그동안 우리 모르게 애를 쓴 것 같아 미안한 생각까지 들었다. 남편은 짐작을 하고 있었던 듯 환하게 웃으며 명근 씨와 눈을 맞췄다.

"그럼, 우리도 시작하죠."

두 사람의 이야기는 처음이 아닌 듯 주고받는 눈빛이 자연스러웠다. 명근 씨보다 두 살 아래인 남편은 그를 친구처럼 대하다 진중한 이야기를 할 때는 꼭 형님이라고 불렀다. 명근 씨도 그런 남편의 태도가 싫지 않은 듯 은근히 남편을 부렸다.

"지금까지 피해 지역 상황을 볼 때 몽이도처럼 사람이 죽어나간 곳은 없어. 이건 아주 심각한 문제지. 한마디로 사람이 죽어나갔을 정도로 몽이도의 피해 상황이 크다는 뜻이지."

막달이가 죽었다는 사실을 잊고 있었던 나는 아차 싶었다. 기름 제거 작업을 하느라 경황이 없기도 했지만, 그녀의 죽음에 대해 미안함이나 그리움 같은 감정이 없기 때문일지도 몰랐다. 다른 사람들 역시 그녀를 묻은 이후 한 번도 그녀에 대한 이야기를 꺼내지 않았다. 막달이는 그냥 몽이도 바다이고 개펄이었던 것이다. 막달이가 죽었다고 바다와 개펄이 사라지는 것은 아니었다. 막달이의 죽음은 이제 몽이도를 되살리는데 필요한 물증일 뿐이었다. 불쑥 떠오른 막달이가 해안가 갈매기처럼 아주 잠깐 앉았다 사라졌다.

설거지를 끝낸 영주가 내 옆으로 앉으며 명근 씨 말을 되받았다.

"그러니까 당장 그 회사 앞에 가서 시위를 해야 한다니까. 몽이도 사람들 전부 몰려가서 막달이를 죽인 살인마라고 소리쳐야 해. 그래봤자 그 새끼들 꿈쩍도 안하겠지만 그래도 끝까지 버텨야 우리가 이겨."

영주가 새삼 대단해 보였다. 시위가 어떻고 집시법이 어떻고까지 들먹이며 대기업을 상대로 싸워 이기는 방법까지 설명할 때는 내가 알고 있는 그녀가 맞나 의심스러울 정도였다. 처음부터 야무지고 똘똘한 여자라는 건 알고 있었지만 이런 일까지 그토록 박식하게 꿰고 있을 줄은 몰랐다. 남편도 영주 말에 힘을 얻은 것인지 피곤해 보이던 눈이 갑자기 반짝거렸다.

"그까짓 개펄이 문제야, 사람이 죽었는데. 그 새끼들 그냥 두면 안 돼."

남편은 당장에라도 머리에 띠를 두르고 앞장설 기세였다.

"내가 내일 나가서 집회 신고하고 필요한 물건들 주문해놓을게."

명근 씨는 하나하나 계획이 서 있는 듯 차분하고 치밀해 보였다. 언제 찍어놓은 것인지 그가 보여주는 핸드폰 카메라 속에는 기름 덩어리 막달이의 죽음이 고스란히 담겨 있었다. 남편은 잠깐 섬뜩한 눈길로 핸드폰 액정을 바라보다 고개를 돌렸다. 명근 씨 계획은 막달이의 죽음을 전면에 내세우자는 것이었다.

이 모든 일의 시작은 명근 씨와 박변호사가 주도했고 몽이도 사람 누구도 두 사람이 하는 일에 반대하지 않았다. 며칠 후, 사람들은 일찌감치 선착장으로 모였다. 눈부신 아침 햇살이 뭍으로 향하는 뱃머리에 쏟아졌고, 막달이 장례를 위한 몽이도 사람들의 장엄한 행렬이 속속 이어졌다. 검은 양복을 입은 명근 씨와 남편은 '막달이의 죽음을 책임져라'라고 적힌 플래카드를 들고 선두에 섰다. 영주와 나, 이장은 기름 펄 속에서 폐조개처럼 죽어간 막달이의 시신이 박힌 피켓을 든 채 그 뒤를 따랐다. 얇은 화판에 사진 한 장 붙였을 뿐인데, 나는 피켓이 무거워 갑판으로 오르는 발길이 후들거렸다. 바다 갈매기와 늙은 도둑고양이 사체가 박힌 피켓을 든 영주는 붉은 입술과 흰 소복의 조화가 매력적으로 보여 그런지 죽음을 들고 있는 사람 같지 않았다. 죽음의 부피가 다르듯 죽음의 무게 또한 달라서 그런 것이라면, 막달이의 죽음을 들고 있는 내가 더 무겁고 불편한 게 당연한 것인지도 몰랐다.

나는 피켓의 정면이 나를 향하지 않도록 항상 주의를 기울였다. 중지 씨가 그토록 애를 썼지만 막달이는 끝내 우리가 알고 있던 모습을 되찾지 못했다. 그녀가 아무리 훑어내고 씻겨내도 사람의 형상으로 되돌아오지 못한 채 개펄인 양 괴물인 양 그렇게 가버리고 말았다. 막달이의 시신이 몽이도 한

골짜기에 묻힐 때, 중지 씨는 자신의 남편이자 내 시아버지가 바다에 빠져 죽었을 때보다 더 서럽게 울었다. 사람들도 아주 잠깐 막달이의 무덤에 삽질을 하며 안타까워했지만 발길이 떨어지지 않아 뒤돌아보는 사람은 그녀뿐이었다. 그녀만이 해가 지도록 막달이의 무덤을 지켰고 오늘도 그녀만 막달이를 찾으며 오열했다. 중지 씨는 시위에 대해 아무것도 모르면서, 자신에게도 막달이 사진이 박힌 피켓을 달라고 울었다. 남편은 단호했다. 모두 막달이를 위해서 하는 일이라고, 처음으로 그녀가 좋아하는 바나나 우유와 생강 과자를 품에 안겨주었다. 새삼스러운 일이지만 오늘은 왠지 더더욱 그래야만 할 것 같아서 따라가겠다고 매달리는 그녀 품에 과자 봉지를 안겨주고는 도망치듯 나와 현관문을 걸어 잠갔다.

배가 몽이도를 출발하자 사람들은 여행을 떠나는 듯 즐거워했다. 잘사는 큰집 대사에 초청이라도 받은 양 들뜬 모습으로 저마다 맡은 역할에 대해 떠들거나 다음 일정에 대한 이야기로 소란스러웠다. 명근 씨가 맨 앞줄에 설 나와 영주가 걱정되는지 슬며시 다가와 말했다.

"광화문 사거리라 사람들이 무지 많을 겁니다. 사람들이 쳐다봐도 당황하지 말고 내가 선창을 할 테니까, 최대한 크고 간절하게 소리쳐야 합니다. 특히 막달이 사진 들고 있는 미숙 씨 역할이 중요합니다. 간간이 눈물을 흘리면서 막달이는 몽이도라고, 막달이의 죽음은 곧 몽이도라는 섬을 통째로 죽인 거라고, 지켜보는 사람들을 향해 호소해야 합니다."

막상 명근 씨 애기를 듣고 나니 겁이 났다. 한 번도 해본 적 없는 시위를, 그것도 앞장서서 하라고 하니 처음과 달리 자신감이 떨어졌다.

"당신 목소리 크니까 잘할 거야. 당신이 어떻게 하느냐에 따라서 우리가 몽이도에서 살 수도 있고 떠날 수도 있으니까 잘해봐."

명근 씨와 남편의 말이 무슨 뜻인지는 어렴풋이 알고 있었다. 몽이도뿐만 아니라 다른 피해 지역 사람들도 벌써부터 시위와 집단 소송을 벌이고 있어 기름 유출 사고는 세상의 큰 관심을 받고 있었다. 중요한 건 그로 인해 사람이 죽은 사례는 몽이도가 처음이라는 사실이었다. 다른 지역은 어민들의 생업에 관한 피해로만 그칠 수 있지만 몽이도는 달랐다. 사람이 죽어 나간 것에 초점을 맞춰야 했다. 몽이도 사건을 맡은 박변호사는 자신의 모든 걸 걸고 이 문제에 매달리겠다고 했다. 30년 변호사 인생을 걸고 계란으로 바위를 부숴버리는 기적을 만들어 보이겠다고 장담했다. 우리가 가만히 있어도 박변호사가 알아서 날뛸 기세였다. 그가 알아서 가젤이든 멧돼지든 사냥해 오면 정글의 법칙대로 찢어 먹으면 된다고, 나도 알 건 다 아는데 영주는 항상 별것도 아닌 사실을 우회해서 말했다.

아무튼 우리는 그렇게 몽이도를 떠나 광화문 사거리에 도착했고 보란듯이 시위라는 걸 시작했다. 몽이도 사람들이 장례 차림의 행렬로 나타나자 북적이던 사거리의 시선이 한곳으로 모였다. 뒤이어 구슬픈 장송곡이 흘러나왔고 확성기를 들고 앞으로 나간 명근 씨가 몽이도의 비망록을 소리치기 시작했다.

"몽이도가 무참히 살해되었다! 청정 지역 몽이도가 죽었다! 당신들이 막달이를 죽였다! 몽이도를 살려내라! 막달이를 살려내라!"

명근 씨가 중간중간 내게 눈짓을 보냈다. 눈물을 흘려가며 그의 선창을 따라 해야 하는데 목소리가 나오지 않았다. 사람들이 너무 가까이에서 쳐다보고 있어 솔직히 명근 씨가 뭐라고 소리치는지도 잘 들리지 않았다. 난감해서 팔만 올렸다 내렸다 눈치를 보는데, 언제 다가온 것인지 남편이 내 옆구리를 툭 쳤다.

"당신 돈 걱정 안하고 살려면 빨리해……"

물러설 곳이 없었다. 명근 씨가 다시 내게 눈짓을 보냈다. 그 순간 나도 모르게 피켓이 번쩍 들리며 목구멍이 터졌다.

"아이구! 아이구! 우리 어머니 살려내라! 바다밖에 모르던 순진한 우리 어머니, 당신들이 죽였다! 살려내라! 살려내!"

뒤이어 영주가 나보다 더 큰 소리로 울부짖으며 막달이를 불렀다. 뒷줄에서 머뭇거리던 사람들도 어느새 하나가 되어 막달이와 몽이도를 살려내라며 소리쳤다. 막달이를 몽이도 골짜기에 묻을 때는 삽질조차 살살 하더니, 아무 연고도 없는 서울에 와서는 막달이의 하나밖에 없는 자식인 양 서럽게 목청들을 높였다. 막달이가 이를 보았다면 이제야 자신을 사람 취급해주나 싶어 눈물을 흘렸을지도 모른다. 나도 막달이를 위해 진심인지 아닌지 모를 눈물을 흘려가며 억울함을 호소했다. 그것이 끝내는 누구를 위한 일인지 모르지만 시위 분위기에 자연스럽게 젖을 수밖에 없었다. 지금껏 누군가의 이름을 외쳐가며 그토록 처절하게 울분을 토해보기는 처음이었다. 몽이도로 돌아가는 버스 안에서 생각하니 내게도 그런 삶에 대한 맹렬한 의지가 있었다는 사실이 새삼 놀라웠다. 남편도 나도 안 되는 일은 억지보다 세상의 순리를 앞세우고 살아왔다. 그러나 오늘 남편과 나는 침몰하는 배에서 탈출하려고 온 힘을 다해 몸부림쳤다. 막달이의 죽음을 인정받는 것만이 우리의 살길이라고 피를 토하는 심정으로 막달이를 외쳤다. 지켜보던 시민이 하나둘 가세하면서 시위는 절정에 달했다. 많은 사람들이 지켜보았고, 몽이도와 막달이는 최고의 뉴스거리가 되었다.

그렇게 우리는 광화문 사거리에서 막달이를 외쳤다. 그리고 며칠 뒤 박변호사와 사고를 낸 회사 측 변호사가 몽이도를 찾아왔다. 정해진 수순이었고 당연한 결과라고들 생각했다. 보상은 속전속결로 이루어졌다. 피해 주민 대표를 맡은 명근 씨와 남편이 주민들의 의견을 모아 피해 보상 금액을 정했고, 이를 박변호사를 통해 알리면 회사 측 변호사가 나와 의견을 절충하는 식이었다. 명근 씨와 남편을 믿기에 주민들 누구도 보상 금액의 산출 방식에 대해 구체적으로 묻지 않았다. 회사 측 변호사는 추후 어떠한 문제가 발생하더라도 다시는 시위를 하지 않고 보상 문제도 더 이상 들먹이지 않겠다는 각서를 요구했다. 만일 그런 일이 다시 발생할 시는 모든 법적 책임을 남편과 명근 씨가 물어야 한다는 내용이었다. 명근 씨는 잠시 망설였지만 남편은 흔쾌히 그러마 하고 사인했다.

그들이 마지막 배로 돌아간 뒤 영주 내외와 나, 남편은 다시 머리를 맞대고 앉았다. 방바닥에 놓인 서류 뭉치와 통장을 보니 가슴이 울렁거렸다. 명근 씨가 남편 눈치를 보다 영주와 내게 할 말이 있다며 조심스레 입을 열었다. 막달이 문제였다. 수북한 서류들 속에 막달이에 관한 서류가 없을 거라고는 생각지 않았다. 그래서 더 가슴이 울렁거렸던 것이다. 막달이의 목숨값이 얼마인지, 그 돈을 어떻게 처리할지, 다들 땅바닥에 떨어진 돈뭉치를 내려다보는 표정들이었다. 짐작한 일인데도 우리는 공연히 다른 얘기로 시간을 끌며 막달이한테 나온 보상금을 선뜻 확인하지 않았다. 참다못한 영주가 한마디 했다.

"변호사와 애기 잘된 거 맞죠? 걱정할 거 없어요. 몽이도 지역발전금으로 쓴다고 생각하면 되잖아요. 우리가 여길 떠나는 것도 아니고, 여기 살면서 몽이도를 위해 써요."

"그래요, 영주 씨 말이 맞아요. 우리가 이 돈 갖고 도망가는 것도 아니고, 몽이도 발전을 위해서 쓰면 되죠."

남편도 영주 의견을 지지했다. 말은 하지 않았지만 나 역시 그들과 생각이 다르지 않았다. 살아 있는 사람이라면 모를까 그 돈을 은행에 묶어두고 구경만 할 일은 아닌 듯싶었다. 보아하니 영주 남편과 변호사가 어려운 문제까지 알아서 해결한 마당이라 춤출 일은 아니지만 겁낼 필요까지는 없었다. 명근 씨가 방바닥에 흩어져 있던 서류들을 간추려 작은 종이 상자에 담더니 이제 다 끝났다는 눈짓을 하며 점퍼 주머니 속에서 두 개의 통장을 꺼냈다. 통장을 건네받은 남편의 손을 보니 나도 모르게 침 삼키는 소리가 밖으로 샜다. 통장을 확인한 남편이 애써 입꼬리를 단속하며 내게 통장을 내밀었다. 남편으로부터 우리가 차지해야 할 몫이 얼마인지 들었을 때는 그냥 숫자만 같았는데, 내 손에 숫자가 아닌 돈이 쥐어져 있다고 생각하니 실감이 나지 않았다. 나보다 먼저 통장을 열어본 영주가 터져 나오는 탄성을 한 손으로 틀어막았다. 그녀의 그런 확실하고도 순진한 표정은 처음이었다. 언제나 애매

한 얼굴을 하던 그녀가 그토록 정직한 감정을 드러내다니, 나도 모르게 통장 든 손이 떨렸다. 든든한 공모자인 남편이 뭘 망설이냐고 눈짓했다. 나는 비겁한 공모자의 심정으로 노란 종달새가 그려진 통장의 겉장을 열었다. 믿기지 않지만 믿어야만 하는 순간이었다. 그런데 통장의 숫자들이 성난 파도처럼 날뛰고 있어 읽을 수가 없었다. 안개 낀 새벽 바다가 미친 듯이 날뛰고 갈매기들이 후드득후드득 바다로 떨어졌다. 영주가 확인하고 좋아서 입이 찢어진 돈이 보여야 하는데, 이상하게 기름 범벅이 되어 죽은 막달이와 검은 바다만 보이는 것이었다. 그럴 리 없는데, 통장을 들고 있는 것이 아니라 막달이를 만지고 있는 느낌이었다. 막달이와 나는 서로 친하지도 않았지만 미워하는 사이도 아니었다. 좋아하지도 싫어하지도 않는 몽이도의 어느 갯바위 같은 존재였는데, 통장이 새삼스레 막달이의 존재가 갯바위 이상이었다고 확인시키는 것 같아 겁이 났다. 통장에 찍힌 거액의 아라비아 숫자들을 모두 세기까지 천당과 지옥을 널뛰는 기분이었다. 하지만 거기까지였다.

이후 영주네와 우리는 막달이의 죽음보다 더 빨리 그날의 불편한 공모를 잊어버렸다. 너무 바빠서 다른 생각할 겨를이 없었고, 몽이도의 변화가 과거가 아닌 미래로만 달렸기 때문이다. 그리고 남편과 나는 늘 영주 내외와 함께했다. 펜션을 짓는 업자를 고를 때도 그렇고 실내 인테리어를 할 때도 서로 다른 색깔과 특징으로 지으려고 하나하나 고민하고 상의했다. 정원에 심을 나무와 돌 하나 사는 일까지 영주네와 정보를 주고받다 보니 말하지 않아도 그 집 통장 잔고가 얼마 남았는지 어림짐작할 수 있게 되었다. 달펜션과 바다펜션은 그렇게 서로 공존해야만 살아갈 수 있는 달과 바다처럼 모든 일을 함께 했다.

숭어처럼 펄떡이는 것은 아니지만 개펄도 조금씩 숨을 쉬기 시작했고 저만치 달아났던 바다도 만조의 부른 배를 출렁이며 몽이도 해변으로 밀려왔다. 이름 없던 몽이도가 차츰 인터넷 검색어 순위에 오르면서 섬을 찾아오는 사람들도 갈수록 늘었다. 그러니까 5년이 넘는 시간 동안 몽이도는 나름대로 살아남기 위해 최선의 노력을 다했다는 뜻이다.

그런데 중지 씨가 자꾸만 죽은 지 5년도 넘은 막달이를 들먹이며 애를 먹이고 있었다. 물론 온전치 않은 그녀의 말을 믿는 사람은 아무도 없었지만, 그래도 전혀 신경쓰이지 않는 건 아니었다. 그녀만 이놈의 개펄에 나와 있지 않으면 아무 문제가 없는데, 오늘처럼 허튼소릴 해대며 막달이를 부를 때는 자연스럽게 그날 일들이 떠올랐다. 그녀와의 관계가 더 악화되는 건 싫지만, 막무가내인 그녀를 다루기 위해서는 나도 어쩔 수가 없었다. 개펄에 빠진 그녀를 꺼내 집으로 데려가려면 설득이 아니라 힘이 필요했다. 그녀를 등뒤에서 감싸 안은 나는 엉덩이를 뒤로 밀면서 조금씩 개펄을 벗어났다. 내게 끌려 나오면서도 그녀는 여전히 바다를 가리키며 헛소리를 멈추지 않았다.

"저기 봐라 이년아, 귀신…… 아니, 막달이다! 막달아!"

그녀는 좀처럼 손에 잡히지 않았다. 나는 그녀가 내 품안에서 빠져나갈까봐 전전긍긍하느라 아무 소리도 듣지 못했다. 개펄에서 조금 벗어났나 싶으면 도로 미끄러져 달아나는 그녀를 붙드느라 정신이 없었다. 남편을 불러야 한다는 생각을 못한 건 아니지만 온몸을 펄이 훑어내려 핸드폰이 어디로 빠졌는지 알 수 없었다. 이대로는 도저히 해결이 나지 않을 것 같아 마지막 수단으로 그녀의 목을 휘감았다. 그녀가 몸부림치며 저항했지만 사정을 봐줘야 할 사람은 내가 아니라 그녀였다. 몽이도로 오는 마지막 배가 이미 선착장에 도착했고, 나는 손님들보다 한 발 먼저 펜션으로 가야 했다. 그녀와 언제까지 개펄에서 미끄럼 놀이나 하며 있을 수는 없었다. 그러나 나는 좀처럼 개펄을 떠나지 못했다. 그녀가 개펄에 파묻혀 죽든 말든 내버려두고 집으로 가야 하는데 끙끙거리기만 할 뿐 쉽게 발길을 돌리지 못하고 있었다. 그녀가 내 시어머니라서 그런 것인지 아니면 인간적인 연민 때문인지는 모르지만,

나는 언제나 개펄에 나와 있는 그녀를 집으로 데려가야 한다
는 강박에 시달렸다. 내 팔에 목이 조인 채로 끌려 나오는 그
녀 입에서 죽어가는 갈매기 소리가 났다.

"마…… 악…… 달…… 아! 미…… 안!"

그녀를 끌고 모래톱에 이르러서야 깨달았다. 내가 얼마나
삶에 대한 의지가 강한지, 내가 얼마나 지금의 삶을 지키고자
죽을힘을 다하고 있는지, 그리고 내가 얼마나 순진한 괴물로
변해가고 있는지 알았다. 하지만 예전으로 다시 되돌아가고
싶은 생각은 들지 않았다.

"제발 그만 하세요! 몽이도는 이제 우리 거예요, 어머니가
살던 몽이도는 없어요."

그녀가 우스꽝스런 소리로 흐느꼈다. 더 이상 개펄을 향해
미끄러지지는 않았지만, 그 개펄이 못내 아쉬운 듯 흐느끼면
서 연신 바다를 향해 손을 뻗었다. 멀리 몽이도 선착장에 손
님을 부린 배가 육지를 향해 다시 떠나고 있었다. 가까이에서
사람들의 웅성거리는 소리가 들려왔다. 지쳐 있던 나는 정신
이 번쩍 들었다. 멀리 달펜션이 보였다. 견고한 성처럼 보이
는 하얀 외벽의 지중해풍 건물이 달펜션이고 나는 그 펜션의
여주인이었다. 누구나 한번쯤 머물고 싶고, 살고 싶은 그림
같은 집이었다. 나는 그녀를 들쳐업고 집으로 달렸다.

그리고 그녀는 다시 자신의 방으로 들어가 고장 난 시간 속

에 유폐되었다. 그녀의 방문은 내일 아침까지 열리지 않을 것이었다. 그녀 스스로 문을 열고 나오지 않는 이상 아무도 그녀를 밖으로 불러내지 않을 것이고, 그녀는 조용히 고장 난 시간속에 갇혀 깊이 잠들어 있을 것이다. 나는 들었다. 방문이 닫힌 뒤 그녀의 시간이 댕댕거리며 방문을 걸어 잠그는 소리를.

그녀를 씻겨 방안에 넣기까지 시간은 미친 말처럼 달렸다. 예약한 인원보다 더 많은 손님이 별채로 몰려와 이부자리며 주방 도구들을 끝도 없이 추가로 요구했다. 한두 명만 빼고 모두 서른 남짓 된 젊은이들인데, 요령이 부족한 것인지 예의가 없는 탓인지 한 번에 한 가지씩 명령하듯 주문을 해 정신이 쏙 빠질 지경이었다. 밤새 놀 것이 뻔한데, 사람 수대로 이불이며 요, 베게 하나까지 정확하게 주문했고, 수건과 치약 칫솔 같은 세면 용품도 충분히 비치되어 있는데 부득불 더 달라고 했다. 커피 잔과 포크 스푼을 마지막으로 본채에서 별채까지 족히 예닐곱 번은 뛰어다니고 나서야 더 이상 필요한 것이 없다는 대답이 돌아왔다. 그나저나 몰아친 손님들에 치중하느라 남편의 존재를 한동안 잊고 있었다. 가만히 생각해보니 이상했다. 남편이 집안에 있다면 분명 왁자지껄한 손님들 소릴 들었을 텐데, 그림자도 비치지 않는 게 수상했다. 손님들이 들이닥치면 나보다 먼저 설치는 사람인데, 그녀와 개펄에서 돌아온 이후에 나는 남편의 모습을 볼 수 없었다. 남편을 찾아봐야 하는데 녹초가 된 몸이 점점 소파로 내려앉았다. 2층과 3층에 든 손님들한테도 불편한 게 없는지 올라가 물어봐야 하는데 점점 개펄 속으로 아득히 빠져드는 기분이었다. 꿈을 꾸는 것도 아닌데 누군가가 나를 바닷속인지 펄 속인지 모를 깊은 곳에서 잡아당기는 것만 같아 현기증이 일었다. 어쩌면 너무 피곤해서 그런지도 몰랐다. 펜션은 매일 손님들로 꽉 찼고 통장에는 현금이 쌓였다. 신경쓸 일이라고는 치매 걸린 시어머니밖에 없는데, 오늘은 무슨 일인지 영 기분이 좋지 않았다. 잠깐 눈을 붙이려 잠을 청해보지만 어수선한 바깥 때문인지 자꾸 신경이 곤두섰다.

뒤척거리다 결국 일어나 집 전화를 집어 드는데, 영주 내외가 소리도 없이 현관문을 덜컥 열고 들어섰다. 남편에게 전화를 하려던 나는 급하게 뛰어드는 영주 내외를 보고는 수화기를 내려놓았다.

"이 시간에 웬일이야?"

명근 씨는 나와 눈도 맞추지 않고 위층으로 뛰어올라 갔다. 영주는 날 보자마자 손을 잡더니 주방으로 가자고 했다.

"무슨 일인데?"

축 늘어져 있던 몸이 영주 내외의 뜻하지 않은 방문에 바짝 긴장했다.

"자기 남편 지금 삼층에 있지?"

나도 모르는 남편의 거처를 영주가 알고 있었다.

"삼층? 네가 그걸 어떻게 알아?"

"바보야, 자기 남편이 전화해서 달려왔단 말이야. 명근 씨만 불렀는데 뭔가 있는 거 같아서 나도 따라왔어."

"그 사람이 삼층에 있었다고?…… 어쩜, 내가 아래층에서 그 난리를 피우는데도 꼼짝 안하냐. 중지 씨랑 한바탕 난리 쳤지, 손님 받았지, 정신이 하나도 없었어. 핸드폰까지 개펄에서 잊어버려 그 사람한테 연락도 못했고, 근데 무슨 일이야?"

"명근 씨가 말을 안해서 무슨 일인지는 모르겠는데, 자기 남편 전화 받고 표정이 굳는 걸 보니 아무래도 안 좋은 일이 생긴 거 같아."

남편이 위층에 있는 거라면 손님방에 문제가 있다는 뜻이었다. 싱크대가 고장이 났든지 화장실에 문제가 생겨 수리를 하느라 시간이 걸렸고, 명근 씨를 부른 것은 자신의 능력이 못 미쳐 도움을 요청한 것일 수 있었다. 그런 일이 아니라면 내가 아래층에서 중지 씨와 생난리를 치고 별채의 손님들과 북새통을 쳤는데도 내려와보지 않을 리 없었다. 영주가 실망한 듯 잡고 있던 내 팔을 털어냈다.

"무슨 일 있는 게 분명한데…… 우리 올라가보자."

말린다고 들을 영주도 아니지만 나도 위층이 궁금했다. 도대체 무슨 일이 벌어졌기에 명근 씨까지 불러들인 것인지, 혹시라도 손님과 시비가 붙어 험한 꼴을 당하고 있는 것은 아닌지, 그게 뭐 대단한 일이라고 나부터 찾지 않고 영주네를 부른 것인지 궁금했다.

2층으로 올라간 영주와 나는 복도에서 잠깐 걸음을 멈췄다. 다섯 개의 방이 있는 2층은 비교적 조용했다. 텔레비전 소리와 사람들 소리가 나직이 새어나오긴 하지만 짐작할 만한 소리는 아니었다. 문제가 있는 방이라면 대개 방문이 열려 있기 마련인데 모두 꼭꼭 닫혀 있는 걸 보니 남편과 명근 씨는 2층에 없는 듯했다.

"가만있어봐, 이층은 아닌 거 같은데."

영주도 나와 같은 생각인 듯 한동안 2층 소리에 귀를 기울이다 고개를 흔들었다.

"삼층이 확실해."

3층에는 오른쪽에 세 개, 왼쪽에 두 개의 방이 있었다. 영주와 나는 2층에서처럼 방문마다 다가가 귀를 대보았다. 별다른 소리는 들리지 않았다. 영주가 오른쪽 방을 맡고 내가 왼쪽 방을 맡아 자세히 들어보았지만 젊은 애들 깔깔거리는 소리와 소곤거리는 소리, 주방에서 나는 달그락 소리만 들렸다.

"도대체 어디로 사라진 거야?"

"가만히 있어봐……"

투덜거리는 영주를 구석방 쪽으로 잡아당겼다. 당연히 아

닐 거라 생각해 구석방은 그냥 지나치려는데, 께름칙한 그 남
자에게 내준 구석방에서 남편의 목소리가 들리는 것이었다.
잘못 들었나 싶어 영주를 구석방 방문 앞에 세웠다.

"들어봐!……"

"어머! 맞아!"

소리는 생각보다 크게 들렸다. 남편과 명근 씨, 그 남자의
목소리였다. 무엇보다 이해되지 않는 것은 세 사람이 방안에
함께 있다는 것이었다. 남편과 명근 씨가 아는 사람이라면 당
연히 영주와 내게도 소개할 텐데.

"무슨 일인데, 방문을 쳐닫고 있는 거야. 이 방 손님 아는
사람이야?"

"기흥 씨 친구라고 해서 방을 주긴 했는데, 후줄근한 게
영……"

궁금증을 참지 못한 영주가 급기야 구석방 문고리를 비틀
었다. 문이 설익은 조개처럼 삐긋 열리며 후끈한 공기를 토해
냈다. 다행히 큰 소리는 나지 않았고, 중간 문이 있는 덕분에
방안에 있는 사람들과 덜컥 대면하는 일은 일어나지 않았다.
나는 영주를 붙들고 고개를 저었다. 영주와 나를 배제한 자
리라면 필시 그들만의 일이 생긴 것일 테고, 급습하듯 방안으
로 들어가는 것은 옳지 않았다. 영주가 알았다며 고개를 끄덕
였고 그래도 조금만 더 있다 내려가자는 사인을 보냈다. 나도

바로 내려갈 생각은 아니었다. 그때 방안에서 남자의 큰소리
가 들렸다.

"야! 내가 아주 안 나타나길 바랐지? 평생 감방에 있을 줄
알았겠지. 그런데 어떡허냐, 이렇게 멀쩡히 살아왔으니……
나쁜 노무 새끼들! 우리 엄마 목숨값으로 너희들만 배터지게
잘 먹고 잘살아! 내가 모를 줄 알았냐! 깜방에도 눈 귀 다 있어,
이 개새끼들아!"

남자의 목소리는 와장창 부서질 듯 위태로웠다. 남편과 명
근 씨는 방안에 없는 듯 숨소리조차 들리지 않았고, 분노에
찬 남자의 목소리만 성난 폭풍처럼 구석방을 뒤흔들었다. 순
간 영주와 나는 눈이 마주쳤고 우리는 동시에 입을 틀어막으
며 부들부들 떨기 시작했다. 남자의 말이 무슨 뜻인지는 더
이상 설명이 필요치 않았다. 잔잔한 바다 한가운데서 날벼락
같은 폭풍을 만난 꼴이었다. 방안에서 두려움에 떨고 있는 남
편과 명근 씨 모습이 보이는 듯 선명했다. 펜션도 미세하게
흔들리는 것 같았다. 핀란드산 원목으로 지은 통나무 펜션이
남자의 한마디에 균열이 갈 줄은 꿈에도 생각지 못했다. 영주
는 문 꼬리에서 한 발짝도 떼지 못했고, 나는 벽에 기댄 채 간
신히 중심을 잡고 서 있었다. 방안에서 다시 허우적거리며 죽
어가는 듯한 명근 씨 목소리가 들려왔다.

"미안하다, 미안해…… 네가 살아 있는 줄 몰랐어, 진짜

야……"

"몰랐다구? 너 지금 장난하냐! 내가 감방에 가는 거 너도 봤잖아. 내가 사람 죽이고 잡혀가는 거 보고서 무슨 개소리야! 너희들이 무슨 짓을 해서 우리 엄마 보상금 다 처먹었는지 밝혀낼 거야, 각오해!"

남자의 말이 끝나기 무섭게 그릇 깨지는 소리와 탁자를 내리치는 소리가 들렸다. 뒤이어 남편과 명근 씨의 비명인지 한숨인지 모를 짧은 탄식이 가늘게 새어나왔다.

"돌려줄게…… 미안해. 너 오면 주려고 했어. 진짜야, 믿어줘."

남편이 기어들어가는 목소리로 말했다. 아침에 나갈 때는 만선을 기대하는 어부처럼 씩씩하더니 지금은 판자 조각에 매달려 사경을 헤매는 듯 그저 살려달라고만 애원하고 있었다. 비굴함보다 먼저 드는 생각은 남자의 손에 들려 있을지도 모르는 흉기였다. 그가 지저분한 가방 속에 숨겨 왔을 칼이나 망치가 지금 남편을 위협하고 있다고 생각하니 무서웠다. 무슨 일이 벌어질지도 몰랐다. 어떻게든 말려야 했다. 문 앞에 서 있는 영주를 밀치고 방으로 들어가려 하자 그녀가 내 행동을 눈치챈 것인지 날 계단 쪽으로 강하게 밀어냈다.

"괜찮아, 저놈 돈 받기 전에는 아무 짓도 안할 거야. 우리까지 알게 되면 더 골치 아파지니까 우린 그냥 모른 척하고 대책을 세우자. 이대로 다 포기할 순 없잖아……"

영주가 잠깐 밖으로 나가자고 했다. 듣고 보니 그녀의 말도 일리가 있었다. 남자의 목적이 막달이의 목숨값을 돌려받는 일이라면 남편에게 위해부터 가하지는 않을 것이었다. 그보다 남편은 무슨 돈이 있어 남자에게 돌려주겠다고 말한 것일까. 그 돈은 이미 펜션을 짓는 데 모두 써버렸고 달펜션의 돈 관리는 내가 맡고 있었다. 나한테 용돈을 타 쓰는 남편에게는 남자에게 돌려줄 돈이 한 푼도 없었다. 영주네도 마찬가지였다. 그녀가 바다펜션의 모든 수입을 관리하고 있어 명근 씨는 사실상 빈주머니나 마찬가지였다.

영주와 나는 캄캄한 거실 한가운데에서 잠시 숨을 골랐다. 3층에서 빠져나온 것만도 다행이었다. 당장 뾰족한 수가 있는 것은 아니지만 남자와 부딪치지 않은 건 잘한 일 같았다. 1층도 마음이 놓이지 않는 듯 영주가 다시 밖으로 나가자고 했다. 컴컴한 거실 한가운데 서 있자니 남자에 대한 무서움이 계단을 타고 스멀스멀 내려오는 것만 같았다. 오늘따라 중지 씨 방문이 스윽 열리면서 그녀가 유령처럼 걸어 나올 것만 같았고, 커다란 괘종시계 속으로 들어간 그녀가 온 힘을 다해 시간을 거꾸로 돌리고 있는 것만 같았다. 풀린 운동화 끈이 제대로 묶이지 않았다.

바다는 고요하지만 음험한 냄새를 풍겼다. 어둠이 잔잔하게 뒤척이는 파도를 타고, 희뿌연 안개를 몰고, 몽이도로 진군하고 있었다. 해안가 팽나무들은 전의를 상실한 듯 바다를 등지고 서 있고 갈매기들은 선착장을 떠난 지 오래였다. 영주와 나는 텅 빈 선착장을 지나 상현달 아래 드러난 허연 개펄로 걸어갔다. 메기 콧수염 같은 조금의 바다가 자분자분 토해낸 개펄, 갯바위에 차분히 엉덩이를 내려놓은 영주가 바다를 보며 말했다.

"그놈한테 펜션을 뺏길 순 없어…… 너는 그럴 수 있어?"

"……그건 안 되지."

당연히 남자한테 펜션을 내어줄 수는 없었다. 달펜션은 하루아침에 만들어진 것이 아니었다. 나무 한 그루 돌멩이 하나까지 남편과 내가 공들여 가꾸었다. 이제 와서 막달이 아들이라는 이유만으로 그 모든 걸 남자에게 넘긴다는 것은 말이 되지 않았다. 남편은 남자에게 모두 돌려주겠다고 말했지만 나는 생각이 달랐다.

"근데, 우리가 어떻게 남자를 상대하지?"

지금 믿을 사람은 영주뿐이고 그녀에게는 분명 좋은 해결 방안이 있을 것이었다.

"이 일은 자기하고 내가 해결해야 돼. 명근 씨하고 자기 남편은 분명 펜션 팔아서 그놈한테 주려고 할지도 몰라. 난 죽어도 그렇게는 못해. 그러니까 자기는 내가 시키는 대로 해."

영주의 눈빛은 바다보다 더 교묘하고 깊었다. 의지할 곳 없는 나는 불안한 손으로 그녀를 붙들었다.

"뭔데?"

그녀가 무슨 일을 시킬지도 모르면서 나는 이미 그녀에게 결의를 맹세했다. 그녀라면 충분히 펜션을 지킬 수 있는 방법을 가지고 있을 것이 분명했다. 하지만 그녀에 대한 믿음이 커질수록 나는 알 수 없는 두려움에 시달렸다. 그녀와 두 손을 꼭 붙들고 있었고, 바다는 조용했고, 개펄에는 우리 둘뿐인데, 뭔가 움직이는 소리가 들려왔다. 가까운 바다에서 큰 물고기가 뒤채는 것도 같고 먼바다에서 불어오는 바람 소리 같기도 한 것이 은근히 귀에 거슬렸다. 소리는 지나가는 바람인가 싶을 정도로 나직하면서도 불규칙하게 들렸는데, 중지 씨 방에서 나는 괘종시계 소리 비슷도 해서 나도 모르게 펜션 쪽으로 스윽 고개가 돌아갔다. 눅눅한 밤바람에서 맡아지는 냄새도 새벽녘에 맡았던 그 냄새와 다르지 않았다. 선착장을 배회하던 검은 개도 그렇고, 그 개가 입에 물고 다니던 발목 장화까지, 모든 일들이 우연 같지 않았다. 아니 남자가 작정하고 몽이도의 시간을 되돌려 당시의 사고를 환기시키려 하는지도 모른다는 생각이 들었다. 아니 죽은 막달이가 억울함을 여기저기 드러내고 있는 것만 같았다. 바다는 지그시 눈 감은 상현달 아래 평화로이 숨 쉬고 있는데 지독한 냄새와 섬뜩함은 점점 더해가고 있었다. 두려움으로 주변을 경계하던 어느 순간 나는 시커먼 바다에서 무언가를 보았다. 괴물! 호박만하다가 수박만해지고 버스만해지고 집채만해진다는 괴물이 바로 눈앞의 바다에서 슬쩍슬쩍 솟구치는가 싶더니 마침내 그 실체를 드러냈다. 평화롭던 바다가 순식간에 거대한 괴물로 변했다. 중지 씨가 말했던 그 바다 괴물이었다. 그녀가 미쳐서 환영을 본 것이라고 생각했는데 코끼리 형상을 하고 있는 진짜 괴물이 바로 눈앞에 나타났다. 지독한 냄새를 풍기며 물 밖으로 실체를 드러낸 놈이 나와 영주를, 그리고 상현달을 올려다보았다. 범고래처럼 물을 뿜지는 않았지만 놈이 뒤척일 때마다 바다가 천둥소릴 냈다. 나는 중지 씨가 그랬던 것처럼 겁에 질려 소리쳤다.

"저기 봐, 괴물! 괴물이 나타났어!"

영주는 그러나 알아듣지 못했다. 내가 아무리 괴물이라고 소리쳐도 그녀는 도대체 무슨 헛소릴 하느냐고, 제발 정신 좀 차리라고만 했다. 괴물이 분명 눈앞에 있는데 그녀가 보지 못해서 속이 터져 죽을 지경이었다.

"저기 괴물이 안 보이니? 우릴 향해 천둥 치고 있잖아. 빨리 도망가지 않으면 저 괴물한테 잡아먹히고 말 거야."

영주는 내가 그 남자 때문에 놀라서 그런 거라고 했다. 그 남자만 처리하면 모든 게 완벽하니 걱정할 거 없다고, 달펜션과 바다펜션은 영원히 우리 것이라고 장담했다. 그런데도 나는 여전히 눈앞에서 사라지지 않는 바다 괴물이 무섭기만 했다. 혹시 나도 중지 씨처럼 치매에 걸린 것은 아닐까. 그건 말이 되지 않았다. 나는 겨우 마흔을 넘겼고 한 달 전에 예약한 손님들 이름까지 줄줄이 외우고 있을 정도로 기억력이 좋았다. 그렇다면 저기 천둥 치는 바다 괴물의 정체는 무엇일까. 내 눈엔 보이고 영주 눈엔 보이지 않는 괴물 말이다.

"자기야 정신 똑바로 차려. 저건 그냥 시커먼 바다일 뿐이야."

영주 말대로 눈앞의 괴물을 괴물로 인정하는 순간 나는 모든 것을 잃게 될지도 몰랐다. 다시 바다를 보았다. 그리고 물었다.

"나는 어떻게 하지?"

성벽 앞에서

어느 소설가 G의 하루

정태언

2008년 『문학사상』 신인상에 단편소설 「두꺼비는 달빛 속으로」가 당선되며 작품 활동을 시작했다. 소설집 『무엇을 할 것인가』가 있다. 2012년 대산창작기금을 수혜했다.

작 가 의 말

글쓰기가 두려워진 어느 날 아침, 소설가 G는 숭례문으로 달려간다.

2008년 불길을 활활 내뿜으며 사투를 벌이던 두꺼비를 보았던 곳.

이제 아무것도 눈에 보이지 않는다.

새로 쌓아올린 성벽을 올려다보니 G는 더욱 막막해진다.

촘촘히 틀어박힌 돌들. 그 자리를 뒤바꿔 다시 쌓고 싶다는

충동이 일지만 G에게는 그럴 힘이 없다.

오래전에 읽었던 작품 속의 역사(力士)라면, 아니 그와 같은 힘을

지닌다면 몰라도. G는 그 역사를 찾아 동대문을 휘돈다.

하루가 온통 저물고 도로 숭례문으로 돌아왔을 때

그의 앞에 펼쳐진 광경.

G는 그것을 꽉 거머쥔 채 뒤돌아선다.

이제 다시금 자리에 앉을 시간이다.

1

할 수 있을까. G는 안경 속의 눈을 슴벅였다. 하얀빛을 발하는 화강암들이 그의 눈을 꽉 채우며 밀려들었다. 새로 축성을 하고 얼마 되지 않아서인지 하얀빛은 도드라졌다. 그 하얀 돌들 사이로 시커멓게 때가 탄 원래의 돌들이 듬성듬성 박혀 있었다. 몇백 년 동안 그 자리를 차지하고 있던 돌이었다. 한데 G의 눈에는 그게 추레해 보였다. 꺼멓게 세월에 그을린 돌이 추레하다기보다 그 흰 돌 사이로 뜨문뜨문 박힌 자리 때문에 그랬다. 특히 숭례문 누각 옆의 두 돌은 확연히 티가 났다. 하나는 너무도 새하얗기에, 깨끗하다기보다는 가벼워 보여 왠지 스티로폼으로 급조된 사극 촬영장의 세트 같다는 느낌. 그래서 G는 자꾸 가짜인 것 같다는 생각을 지울 수 없었다. 다른 하나는 거무튀튀한 세월의 더께와 2008년 화재 때 둘러쓴 그을음을 채 씻어내지 못하고 하얀 돌들 틈에 생뚱맞게 놓여 있었다. 분명 복원에 참가한 석수들도 원래 있던 돌의 모양새와 크기, 결 등을 계산해 새 돌을 저 자리에 놓았을 터였다. 그렇다 해도 그 위치가 영 거슬렸다. 어울리지 않는 자리에 억지로 참석해 몸 둘 곳을 모르며 불편한 시선을 두리번대는 듯한 거무스레한 돌. 그는 불쑥 그 장면을 떠올렸다. 아무도 없는 성벽 위, 출입 제한 구역인 그곳에 서서…… 할 수 있을까.

G는 꼼꼼히 주변을 살폈다. 이른 오전이라 사람들은 없었다. 다만 감시 카메라만 이곳저곳에서 G를 주시했다. 그때 문화재 관리인이 그의 곁으로 슬슬 다가왔다. 입을 헤벌리고 누각 쪽을 뚫어져라 올려다보던 G는 뭔가 위법 행위를 하다 들킨 사람처럼 다급히 몸을 돌려 그곳을 벗어났다. 급작스레 움직이자 아랫배가 찌릿했다. 그제야 아까부터 그곳이 탱탱하게 불어 있었다는 사실을 알아챘다. 관리 사무실 쪽에 화장실이 있는 것 같았지만 그는 얼른 출구를 빠져나와 우중충한 건물들이 있는 골목으로 접어들었다.

몇 군데 건물을 들락거리다가 2층으로 올라가는 층계참에서 열려 있는 화장실을 어렵사리 발견하곤 급히 뛰어들었다. 소변 줄기는 방광을 통해 겨우겨우 찔끔거리며 나왔다. 좀처럼 그의 아랫배는 꺼지지 않았다. 한참이나 소변기 앞의 벽을 보며 힘을 주었지만 더 이상 진전이 없었다. 물을 내리는 버튼은 잔뜩 녹이 슬어 있었다. 그걸 누르자 수압이 약했던지 어휴, 어휴 소리를 내며 가까스로 수도관을 타고 오른 물이 찔찔 흘러내렸다. 그 소리는 G가 아침에 집을 나서며 내뿜던 어휴 소리와 비슷했다. 그가 나올 때까지 소변기는 간헐적으로 숨을 겨우겨우 뱉어냈다. 어휴! 어휴! 이제 그렇게 탁발을 나설 시간이었다.

이른 시간부터 숭례문 근처를 떠돌며 그 희한한 생각에 젖어 있었다는 게 어이가 없었다. 오줌 누는 일조차 마음대로 할 수 없는데, 어떻게 그런 일을. 감히 역사(力士)라니. G는 부르르 진저리를 쳤다. 아직도 요의가 남아 있었다. 다시 화장실을 찾아 나설까 주위를 두리번거렸다. 그사이 풀이 죽은 그의 물건은 자신 없다는 듯 요의를 가셔냈다. G는 손등을 덮은 검정 코트를 연신 걷어 올리며 시계를 들여다보았다. 전화를 하기엔 이른 시간이었다. 아침에 집을 나설 때, G의 등 뒤로 던져진 아내의 말이 다시 스멀거렸다. "잘하고 와요." 아내는 구체적으로 말하진 않았지만 G는 그게 뭔지 잘 알았다. 탁발을 해야 한다는 사실. G는 다시 다짐을 두었다. 숭례문을 등지려다 뒤를 돌아보았다. 아까 그 돌들이 또렷이 눈에 잡혔다. 그 위치가 다시금 그를 불편하게 만들었다.

2

탁발이란 말이 요즈음 G의 머릿속을 계속 맴돌았다. 자기 처지로 볼 때 그 말은 딱 들어맞았다. G는 소설가였다. 자기 책 한 권도 갖지 못한 채 등단 5년차를 넘어서고 있는 변변찮은 40대 끝에 다다른 소설가. 그는 남들에게 자기를 소개할 때 삼류 소설가라고 자괴적인 수식어를 붙였다. 오늘 아침 집을 나설 때 그는 탁발을 하러 갈 곳을 헤아렸다. 아내가 "잘하고 오라"던 말은 첫번째로 탁발을 나가야 할 곳을 정해주었다. 다만 아침에 시간이 일러 거리를 얼쩡대다가 숭례문에 이르렀던 것이다.

사는 게 탁발을 하는 것만 같다는 생각이 요사이 G에게 불쑥불쑥 찾아들었다. G는 탁발을 하러 나갈 때 가장 중요한 마음가짐은 원하는 대로 받을 수 있는 게 아니라 주는 대로 받는다는 감사함과 고개 숙임이라고 새겼다. 그러고 보면 거의 대부분의 나날을 그런 마음 없이 살아왔다. 얼마 전 우연찮게 들은 『금강경』 강의 내용 중 강하게 머리에 남는 게 있었다. 전에 G가 스승에게 몇 차례 들은 내용이었지만, 새삼스러웠다.

그 중심에 탁발이 있었다.

매일 석가는 탁발을 나간다. 그것도 탁발을 하러 나가는 집이 부잣집이든 가난한 집이든 관계없이 정해진 순서에 따라 탁발할 집의 수까지 정하고 나간다. 한데 그걸로 『금강경』이 시작되는 까닭은 무엇일까. 별 필요도 없는 하찮은 부분을 왜 넣었을까. 『금강경』 독송을 하려면 그 내용이 시작 부분에 끼어 있어 꼭 읊고 가야만 했다. 저 높은 반야의 지혜를 논하는 마당에 정말 시시하고 소소한 그런 내용을 왜 넣었을까. G는 예전에도 그게 궁금했다.

이시세존식시(爾時世尊食時) 착의지발(着衣持鉢) 입사위대성(入舍衛大城) 걸식어지성중(乞食於其城中), 차제걸이(次第乞已) **환지본처(還至本處)** 반사흘(飯食訖) 수의발(收衣鉢) 세족이(洗足已) 부좌이좌(敷座而坐). (그때 세존께서는 공양 때가 되어 가사를 입고 발우를 챙겨 걸식하고자 사위대성에 들어가셨다. 성 안에서 부잣집 가난한 집 따지지 않고 차례대로 한 집씩 돌며 걸식하고 나서 **도로 머물던 자리로 돌아와** 공양을 마친 뒤 발을 씻은 다음 자리에 앉으셨다.)

"그 위대한 경(經)도 먹고사는 문제가 제일 앞에 와 있다는 점이야. 그걸 간과하면 정말 뜬금없는, 별 볼일 없는 그런 게 되었을걸? 그래서『금강경』의 구조가 탁발을 나가는 걸로 시작하는 거지. 이 지상에 발을 붙이는 것, 그건 먹고사는 문제와 다름 아니지. 그러고 나서야 비로소 부처의 말씀이 시작되는 거야. 이 얼마나 준엄한 문제인지. 그런데 요즘 우리 소설에는 이게 별로 없어. 있다곤 해도 너무 피상적이거나 자기 것이 아니라서 빈약해. 아니면 너무 탁발에만 매달려 그걸로 소설을 채우니 구식 소릴 듣는 거지. 부처 행적을 탁발로만 채우면 어디 그게 경인가. 또 탁발도 나가지 않고 그냥 설법만 한다면 지상에 발을 딛고 있는 우매한 인간들에게 먹히겠느냐, 이 말이야."*

G는 스승의 말씀이 그제야 가슴에 새겨지는 것을 느꼈다. 석가는 일찍 탁발을 마치고 자리에 들어 설법을 시작하는데, 자신은 오늘 탁발에 온 하루를 보내야 할 것 같았다. 자기뿐 아니라 대부분의 사람들이 그렇게 탁발에 온 하루를 바친다. 그것도 모자라 야근이니 철야니 하는 말은 이미 일상어가 되

* G의 스승은 자신의 작품에서도『금강경』의 '환지본처'를 다음과 같이 강조했다. "그 경전에 탁발을 나갔다가 돌아와서 밥그릇을 놓고 옷을 걸고 하는 장면은 너무나 일상적이고 사소한 일이었다. 그만큼 먹고사는 문제를 해결하지 않으면 안된다. 그렇다면 환지본처는 그냥 흘러가는 일상사라기보다 뭔가 중요한 시금석일 터였다. 그러고 나서야 나는 환지본처야말로 우리 삶에서 가장 중요한 원점이자 초심을 강조하는 뜻이라고 새길 수 있었다. 모든 일을 시작할 때 원점으로 돌아가서 행하지 않으면 안 된다. 처음처럼." 그래서일까, G에게도 늘 이 점을 주지시켰다. 새로운 작품을 쓸 때마다 항상 초심으로 돌아가라고.

지 않았는가. 물론 G도 글 쓰는 일로 야근, 철야를 많이 했다. 지상에 발을 붙이기 위해 G는 조심스럽게 시계를 들여다보고 휴대전화를 꺼내 들었다. 며칠 전 상갓집에서 만난 초등학교 동창에게 전화를 걸었다. 그는 은행에 다니고 있었다. 벨이 울리는 동안 G는 몇 번이나 심호흡을 했다. 그리고 약속 시간을 정했다. 그는 숭례문을 빙 돌아 시청 광장 쪽으로 방향을 잡으며 자기 깜냥으로 들어 올릴 수 있는 돌이 있나, 아니 그 것까지는 못해도 어찌하면 저 성벽에 오를 수 있을까 딴 궁리를 했다.

동창을 몇십 년 만에 만난 게 지난 금요일 상갓집에서였다. 모여 앉은 친구들은 같은 초등학교를 나온 터라 술자리에서 나온 옛이야기들은 G에게 가물가물했다. 그중에는 정말 그랬 는지 아리아리한 내용도 꽤 있었다. 예전에 그랬다는 것들은 세월을 지나치며 화려하거나 아니면 남루한 옷으로 갈아입었다. 그 동창은 G의 이름을 듣더니 아주 오래 전 이야기를 들 춰냈다. "너 스케이트 타다 얼음에 빠졌던 거 기억이 난다. 너 맞지? 또 한 애 이름이 뭐더라? 하여간 둘이 굉장했지. 다 녹은 얼음판에서 스케이트 탈 생각을 했으니." G는 그때 생각 이 나서 피식 웃었다.

그때 같이 앉아 있던 친구 하나가 G를 소설가라고 추켜세 웠다. G는 벌겋게 낯을 붉혔다. 그래도 거기까지는 좋았다.

"야, 그런데 니 소설 너무 어렵더라. 하나도 모르겠더라구. 좀 재미있고 쉽게 써야 우리 같은 사람도 알아먹지." 어떻게 알고 문예지에 실린 G의 소설을 읽어본 친구였다. G는 어찌 대답해야 할까 어정쩡하게 소주가 담긴 종이컵만 만지작댔다. "미안하다"라고 말할 수도 없는 노릇이었다. '그게 왜 미안한가. 재미있고 쉽게 읽혀야 팔린다는 건 나도 잘 알아. 그렇지만 그런 작품만 있으면 어떻게 하니.' G는 속으로 그렇게 항변했다. G 딴에는 어떻게 해야 문학성 있는 작품을 쓰느냐, 그것을 문제로 삼고 있었다. G는 정작 그 문학성이란 말을 자기 작품에 견줄 수 있는지 반문했다. 문학성은 고사하고 팔리는 글을 쓸 재주가 자신에게 없다는 사실이 육개장 국물이 벌겋게 묻은 비닐 식탁보 위에서 지저분하게 어른댔다.

"책 제목이 뭐야?" 은행에 다닌다는 동창이 관심을 보이며 물어 왔다. "책? 아직 없어. 곧 나올 거야." 하필 그날 낮에 한 출판사로부터 이메일을 받았다. 책은 곧이 아니라 언제 나올지 종잡을 수 없었다. G도 책을 내고 싶은 생각은 간절했다. "자네도 이제 자기 책 한 권쯤은 갖고 있어야 하잖아. 요즘 책 내기 힘들어. 치사하게 여기저기 매달리지 말고 그냥 자비 출판하지." 함께 문학을 하는 지인들의 말이다. 그러나 알량한 자존심이랄까, 자비 출판이라는 권유는 못 들은 척 흘려 넘겼다. G는 염두에 두었던 출판사 문을 여기저기 두드렸다. 아직 아무런 답도 주지 않는 곳도 몇 군데나 됐다. 물론 받은 답은 늘 그랬다.

안녕하십니까?

편집부에서 인사드립니다. 먼저 옥고를 보내주신 데 감사의 말씀을 드립니다. 편집부의 검토 결과를 알려드리겠습니다. 편집부에서 검토해보았으나 선생님의 작품이 지닌 많은 장점에도 불구하고 저희가 출간하기에는 다소 어렵다는 결론을 내렸습니다.

잘 아시다시피 저희의 검토 결과는 작품에 대한 객관적인 평가일 수는 없으며, 폐사의 출간 방향과 부합이라는 면에서 본 주관적인 결정일 것입니다. 그럼 저희의 결정을 존중해주시길 부탁드리면서 짧은 글줄이겠습니다. 하시는 일마다 성공이 깃들길 빌겠습니다.

안녕히 계십시오.

이런 식이었다. 지난 금요일에도 출판사로부터 이런 이메일을 받았다. 휴무인 토요일과 일요일 자기 작품에 대해 주제 파악을 해보라는 메시지로 보였다. 다른 유명 출판사에서는 보낸 지 열흘 남짓 지나 거절의 편지를 보내기도 했다. 그 열흘 속에는 추석 연휴가 끼어 있었다. 아주 빠른 검토였다. 그런데 어찌된 일인지 그 출판사에서는 석 달이 되던 날, 거절의 내용을 담은 이메일을 다시 발송했다. 확인 사살용 총알처럼 그 메일은 G의 가슴을 뚫었다. 그런 내용의 메일은 엇비슷했다. 마치 인터넷을 뒤지면 떠도는 판에 박힌 서식 문구처럼, 관공서 문서와 같이 양식화된 문구처럼. 완곡하게 표현한 거절의 내용은 서로서로 닮아 있었다. 하기야 출판을 의뢰한 그 수많은 사람에게 출판사가 어찌 일일이 답을 해주겠는가. 또 그런 의무라도 있단 말인가. 잘 읽히고 문학성 있는 작품들이 얼마나 많이 밀려들겠는가. 거기다가 잘 팔릴 것 같은 작품, 작가라면 언제나 오케이겠지. 결국에는 자기 글이 함량 미달이라는 현실 앞에 G는 풀이 죽었다. 그런데도 그의 속에서 '그것만은 아니다'라고 울컥 솟구치는 뭔가가 있었다.

G는 그렇게 양지의 방법으로 출판을 의뢰했다가 결국 포기할 지경에 이르렀다. 어느 날, 그는 음지의 방법을 빌리기로 작정했다. G가 가끔 나가는 모임의 회원 자제가 결혼을 하는 날이었다. 그 모임은 외국으로 문학 기행을 다녀온 뒤 결성되었는데, 거기엔 우리나라에서 모르는 사람이 없는 대작가가 함께했었다. 결혼식에 그도 참석했고, 뷔페 자리에서 술잔이 오갔다.

"요즘 글은 잘돼갑니까?"

"쓰고는 있습니다. 그것보다 소설집을 내야 하는데 뜻대로 잘 안 되는군요. 저, 창작 기금을 받았거든요. 근데 약속한 출판 기일도 있고 해서 마음만 초조합니다."

그랬다. G는 한 문화재단으로부터 등단한 지 10년 미만의 작가에게 주는 창작 기금을 수혜했다. 그걸 받으면 대개 메이저급 출판사에서 책을 내기가 수월하다는 소문이 돌았다. 그래 봐야 G의 원고는 몇 차례 거절당했지만. 대한민국 대작가에게 넌지시 이 사실을 알렸다. "아니, 거기서 기금 받으면 책 내기 쉬운데……" "마침 M사에도 원고를 보내놨는데, 아직 가타부타 연락이 없네요."

M출판사라면 이 대작가의 영향력이 대단한 곳이라 알려져 있었다. 거기서 그가 내는 책들은 곧장 베스트셀러가 되었다. G는 이 점을 잘 알았다. 구석진 자리에 앉아 있던 G는 뷔페의 한가운데서 찬란한 무지갯빛을 내뿜는 샹들리에를 올려다보며 괜스레 가슴을 벌름거렸다. 테이블의 침침한 구석 자리에 놓인 자기 접시에서 시커먼 양념이 묻은 갈비 한 쪽을 포크로 집었다. 그때 컴컴한 음지를 떠올린 것이다. 슬며시 대작가에게 지금의 상태를 토로했다.

"꼭 M사가 아니어도 되는데, 벌써 석 달 가까이 까먹었습니다. 재단과 약속한 날이 아홉 달 정도 남았는데 뭐가 뭔지 잘 모르겠습니다." "내가 한번 대표에게 알아볼게요." "감사합니다. 선생님께 누를 끼치는군요. 감사합니다." 그 음지의 방법도 지난 금요일 오후에 받은 익숙한 거절의 문구들로 채워진 이메일로 끝났다.

G가 소설을 쓰겠다고 마음먹었을 때 '아, 저런 작품을 써야지' 꿈꾸던 것들이 있었다. 지금 그렇게 쓰면 구식이니 구투니 구(舊) 자를 달겠지만 그 울림은 지금도 G에게 여전했다. 이미 우주 공간에 그 작품에게 할당된 공간이 메워졌기에 그것들과 비슷하게 쓴다면 표절이 될 것이다. 그 작품들에는 미치지 못해도 독자들이 진가를 알아줄, 혹은 어찌어찌 운이 좋아 학생들 교과서에라도 실릴 수 있는 정도의 그런 작품을 쓰고 싶었다. 하기야 「쨍하고 해뜰날」이라는 유행가도 학생들의 교과서에 실리지 않았나. 그러지 말라는 법도 없다. G는 당선 소감에 공명할 수 있는 작품을 쓰겠다고 했었다. 한데 그 반응이 '니 소설 너무 어렵더라'라니.

이럴 때 자기 창작집이 나왔더라면 얼마나 편했을까. G는 아쉬워했다. 그건 오지 않은 일이었다. 주는 대로 받아야 한다고 마음을 다잡았다. 그게 탁발의 우선 조건 아닌가. 초상집에서 곧 한번 찾아가겠다고, 은행에 다니는 동창과 약속을 했었다. 그 말의 실행이 무척 앞당겨진 것이다. 동창이 근무한다는 은행 간판이 멀리 눈에 들어왔다. G는 선뜻 들어서지 못하고 은행 건물 주위를 빙빙 돌았다. 약속 시간까지 아직 삼십여 분이나 남아 있었다.

3

G는 동창을 만나기 전에 뭐라고 말해야 할지 막막했다. 내세울 게 없었다. 며칠 전에도 동네에 있는 은행에 갔었다. "직장에 다니세요?" 대출 담당은 구체적인 것을 원했다. 구체적인 직업. 현재 G가 직업으로 내세울 것은 소설가 내지 작가라고 말할 수밖에 없었다. 다니는 직장도 없고, 그렇다고 생판 노는 것도 아니고. 하루 중 몇 시간은 읽고 쓰고 한다. 하지만 소설가라고 쓰기에는 찜찜한 구석이 있었다. 더구나 아직 자기 책 한 권도 갖지 못한 소설가였다. 그렇게 말하면 분명 대출 담당은 입술을 씰룩일 것이었다. 가소롭다 그 말이겠지. 지레짐작으로 G는 담당 창구에 붙박이로 붙여놓은 플라스틱 스프링 줄이 달린 검정 볼펜만 만지작거렸다. "선생님은 봉급자가 아니시군요. 그렇다면 자영업 하세요? 사업자등록증하고 월매출액을 알 수 있는 자료가 있어야 합니다." G는 자영업자도 아니라고 고개를 저었다. 결국 자기가 소설가란 말은 하지 못했다. 머뭇대는 그에게 대출 담당은 소득을 증명할 수 있는 증빙 자료를 요구했다. 아니면 은행에서 예금 등의 실적이 있어야 한다고 했다. 그런 것은 없었다. 여러 군데 들러보았지만 역시 소득이 문제였다. 지난해 그가 원고료로 받은 돈은 채 이백만 원도 되지 않았다. 소득증명원을 본 대

출 담당들은 어렵다고 고개를 저었다. 측은하다는 눈빛, 한심하다는 눈빛들이 날아드는 것만 같아 G는 후닥닥 동네 은행을 나섰다.

"용미출에 대해 생각 좀 해봤어?" 동창은 커피 잔을 내려놓고 소파에 등을 기대며 또다시 그 말을 꺼냈다. "네 이야기 잘 들었지. 나도 얻은 게 있고……" 용미출이란 소리에 새삼 성벽 밑에 어정쩡하게 서서 난감한 표정을 짓던 자기 모습이 머리를 스쳤다. 자기가 왜 이곳에 왔는지를 얼른 상기하고는 커피를 홀짝이며 동창의 말에 귀를 기울였다. 용무칠을 용미출과 맞바꾸어 대출을 성사시켜야만 했다. 그는 아주 오랫동안 그의 머릿속에 저장된 용무칠을 얼른 용미출로 수정했다.

용미출은 초상집에서 G가 소설을 쓴다는 이야기를 들은 동창이 좋은 소재라며 던진 것이었다. "예전 산이며 동네들이며 죄 없어졌는데 글 쓰는 너라도 이런 걸 알려야지 않겠니." "한데 용미출이 뭐지?" 그의 설명을 들은 G는 그게 용무칠이라는 것을 알았다. 용미출이란 이름에 G는 어떤 이물감을 느꼈다. 아니 이물감보다도 잘 알던 곳이 아주 낯설고 다른 모습으로 다가드는 느낌이었다. 개발이 거의 끝난 동네는 갑자기 용무칠이니 모루지니 하는 지명들이 사라지고 디지털미디어시티니 월드컵파크니 하는 새 이름으로 바뀌었다. 지금껏 살고 있는 토박이라고 하는 동네 친구들도 새 지명을 스스럼없이 불러 댔다. 얼떨떨했다. 그 동네를 떠난 지가 꽤 오래전이라 G의 머릿속에 잠재한 지명들은 옛것일 수밖에 없었다. 몇 달 전 동창 모임이 있을 때였다. 회장을 맡은 친구로부터 걸려온 안내 전화는 아리송했다. "야, 거기 있잖아, 디엠씨 못 미처 월드컵파크 4단지 앞에 보면……" 일제 강점기 때 강제로 창씨개명을 당한 할아버지의 기분은 어땠을까, 문득 G는 그런 생각을 했다. 용미출은 그것과도 다른 성질의 것이었다. 먹물 냄새가 쾨쾨하게 밴 구투 같았다. 식자깨나 하는 사람들이 만들어 낸 말 아닐까.

"네 말대로 용무칠보다는 용미출이 맞는 듯하더라구. 용무칠에 대해 풀이를 하려 해도 통 감이 오질 않아." "아, 그렇다니까. 내가 어렸을 때 할아버지한테 들은 이야기야. 우리 할아버지가 일제 강점기 때 사범학교 나오셔서 교직에 계셨거든. 할아버지 말씀이 정확하다니깐." 동창은 집요했다.

초상집에서 그 지명을 놓고 서로 우겨 댔다. "아, 글쎄 용미출이 아니라 용무칠이라니까." G는 자기가 맞다는 것을 확인시키려 곁의 친구들에게 용무칠을 강조했다. 몇몇이 G를 거들었다. "거긴 용무칠이지, 무슨 용미출이야. 그런 말은 오늘 처음 들어보네." 그것은 자기가 졸업한 학교 이름을 지금껏 잘못 알고 있었다는 것과 다를 바가 없었다. 용무칠은 동네

앞산 끝자락의 지명이었다. 그것을 잘못 알고 있을 리가 없다고 G는 확신했다. "이 친구야, 자네도 예전에는 늘 용무칠이라 했을걸? 난 용미출이라는 소린 오늘 처음 들어." "그럼 거길 왜 용무칠이라고 부르나? 무슨 뜻이 있을 것 아냐?" 그 질문에 답을 할 수가 없어 말문을 닫았다. 문득 자기가 소설가인지 반문했다. 언젠가 자기 글에 용무칠이란 지명을 썼던 기억이 났기 때문이다. 용(龍)이 들어가니 자연 예사롭지 않은 지명이라고는 막연하게 생각하고 있었으나 그 유래는 알 수 없었다. 어려서부터 동네 아이들은 거기를 용무칠이라 불렀다. 초등학교 삼학년 때 그 동네로 이사한 G도 지금까지 그렇게 불러왔다. G에게도 궁금증이 없었던 건 아니다. 그러나 거기서 태어나고 자란 아이들도 매한가지로 유래를 몰랐다. 그게 무슨 뜻이냐고 물으면 그냥 옛날부터 전해져오는 대로 용무칠이라고 했다. G에게 동조하는 친구들은 꽤 되었다.

　G가 용무칠이라 우기는 곳은 서울 상암동의 난지도와 면해 있던 매봉산 끝자락에 있었다. 그가 어렸을 때 거기엔 너럭바위가 있었다. 그 아래로는 두 물줄기가 만나고 있었기에 물 밑으로는 소용돌이가 쳤다. 용무칠을 지나친 그 물길은 매봉산과 난지도 사이를 따라 흐르다가 한강으로 합수되었다. 여름 방학이면 G도 아이들과 그곳엘 자주 갔다. 아이들 몇이 누워도 충분할 정도로 평평하고 넓은 너럭바위가 산 끝에 하얗

게 자리한 곳이 용무칠이었다. 날이 궂을 때면 용무칠에는 자주 물안개 비슷한 게 꼈다. 그래서일까, G는 거기에 갈 때면 소름이 돋았다. 두려움과 이상한 서기(瑞氣) 같은 게 G를 휩쌌다. 매년 산 제물을 원하던 곳. G가 살던 동네 사람들이 일을 당하지는 않았지만, 외지에서 수영을 하러 그 바위에 옷을 벗어놓은 채 첨벙 뛰어들었다가 그만 일을 당하는 게 1년에 몇 차례나 되었다. 물속의 소용돌이는 집어삼킨 사람들을 백여 미터 아래의 물살이 잠잠해지는 지점에 뱉어놓았다. 대개 시체는 개흙 바닥에 가라앉아 있었다. 건져놓으면 배와 넓적다리가 유난히 물에 퉁퉁 불어 있고 살갗 위로 살짝 보랏빛까지 머금은 그런 익사체들. 용무칠의 제물들이었다. 그러나 그 상서롭던 용무칠의 기운도 오래가지 못했다. 매봉산의 한쪽 언저리가 잘려나가고 마을 앞 난지도에 온갖 쓰레기와 산업 폐자재 등을 갖다 버리기 시작했다. 용무칠은 빠르게 쓰레기 더미에 묻혀 자취를 감추어버렸다. 용무칠 뒤 매봉산 자락은 뿌연 먼지에 허옇게 퇴색해갔고, 잿빛의 죽은 나뭇가지 여기저기에 쓰레기 더미에서 날아든 비닐 조각들이 볼썽사납게 걸려 있었다. 용무칠은 그렇게 G에게 남아 있었다. 그냥 이제는 사라진, 향수 비슷한 뉘앙스를 풍기는 역할을 할 뿐이었다. 용무칠. 용미출. 동창의 열변에 잠깐 얼떨떨했던 G는 술만 몇 잔 더 마셨다.

G는 조금 곤혹스러웠다. 그냥 지나가는 말인 줄 알았는데, 동창은 지명을 놓고 꽤 오래 생각한 것 같았다. 동창은 다음을 짚었다. 첫째, 용무칠이란 지명의 유래에 아무런 근거가 없다는 것. 둘째, 용미출(龍尾出)이란 지명은 누가 봐도 그 뜻을 알 수 있는데 누군가 무식하게 그 뜻도 새기지 않은 용무칠로 혼동해 불렀고, 그것을 왜 그런지 뜻도 새겨보지 않은 채 따라 하다가 그만 용무칠로 굳어졌다고 우겼다. 용무칠이라는 잘못된 지명에는 반성이 뒤따라야 한다는 게 그의 주장이었다.

사실 처음에 G는 열을 내는 그 동창의 말보다는 그가 은행에 근무한다는 것에 더 관심이 쏠렸다. 건넨 명함을 보니 충분히 그럴 수 있는 자리라는 확신이 섰다. 자기의 급한 사정을 좀 도와줄 수 있을 것이라는 희망을 품은 채 그의 말을 대충 흘려듣고 있을 때였다. 느닷없이 역사[동창의 표현대로라면 장사(壯士)였다]가 등장한 것이었다. 역사는 상조 회사 여직원이 어지러워진 상을 치우고, 오징어채와 돼지고기 수육이 담긴 접시들을 내려놓을 때 G의 주위를 환기시키며 나타났다. 환기 정도가 아니라 G에게 어떤 신호를 보내는 것만 같았다. 그 신호를 받으려 그때부터 G는 동창의 말을 귀 너머로 대부분 흘려보냈다. 간간 아기 장수 이야기가 그의 귀를 스칠

160

뿐이었다. 역사는 G의 눈앞에서 금고만한 커다란 돌을 양손에 하나씩 번쩍 들어 올리는 생생한 장면을 연출하고 있었다. 성벽 위에서 그 화강암 덩이를 든 두 팔을 하늘을 향해 힘껏 내뻗치며 우뚝 서 있는 것이었다.

입을 헤벌린 채 G가 정신을 놓고 있을 때 곁의 친구가 그를 툭 쳤다. 그 틈을 타 동창의 장사가 G의 역사를 밀쳐냈다. 아기 장수 설화였다. 아기 장수 설화를 갖고 있지 않은 동네가 우리나라에 몇이나 될까. 양쪽 겨드랑이에 날개를 단 채 태어났지만 역적이 될까봐 부모에 의해 살해 당하는 그런 유의 설화. 아니면 날개를 낫으로 잘라버렸더니 시름시름 앓다가 죽어버리는 아기 장수 이야기. 아기 장수 설화의 원형처럼, 보통 아기 장수는 죽을 때 유언으로 곡식 따위를 함께 묻어달라하고는 꼭 그 사실을 비밀로 해달라고 한다. 그렇지만 아기 장수의 출현 소식을 듣고 몰려든 관군의 위세에 그만 사실대로 털어놓는 어머니. 땅에 묻은 곡식이 군사와 병장기로 채 변신하기 전에 발각되어 그 꿈도 이루지 못한 채 스러지는 아기 장수. 그런 설화는 너무도 흔했다.

"그 아기 장수가 관군이 퍼부은 수많은 화살을 맞고 마지막에 용을 쓰다가 죽기 직전에 가까이 있던 그 바위를 집어 던졌다는 거야. 그게 우리가 놀던 그 바위지." "그럼 용무칠은 뭐지?" 다른 탁자에서 술을 먹다가 잠시 전에 옮겨 온 친구가 엉뚱하게 물었다. "아 글쎄 용무칠이 아니라 용미출이라니까."
아기 장수의 숨이 끊어지는 순간 그 바위 모퉁이에서 용마가
제 모습을 드러내지 않고 하얀 꼬리만 보이다가 그만 사라져
버렸다. 용마의 꼬리가 나왔다고 용미출이라 한다는 거였다.
그게 은행에 다니는 동창의 설명이었다. G는 용무칠이란 지
명에다 이보다 더 질서정연하고 논리적인 유래를 붙일 수가
없었다. G는 고개를 주억거렸다. 아기 장수는 그렇게 변주되
어 용미출의 너럭바위를 집어 올리곤 G의 앞에 버티고 섰다.

동창은 그 아기 장수를 대동하고 G의 앞에서 웃음을 머금
었다. G는 문득 그 웃음이 여유롭다고 느꼈다. 하지만 얼른
여유롭다는 그 수식어를 거둬들였다. 여유로운 웃음 따위는
너무 상투적 아닌가. 그럼 그 웃음에다 어떤 수식어를 붙여야
하나. 재력과 논리로 겸비한 저 당당한 웃음. G는 씁쓰레했
다. 계급적 관점에서 순수한 웃음을 그렇게 굴절시키는 것은
아닌지. 다시 동창의 눈을 바라보았다. 그도 멋쩍었는지 화제
를 돌렸다. G는 건성으로 그가 동의를 구하는 질문에 그렇다
고 대답했다. 아차 했다. 탁발을 나왔음을 새삼 상기하곤 자
세를 고쳐 잡았다. 화장실이라도 한 번 더 다녀오고 싶었다.
그러나 찔끔대며 나올 게 뻔해 그만두었다. 며칠 전 은행에서
대출을 하려다가 그를 가로막는 여러 장애물에 대해, 자기의

소득에 대해, 잔뜩 움츠러든 채 떠듬대며 동창에게 설명했다. 아까 겨우 변기로 물을 흘려보내던 그 화장실의 어휴 소리가 새삼스럽게 G의 귓가로 울려왔다.

동창의 지시로 G의 신상 정보와 소득세증명원 따위를 들고 나갔던 젊은 직원이 들어와 다소곳하게 소파 옆에 서 있었다. G는 그가 무슨 말을 할지 미루어 짐작했다. 어렵다는 말이겠지. 그것보다 G는 벌거벗겨진 자신을 추슬러야 한다는 마음을 먹었다. 탁발이야 원래 그런 것 아닌가. 못 준다고 해도 할 말이 없다. 부하 직원에게 조용히 속삭이는 동창의 말이 G를 잠시 더 기다리게 만들었다. 소곤대는 말이었지만 G에게는 또렷하게 들려왔다. "그런 거 말고 여러 가지 있잖아. 참, 그 햇빛론은 되지 않나?" "그건 이율이 좀 높아서……" "한번 알아봐. 안 되면 그거라도 해야지." G는 풀이 죽었다. 자기 직업이 은행에서 별 소용이 없다는 것. 새삼스러웠다. 창구 쪽으로 돌아가는 직원의 뒷모습을 보며 침을 꿀꺽 삼켰다. 애써 G는 자기 직업이 소설가라는 것을 되새겼다. 어깨에 힘을 주며 허리를 곧추 폈다. 다시금 그의 눈앞에 그 역사가 거뜬하게 돌을 드는 장면이 어른거렸다. 비록 용미출의 아기 장수 같지는 않았지만 G는 자기가 품고 있던 그 역사를 떠올렸다. 용미출의 아기 장수 이야기는 설화였다. 그러나 G가 듣고 보았던 역사의 이야기는 설화가 아니었다.

4

은행을 나섰을 때 G는 며칠이라도 숨을 돌릴 수 있다고 안
도했다. 그때 가면 또 어떻게 되겠지. 이게 탁발하는 사람의
원칙 아닌가. 그는 '잘한' 결과를 아내에게 알렸다. "잘하고
와요"의 첫째 순위가 그것 아니었겠나. 요즘 G는 아내한테
미안한 게 한둘이 아니었다. 그런 생각이 든 순간 또 '미안하
다'라는 어휘를 떠올린 자신이 마뜩잖았다. G는 그 단어 대신
'고맙다'라는 말로 얼른 바꿨다. 그 자동화된 '미안하다' 앞에
서 자신이 한없이 추락하고 있었다. 그 말을 들은 상대방도
맥이 쭉 풀릴 터였다. 자신이 한 일의 대가도 없다는 것을 상
기시키는 말이 '미안하다' 아닌가. 버거운 상황을 헤쳐나가려
면 힘이 필요한데, 그만 '미안하다' 하고 말한 그 지점에서 힘
을 쭉 빼버리게 한다고 G는 이해했다. 반면 '고맙다'는 자신
의 행위나 마음 씀씀이에 대해 인정도 받는 동시에 앞으로 더
힘을 낼 수 있는 말이라고 굳게 믿기 시작했다. 그것은 최근
G가 절감하는 바였다. 그런데도 도로 '미안하다'가 툭 튀어
나왔다. 어휘의 선택은 무릇 작가로서 신중해야 하는 게 아닌
가. 그 '미안하다'는 너무도 자동화된 말이기도 하고 비생산
적인 말이라고 G는 거듭 되새겼다. 뒤따라온 동창의 기척에
G는 얼른 아내와의 전화를 끊었다.

점심을 하고 가라는 동창의 권유를 마다하지 못하고 함께 발걸음을 떼었다. 보신탕 먹자는 말에 G는 고개만 끄덕였다. 사실 G는 보신탕을 즐겨하지 않았다. 일행들이 원하면 그냥 따라가 풋고추나 된장에 찍어 술잔을 기울일 정도였으니까. 그래 봐야 그가 보신탕집에 간 횟수는 살아오는 동안에 다섯 손가락에 꼽을 정도였다. G는 고마움에 그냥 따라나섰다. 개고기전골이 벌건 국물을 뿜어내며 가스 불 위에서 끓고 있었다. 동창은 그래도 G가 소설가란 게 믿기지 않는다는 듯 추켜세웠다. 그래 봐야 지점장 직함을 단 그 앞에서 오그라드는 건 어쩔 수가 없었다. G는 동창이 무안해할까봐 국물도 저었다. 그러곤 그의 앞에 놓인 한 뼘 정도의 파란 고추를 과감히 베어 물었다. 빳빳한 고추는 바짝 약이 올라 있었다. 얼른 물로 입을 헹궈냈다. 어째 G는 날이 갈수록 매운 걸 잘 먹지 못한다고 느꼈다. 예전 같으면 그 정도의 매운 고추는 아무 문제가 아니었다. 베어 물었던 고추는 식탁에 허연 씨를 질질 흘리며 원래 있던 접시에 던져졌다. 그 옆으로 약이 바짝 오른 서너 개의 고추가 탱탱한 몸통을 뽐내며 놓여 있었다. 별안간 어느 보신탕집이, 아니 그 보신탕집이 있는 시장 입구에 누워 있던 한 사내가 기억났다. 보신탕집에 올 때마다 G의 눈앞에서 그때가 똑똑히 꿈틀거리며 살아나는 것이었다.

언젠가, 아마도 복날이었을 것 같다. 그 무렵 G는 조그마한 회사에 나갔다. 업무라는 것도 그렇고, 보수도 신통치가 않아 1년이 못 되어 때려치웠다. 흔히 건강식품 광고에서 몸이 축 축 처지고 매사 의욕이 없는 사람에게 꼭 필요하다고 내거는 문구처럼 그 무렵 G의 몸이 그랬다. 밤이면 아내 앞에서 잔뜩 주눅이 들었다. 알 수 없는 무력감. 임포텐츠 상태. 고속버스 터미널의 공중화장실 같은 데 가면 붙어 있는, 읽기만 해도 아랫배에 힘이 들어가는, 그런 광고를 봐도 별 반응을 보이지 않아 자괴감까지 느끼던 그런 때였다. 그날이 중복인지 말복인지는 어렴풋해도 분명 복날이었다. 그날 회식은 시장 골목에 자리한 보신탕집으로 정해졌다. 삼십여 도를 오르내리는 폭염에도 에어컨이 제대로 작동하지 않는 그런 집이었지만 빈자리 없이 꽉 찼다. 땀을 뿔뿔 흘리며 G는 처음으로 개고기전골을 집어삼켰다. 그만큼 절박했던 것이다. 술이 몇 잔 들어가자 G는 자신의 상태를 동료들에게 털어놓았다. 그러자 동료 하나가 주인 여자에게 소리를 쳤다. "아줌마, 여기 그거 하나 줘요. 심! 필요한 사람 있네." 그러자 주인 여자는 웃으며 뭔가 접시에 담은 것을 얼른 냄비 속에 집어넣었다. 단골한테만 특별히 준다는 심. 사전을 뒤적여도 뜻이 나오지 않는 심. 그것은 개불알이었다. 아무리 정력에 좋다 해도 선뜻 손이 가지 않아 미적미적댔다. 그건 G의 몫이었다. 동료들은 심의 효과에 대해 떠들고 나서 G의 입에 강제로 물렸다. 역한 노린내가 입속에 퍼졌다. 씹을 때 약간 오도독거리는 촉감에 삼복더위에도 불구하고 오글오글 소름도 돋았다. G는 부르르 진저리를 쳤다. 결국 그걸 다 삼키고 나자마자 G는 연거푸 소주 몇 잔을 들이켰다. 잠시 뒤 화장실에 갔을 때 오줌발을 세워보며 그동안 기를 죽게 했던 그놈을 북돋아보았다. 별로 신통치 않았다. 그러자 억지로 먹었던 개심에서 풍기던 노린내가 기도를 타고 도로 기어 나왔다. 욱 하고 토악질이 올라오는 것을 겨우 참았다. 입 밖으로 나올 그것을 눈으로 다시 보고 싶지 않았다. 그 사내를 본 것은 찝찝한 속을 추스르며 보신탕집을 나섰을 때다.

아마도 노숙인 같았다. 그가 입은 하늘색 셔츠와 검정 트레이닝 바지는 땟국에 절어 추레했다. 그 사내는 시장 입구의 보도블록 위에 벌렁 누워 있었다. 처음에는 술 취한 사람이겠지, 별 신경을 쓰지 않고 조금 떨어져서 그 곁을 지났다. 순간 가로등 불빛 아래로 그의 신체 부위 하나가 G의 눈에 유난히 확대되어 왔다. 그것은 갑자기 하늘을 향해 서서히 치솟았다. 곧바로 사내는 트레이닝 바지의 고무줄을 밑으로 잡아당겼다. 작은 나무토막같이 빳빳한 그의 물건이 곧추서기 시작하더니 하늘을 찌를 듯이 점점 커지는 게 아닌가. 그의 물건은 G를 비웃듯, 아니면 사는 게 그런 것이 아니라고 일갈을 하듯 더욱 공중을 향해 솟아올랐다. 취한 G의 눈앞에서 사내의 심은 우뚝 버티고 있었다. 그 사내에겐 개심 따위는 필요치 않을 것 같았다.

동창을 앞에 둔 보신탕집에서 그 장면이 새롭게 살아났다. 그때는 지금보다 훨씬 더 나이가 젊었다. 다시 아랫배가 무지근해졌다. 잇따라 졸졸거리며 힘겨워하는 어휴 소리가 G를 맴돌았다. 그때 동창은 그에게 이제는 사라진 동네에 대한 추억을 글에 담으면 좋지 않겠느냐고, 그래서 자기 같은 사람들에게 많은 추억을 주면 좋겠다고 했다. 용미출같이. G는 전골에 담긴 풀 죽은 부추를 한 젓가락 건져내며 고개만 끄덕였다. G는 용미출의 아기 장수가 자신이 꿈꾸던 그런 역사가 될 수 있을까 속으로 반문했다. 아기 장수를 그가 꿈꾸던 금고만한 돌을 들어 올리는 역사로 만들 자신이 영 없었다. 설사 용미출의 그 너럭바위가 금고보다 훨씬 더 큰 집채만한 것이라 할지라도 전설 속에나 있는 아득한 것이었다.

동창과 헤어진 G는 축 처지는 어깨를 추스르며 다음 탁발할 곳을 헤아렸다. 『금강경』에는 아무런 구별 없이, 시주할 집이 부자든 가난뱅이든 개의치 않고, 그 차례에 따르면 그뿐이라 했다. G의 머릿속에서 그러한 순서가 이리저리 흔들렸다. 몰아치는 바람이 그의 앞 머리칼을 흩어놓으며 눈을 찔렀다. 막막하긴 하지만 갈 곳이 있긴 했다. 2008년을 찾아서였다.

문단의 몇몇 작가가 G에게 손을 내밀었다. 같이 작품집을 내자는 것이었다. G를 포함한 그들 모두 2008년에 등단했다. G는 고마웠다. 그런데 문제가 있었다. 작품집의 테마를 2008년과 관계 지은 것으로 못 박은 것이다. 처음에 G는 느닷없는 그 주제에, '아, 이렇게도 연결이 되는구나'라며 고개를 끄덕였다. 하루하루 미루다가 원고를 완성하기로 한 날이 정말 코앞으로 바짝 다가왔다. G는 답답했다. 그해에 대해 쓸 거리가 있는지 인터넷 검색도 수십 번이나 해보았다. 늘 그렇듯 사건 사고도 많았다. 그래 봐야 하나의 사건을 빼곤 G에게 반짝 뜨이는 게 없었다. 그건 숭례문 화재였다. 그 사건은 이미 그가 썼다. 어찌되었든 뭔가를 찾아야 했다. 골똘하던 G는 아무런 실마리를 잡지 못하다가 급기야는 오전부터 숭례문 성벽 앞에 서기에 이르렀다. 신기루같이 불쑥 나타났던 그 역사를 눈앞에다 또다시 불러내고 있었다.

5

G가 기억하고 있는 역사는 여럿이었다. 예전에는 서울 변두리를 떠돌며 힘을 팔던 차력사들이 많았다. 지금은 인적이 거의 끊긴 세운 상가에는 그때 유난히 굵은 팔 위로 어른 주

먹만한 알통을 달았던 사내가 있었다. 어렸을 때 친구들과 시내에 나갔다가 그 사내를 몇 차례 보았다. 사내는 그의 조수가 휘두르는 각목을 팔로 가볍게 받아냈다. 어린 G의 허벅지만한 각목은 동강이 나며 쪼가리는 콘크리트 바닥으로 요란하게 떨어졌다. 연이어 그 사내는 주먹으로 놋대야를 힘껏 내리쳐 움푹 들어간 자국을 만들어낸 다음 툭 튀어나온 가슴을 훌쩍 펴며 좌중을 둘러보았다. 그 사내 뒤로는 살아 있는 뱀들이 담긴 주머니와 말벌집 따위가 놓여 있었다. 꼭 그때가 되면 그의 조수가 넋 놓고 구경하던 아이들을 몰아냈다. 늘 그 사내가 어디까지 힘을 쓸 수 있는지 궁금했지만 갈 때마다 그 이상을 보지 못했다. 그 힘의 끝이 어디인지 모른 채 맥이 빠져 집으로 돌아올 때면 G와 친구들은 그게 다 약을 팔려는 그 조수 때문이라고 욕을 해댔다.

역시 초등학교 때 한 남자가 남산에 있는 어린이회관 옆의 백여 개나 되는 가파른 계단에서 승용차에 건 밧줄을 입에 물어 위로 끌어 올리는 것을 보았다. 강렬했다. 어떻게 저걸 끌어 올릴 수 있을까. 골목에서 공을 차다가 차 밑으로 굴러가 박히면 그 공을 꺼내려 아이들 몇이 붙어 밀어봐도 꼼짝도 않는 차였다. G는 그런 자동차를 끌어 올리는 장면이 믿기질 않았다. 텔레비전을 통해 중계되었기에 그 프로를 본 사람이라면 쉽게 잊지 못할 장면이었다. 모든 사람을 사로잡는 힘을 필요로 하던 시기였다. 그러던 어느 날이었다. 누군가 G에게 살면서 기억에 남는 특별한 날을 들라고 한다면 그는 서슴지 않고 어릴 적 그날을 꼽을 것이다. 그는 오랫동안 그날을 자기 인생에서 아주 풍요로운 하루였다고 여겼다. 그 풍요는 힘과 관계하고 있었다. 비록 나중에 그 내막을 알기는 했어도 한번 새겨진 그 풍요롭다는 느낌은 지워지지 않은 채 골 깊게 남았다.

용미출 근처에 살 무렵 G는 동네 아이들과 부모 몰래 자주 극장에 가곤 했다. 비록 서울 변두리의 동시 상영을 하는 삼류 극장이었지만 학교 근처 골목마다 숨어 있던 만화 가게에 비하면 견줄 바가 아니었다. 영화 상영 도중 스크린에 잿빛 장대비가 내리며 치직거리기 일쑤였어도 좋았다. 또 필름이 끊어져 십여 분씩 영화가 중단되어 여기저기서 야유의 휘파람 소리가 극장을 메워도 참을 수 있었다. 그 극장에서는 일주일에 여섯 편의 영화를 상영했다. 월요일과 화요일에 상영한 영화는 수요일과 목요일에는 다른 두 편의 영화로 대체되었다. 그리고 금요일과 토요일, 일요일에는 또 다른 프로가 상영되었다. 아주 드문 일이었지만 어떤 때는 같은 영화가 이틀 정도 반복될 때도 있긴 했다. 동네 형들 말로는, 아마 필름을 제때에 가져오지 못했거나, 아니면 들여온 필름이 개봉관에서 이류 극장을 돌고 또 다른 삼류 극장을 도는 사이 닳아

서 영사기에 넣어봐야 끊어지기 때문이라고 심드렁하게 말했
다. 날이 갈수록 영화 프로는 바뀌지 않고 이틀이 아니라 며칠
씩, 그러다가는 일주일 내내 상영되는 횟수가 잦아졌다. G도
중학교에 올라가며 비록 개봉관은 아닐지라도 좀더 나은 영
화관에 가곤 했다.

　한창 그 극장에 다닐 때 대개 영화 한 편이 G의 맘에 들면
다른 하나는 그렇지 않았다. 가령 이소룡이 쌍절곤을 돌리는
영화와 질질 짜는 비운의 사랑을 담은 영화가 짝을 이룬다고
할까. 어느 날이었다. 임꺽정과 프로레슬러 김일을 주인공으
로 한 영화가 나란히 극장 간판을 장식했다. 극장에는 앉을
자리가 없었다. G의 반 아이들도 꽤 왔다. 잠시 필름이 끊어
져 상영이 중지되고 극장에 환한 백열등이 켜졌을 때 그의 반
아이들끼리 서로 여기저기서 이름을 부르며 손을 흔들었다.
박치기왕 김일이 등장하는 그 영화에서 김일은 압둘라 더 부
처인가 하는 거구의 사내에게 반칙을 당해 온몸에 피 칠갑을
한 채 고전하다가 마지막에 박치기로 그를 받아넘겼다. 임꺽
정도 엄청난 힘을 쓰며 서림이 이끌고 온 관군을 집어 던졌다.
그런 영화를 본 게 처음이었다. 그것도 한 번에 두 편씩이나.
뿌듯한 느낌에 가득 차 집에 돌아가면, 기다리고 있을 부모의
꾸중 따위는 뒷전이었다. 마치 명절 바로 직전에 준비한 여러
음식 앞에서 느끼던, 명절을 쇠기 위해 새로 사준 옷과 신발

을 보며 느끼던, 그런 넉넉함이랄까. 그 빔을 입고 아이들 앞에서 으스댈 것을 상상하며 거울 앞에서 우쭐댈 때처럼 G는 신이 나서 돌아왔다. 오랫동안 G의 가슴에 남는 대단히 풍성한 날이었다. 얼마 전에 G는 어렸을 적 그 풍요로운 날을 다시 맛보려 영상자료원에 그 영화들이 있는지 검색했지만 영화 포스터만 남아 있지 정작 그 필름들은 사라졌다.

그 풍요롭던 날이 있고 얼마 지나지 않았을 때였다. 그게 전부 쇼라는 말을 들었다. 텔레비전에서 중계해주는 프로레슬링도 전부 짜고 하는 것이라 했다. 억울해서 G는 그럼 철철 흐르는 붉은 피는 무엇이냐고 되물었지만 들려오는 답은 역시 쇼를 향했다. 영화 속에서 임꺽정이 집어 던진 관군은 집어 던져진 게 아니라 애당초 낙법을 염두에 두고 임꺽정에게 달려든 눈속임이라고 못 박았다. 그런 말들이 돌면서 프로레슬링도 텔레비전 화면에서 차츰 사라져갔다. G는 혼란스러웠다. 용미출의 아기 장수를 전혀 모르던 시절, 그가 열광했던 그 장면, 비록 상대편이 흉기로 찌른 이마에서 벌건 피가 쉴 새 없이 흘러내리고 있었지만 죽을힘을 다해 그 이마로 박치기를 하던 사투가 쇼라니. 점차 G의 가슴에 간직된 그런 역사들이 미심쩍기만 했다. 툭 튀어나온 가슴 근육과 뱀 굵기만한 선으로 나누어진 배 근육, 두터운 핏줄이 시퍼렇게 울뚝 드러나 있는 알통. 그런 것을 겸비하고 힘을 뽑내던 그런 역사들은 G에게 수상한 그늘을 남겼다. G는 자기가 흠모하는 역사는 그런 종류와는 거리가 멀다고 거듭 되뇌었다. 아무도 모르게 높은 동대문 성벽을 타고 올라가 깊은 잠에 빠져 있는 서울 시민을 관객 삼아 쇼가 아닌 진짜 힘을 쓰며 우뚝 서 있는 모습.

G는 언젠가 어렸을 때 동대문 성벽 위의 돌덩이를 들어 올린 어떤 역사 이야기를 들었다. 그리고 그가 성년이 막 되었을 때, 그 역사에 대한 소설을 읽었다. 그때 G의 머릿속을 스친 인상은 지금도 여전했다. 처음에는 '아아, 이런 사람도 있을 수 있구나'였다. 그러다가 '아아, 이런 소설도 있구나'로 바뀌었다. 가슴이 두근두근 뛰었다. 자신도 언젠가 저 성벽의 돌을 훌쩍 들어 올릴 수 있다는 바람을 간직했다. 그게 불가능하다면 하다못해 비슷한 역사를 만들어 이야기를 쓸 수 있지 않을까. 자신감이 있었다. 더군다나 그 역사가 자기 힘을 훌쩍 펼쳐 보인 그곳은 G가 이 세상에 얼굴을 내민 곳과 착 달라붙어 있었다. G의 고향인 셈인 동대문 성벽 옆의 대학 병원. 지금은 사라지고 다른 건물과 공원으로 바뀌고 말았지만. 그 역사를 안 뒤로 동대문은 그 대학 병원보다 더 친숙한 곳이 되었다.

어떤 그리움에서랄까, 역사에 대한 인상은 G에게 깊이 새겨졌다. 그가 어렸을 때 일찍 돌아가신 어머니에 대한 그리움도 어느 정도 작용했을지 모를 일이었다. 이북에서 내려온 피난민들이 자리를 잡은 동대문 옆 창신동 일대. 신설동 쪽으로 내달리던 기동차의 철길 옆과 청계천의 천변마다 긴 나무다리 위에서 아슬아슬하게 걸쳐 있는 바라크들. 어머니와 함께한 기억 속에 남은 풍경이었다. 집에서 그리 멀지 않은 곳에 위치한 그 풍경 속을 G는 어머니를 따라 가끔 지나쳤다. 빼곡한 바라크들 속에 함경도에서 내려왔다는 어머니의 먼 친척이 있다고 들었다. 그런데, 훨씬 뒤에야 안 사실이지만 동대문 성벽의 돌을 든 역사도 한국 전쟁 때 함경도에서 피난 내려왔다는 것이다. 그 함경도라는 지명은, G에게 묘하게 다가들었다. G의 어머니도 함경도에서 살았던 적이 있다. 엄밀히 짚자면 서울 태생이지만 일제 때 외할아버지가 가족들을 이끌고 만주까지 갔다가 어찌어찌해서 정착한 데가 함경도 나진이었다. 해방이 되면서 어머니를 비롯한 외가는 바로 서울로 돌아왔지만, 함경도라는 말을 들을 때마다 알 수 없는 친숙함과 그리움 따위가 슬금슬금 배어들었다. 더 이상 볼 수 없는 어머니처럼, 갈 수 없는 함경도라는 어감이 G에게 아득한 그리움을 남겼다. 멀고 먼 북방이었다. 함경도에서 왔다는 역사는 지금도 G의 눈앞에서 돌을 번쩍 들어 올리는 듯했다. 그 금고만한 돌을 볼 수 있도록 해준 그 작가를 향한 깊은 고

마움을 G는 지금도 고스란히 간직하고 있었다.

어쩌다 밤늦게 동대문을 지나치면 밝은 조명을 받으며 고요히 서 있는 누각에서 그 역사가 툭 튀어나와 '커다란 금고 만한 돌덩이를 한 손에 하나씩 집어서 번쩍 자기 머리 위로 치켜 올리는' 광경이 눈앞에 어른거리곤 했다. 그때마다 가슴이 벌름거렸다.

지금 세상에 그런 이야기를 누가 들어주겠는가. 하루만 지나도 믿기지 않는 일들, 가슴을 울리며 감동으로 남는 이야기들, 엽기적인 이야기들이 사실을 바탕으로 수도 없이 지나쳐 간다. 힘센 역사의 이야기를 G가 되풀이한다면 그건 거들떠도 보지 않을 터였다. 혹 유명한 연예인이 그에 훨씬 못 미치는 힘을 써도 그것은 아마도 인터넷 검색어 순위 중 상위를 차지할 것이다. 그래서 힘 쓰는 역사의 이야기만으로는 안 될 것이었다. 또 용미출의 그 아기 장수 같은 이야기로도 안 될 것이었다. 요즘 이야기는 그 이미지 밑에 전설처럼 숨어야 한다는 것을 깨닫고 있었다. 그렇기에 G는 단 한 번만이라도 그런 이미지를 남기고 싶었다. 진짜 힘을 쓰는 역사. G가 흠뻑 빠진 동대문의 그 역사. 그가 탄 버스가 동대문을 휘돌 때면 아주 가끔씩 자기도 언젠가는 자신의 역사를 저 위에 올려 보내리라 다짐하곤 했다. 사람들이 알아주든 알아주지 않든 상관없이 선명하게 남을 그런 이미지를, 성벽을 이루는 '금고만한 돌덩이를 한 손에 하나씩 집어서 머리 위로 치켜 올린' 역사 같은 그런 이미지를 만들어내고 싶었다. 숭례문이 불타고 누각이 모두 무너져 내렸을 때 G는 그 돌들을 끄집어냈다. 이제 그 돌들을 번쩍 들어 올릴 자기의 역사를 고대하고 있었다. 그러다 마침내 G는 숭례문의 그 돌을 직접 들어보려는 망상에 사로잡히게 되었다.

6

G는 또다시 숭례문으로 향했다. 들르기로 한 출판사에 연락을 했더니 오후 다섯 시쯤 오라는 것이었다. 그의 어깨에 걸쳐진 가방에는 한 권의 책으로 묶일 원고가 들어 있었다. 그걸 받아들일지 모를 일이었다. 파일로 보내면 되는데 몇 번 출판 거절을 당한 뒤로 G는 풀이 죽었다. 그래서 직접 원고를 출력해 다니는 중이었다. 책을 내기 위한 탁발을 앞두고 G는 숨을 한껏 들이쉬었다. 몇 년에 걸쳐 여기저기 발표한 소설들이 어깨에 매달려 있었다. 거의 무게감도 없는 가방이 자꾸 어깨에서 흘러내렸다. G는 연신 그것을 추어올렸다. 그는 과작을 했다. 별 뜻이 있는 게 아니라 빨리 작품을 쓸 재주가 그에게는 없었다. 써놓고 나면 번번이 미진하다는 생각에 이리저리 뜯어고쳤다. 그러나 무엇보다도 그가 뜸을 들인 까닭은

작품을 빨리 쓰고 다른 작품에 착수할 정도의 원고 청탁이 없었기 때문이다. 그래서 주무르고 또 주물렀다. 그래도 확신이 서지 않았다. G는 재차 삼류라는 말을 곱씹었다. 축 늘어져 숭례문으로 들어섰다.

2008년으로 해가 바뀌고 조금 지났을 무렵 G는 처음으로 숭례문에 들어가보았다. 물론 어렸을 때 남산으로 소풍 왔다가 몰래 숭례문 앞 잔디밭까지 들어간 적은 있었지만 정식으로 들어가기는 처음이었다. 서울시에서 시민에게 개방을 한 지도 꽤 되었지만 와볼 기회가 없었다. 그 무렵 G는 소설을 더 이상 쓰면 안 된다고 결심했다. 부질없는 짓이라며 이참에 그만두자고 마음을 다잡았다. 더구나 등단도 못한 상태였다. 그날 G는 숭례문을 거쳐 일자리를 알아보러 가는 중이었다. 숭례문을 처음으로 통과하는 자리였지만 별 느낌 없이 일자리를 찾을 수 있다는 실낱같은 희망을 품었을 뿐이다. 공교로웠다. 며칠 지나지 않아 숭례문에 화재가 났고, G는 그걸 가지고 단편소설을 썼다. 그렇게 G는 내세우지도 못하는 소설가가 되었다. 차라리 그때 소설가의 길로 접어들지 않았다면. 가끔씩 후회가 들기도 했다. 그렇지만 등단할 때 쓴 당선소감은 뭐였던가. 그것은 자신과의, 또 혹 자기 글을 읽어줄지 모를 독자와의 약속 아니었던가. G는 숭례문의 성벽 앞에

서서 물끄러미 위를 올려다보았다. 거기에는 돌을 들 역사도, 장사도 아무도 없었다. 그는 우두커니 지나온 길을 더듬었다. 돌아갈 수 없는 길이라는 생각이 들었다. 이젠 용무칠을 용미출이라 해야 한다는 것처럼. 언젠가 용미출 앞에서도 가면 안되는 줄 뻔히 알고도 그 길을 갔었다. 지난번 문상 자리에서 그 동창이 들추어내기 전까지 그 일을 까맣게 잊고 있었다.

용미출 못 가 산자락 밑으로는 제법 넓은 논들이 펼쳐졌다. 얼음이 얼었을 때 스케이트를 신고 몇 바퀴만 타도 발목 근처가 약간 시큰거릴 정도의 넓이였다. 그 옆으로 자그마한 논까지 몇 개가 연이어 있었다. 조금 떨어진 곳에는 강이 흐르고 있었지만, 아주 추운 날씨가 이어져 강이 꽁꽁 얼어붙기 전에는 아예 그곳에 들어가지 못했다. 그래서 근방의 아이들은 스케이트와 썰매를 가지고 논으로 몰려왔다.

초등학교의 겨울 방학이 끝나갈 무렵, 갑자기 날씨가 풀린 어느 날이었다. 그 며칠 전부터 개학의 전조처럼 얼음도 얼었다 녹기를 되풀이해서 얼음판도 들쑥날쑥했다. 벼 그루터기들이 얼음 위로 쭈뼛쭈뼛 솟아나왔다. 곰보처럼 진흙이 들어찬 수많은 구멍 자국을 만들어놓은 철 지난 얼음판에서 G는 주저주저했다. 살얼음보다는 조금 더 두껍게 언 얼음판. 발로 디디면 마치 햇살이 퍼지듯 흰 얼음판 위로 사방으로 금이 펼쳐졌다. 집으로 되돌아갈까 말까 망설였다. 스케이트를 걸쳐

메고 꽤 멀리 걸어온 게 억울해 얼음판에 한쪽 발을 붙였다 떼었다 하기를 되풀이했다. 그때 옆 동네의 또래 아이가 다가왔다. G는 스케이트를 못 탄다고 고개를 가로저었다. 그 아이는 집요했다. 한번 타보자고 우겼다. 결국 그 아이에게 넘어갔다. '용기'라는 말과 누가 더 '깡이 세냐'가 G를 부추겼다. 결국 가위바위보를 해서 진 사람이 먼저, 이긴 사람은 나중에 논 끝까지 얼음 위를 왕복하기로 했다. G가 이겼다. 그 아이가 논둑에서 스케이트 끈을 꼭 조여 매고는 먼저 얼음 위에 섰다. 쫙, 얼음에 금이 가는 소리가 날카롭게 울렸다. 그 아이는 울퉁불퉁한 얼음 위를 제법 빠르게 치고 나갔다. 그러나 삼 분의 일도 못 가 얼음이 깨지며 그 아이의 스케이트 한쪽이 진흙에 처박히고 말았다. 더 갈 수도 없었다. 반대쪽 스케이트를 신은 발을 옮기면 여지없이 얼음이 깨지고 말았다. 수렁에서 한쪽 발을 건져 간신히 빼 옮기려는 순간 다른 발이 얼음을 깨며 아래로 처박혔다. 연거푸 한 발을 얼음 위에 올려놓고 다른 발을 꺼내려 힘을 주다가 중심을 잃고 고꾸라졌다. 짚은 두 손도 얼음을 깨며 논바닥으로 빨려들었다. 그 아이는 그 동작을 셀 수 없이 했다. G는 터져 나오는 웃음을 참을 수 없어 그만 킥킥거렸다. 그건 생리 작용이었다. 진흙이 잔뜩 묻은 얼굴 속에서 굳게 앙다문 아이의 입을 보고선 그만 G의 생리 작용이 멈추어버렸다. 그 아이는 아예 논의 얼음을 일자로 가르며 빠져나왔다. 제 딴에는 최단거리라 생각하고 일자로 나온다 했지만 그가 그려놓은 선은 지그재그였다. 마치 용미출 밑 샛강에서 잡은 물고기의 배를 솜씨 없게 따놓은 것처럼, 논은 삐뚤빼뚤한 선을 따라 시커멓고 질척한 내장을 토해놓았다. 음력 정월, 아무리 날씨가 풀려 얼음이 옅게 얼었다지만 진흙 범벅이 된 그 아이는 오들오들 떨며 G를 노려보았다. "나 갔다 왔다. 니 차례야!" G는 그대로 도망치고 싶었다. 뻔했다. 그 아이처럼 얼마 가지도 못한 채 덜덜거리며 흙투성이가 될 게 눈에 선했다. 그렇지만 약속이었다. 그 아이의 번뜩이는 눈빛이 심상치 않았다. 갈 수도 안갈 수도 없는 길. G는 얼음판 위에 섰다. 하지만 출발해서 두세 걸음도 떼지 못하고 처박히기 시작했다. 어쨌든 G는 진흙투성이가 되어 끝까지 갔다 왔다. 두 아이는 아무 말도 않고 용미출을 등진 채 턱을 덜그럭거리며 집으로 향했다.

그때 일이 되살아나자 한기가 G를 감쌌다. 부르르 진저리를 친 G는 새로 복구된 숭례문에서 뭔가 하나라도 건져야 한다는 간절한 심정으로 여기저기를 둘러보았다. 솔직히 별 감흥이 없었다. 그 몇 년 사이 자기에게 무슨 일이 있었던가, 곰곰 생각에 빠졌다. 숭례문에 처음 불이 붙었다가 진화했을 때의 장면. 그때 그 사투를 벌이는 숭례문을 텔레비전에서 보고 두꺼비의 모습을 발견했다. 우리 전설에 나오는 두꺼비, 강한 독을 뿜어내며 공격하는 지네에 대항해 싸우는 두꺼비. 그걸 매개로 등단을 했다. 그런데 며칠 전 처음 들은 용미출의 아기 장수는 오늘까지 아무런 감흥도 주질 않았다. G는 소설가로서 자기가 무능하다는 자조감에 빠졌다. 그의 눈앞에 화강암의 견고한 성벽이 꽉 들어찼다. 역시 아침에 눈여겨보았던 돌 두 개가 계속 거슬렸다. 저걸 바꾸어놓을 수만 있다면. 동대문의 역사는 '지렛대나 도르래를 사용하지 않고서는, 혹은 여러 사람이 달라붙지 않고서는 들어 올릴 수 없는 무게를 가진 돌을' 치켜들었다. 맨손으로 저 금고만한 돌을. 숭례문 누각은 아득했다. 거길 기어오를 수도 없었다. 남몰래 누각으로 오르는 계단을 밟고 손쉽게 오를 수는 있겠지. 그것은 치사한 음지의 방법이었다. G는 그 동대문의 성벽 위에 역사처럼 성벽을 타오르고 싶었다. 그의 두 손과 두 팔에 의지해 올라간 저 위에서 두 손을 높이 치켜들고 싶었던 것이다. 물론 두 손에는 돌덩이가 얹혀 있어야 했다. 사람들이 감탄할 만한 무게의 돌덩이를 들려면, 수직의 벽을 타려면 돌의 결을 알아야 했다. G는 잠시도 눈을 떼지 않고 성벽을 응시했다. 어디가 오를 수 있는 자리일까. 또 손으로 잡아야 할 곳은 네모난 돌의 어느 부분일까. 오래되어 칙칙하게 색이 변한 돌들과 하얀 속살을 보이는 새로 쌓은 돌들이 모자이크되어 눈앞이 희끈거렸다.

G는 새로 쌓은 성벽 한 끝으로 다가갔다. 더 가지 말라는 금줄의 감촉이 그의 무릎에 느껴졌다. 불쑥 쿡쿡 터져 나오는 웃음을 겨우 참았다. '이러면 대체 뭐가 나온단 말인가. 어떻게 여기서 2008년을 찾는단 말인가. 숭례문 화재를 그때 그리지 않았는가. 새삼 그걸 변주해봐야 신통치 않다. 이건 자동화의 문제이다. 가장 경계해야 할 대상이 자동화 아닌가.' 그때 제복 차림의 관리인이 G에게 다가왔다. 눌러쓴 모자 아래의 얼굴은 마스크가 거의 덮고 있었다. 그 사이에서 의심을 품은 눈초리가 G를 주시했다. 그게 G의 눈에 들어왔다. "왜 그렇게 쳐다보십니까?" G는 그 눈초리가 맘에 들지 않아 툴툴거리는 목소리로 쏘아붙였다. 심사가 편치 않은 G가 아닌가. "아, 그게 아니라 선생님께서 하도 꼼꼼하게 여기저기 둘러보셔서 뭔가 도움 드릴 게 없나 해서 그랬습니다. 혹시 숭례문과 관련해서 궁금한 게 있으면 성심껏 답변해드리겠습니다." G는 멋쩍은 웃음을 흘렸다. 궁금한 게 있지만, 그건 그에게 물어볼 종류가 아니었다. 주임이라고 신분을 밝힌 관리인은 숭례문의 역사에 대해 길게 늘어놓았다. 그리고 성벽의 구조에 대해 전문 용어를 써가며 꼼꼼하게 설명했다. 성벽 위턱돌 위에 방패처럼 생긴 곳은 공격과 방어를 위해 세워진 것으로 그 명칭이 여장이라 했다. 그 여장 하나를 한 '타'라고

부른다는 것이었다. 그의 설명에 따르면 숭례문을 비롯해 서울 성곽은 같은 구조로 되어 있다고 했다. 여장 한 타에는 몸을 보호한 채 활이나 총를 쏘려고 낸 구멍이 세 개 있는데, 양쪽 구멍은 원거리를 쏘도록 일직선인 반면 가운데 구멍은 성벽을 기어오르는 적을 향하도록 비스듬히 밑을 향했다. 성벽을 기어오른다는 말에 G는 뜨끔했다. 이어 견고하도록 약간 비스듬한 경사를 두고 성벽을 쌓은 게 조상들의 지혜라고 덧붙였다. 귀가 솔깃했다. 그것은 맨손으로도 타고 오를 수 있다고 하는 말과 같지 않은가. "그 정도까지는 아니구요." 이어지는 그의 설명 사이사이 G는 자기가 들어 올릴 만한 돌들을 눈으로 더듬었다. 차도에 막혀 성벽을 마감한 석축의 단위로 서너 개의 돌이 더 얹혀 있었다. 누각 옆 그 돌들 쪽으로 거푸 G의 눈길이 갔다. "선생님, 혹시 오전에도 오지 않으셨나요?" G는 움찔했다. 아니라고 손사래를 치며 얼른 눈길을 다른 쪽으로 돌렸다. 감시 초소가 눈에 들어왔다. 출입구 쪽과 남산을 향한 쪽에 한 군데 더 있었다. G는 감사하다며 고개를 꾸벅이고 홍예문 안으로 발을 뗐다. 관리 주임은 G에게서 물러나 다른 사람에게 다가갔다.

홍예문 천장 위에서 용 두 마리가 날고 있었다. 숭례문 화재가 있기 전 2008년 초, G는 그 용들이 날고 있는 문을 통과했다. 그때 용들은 우중충했다. 새로이 날아든 지금의 용들은 그때와는 다르게 약간 장난스러운 눈길을 머금은 채 화사한 모습을 띠었다. "우중충한 것과 화사한 것 틈 사이에 뭔가 없을까." 주의 깊게 홍예문 천장을 올려보던 G의 눈에 예전에 보았던 우중충한 용들이 새로 입힌 칠 밑에서 조금씩 꿈틀거리는 게 잡혔다. 그뿐 아니었다. 검은 먹물을 두른 흑룡 한 마리도 한데 뒤엉켰다. 언젠가 G가 서예를 하는 장인에게 얻어온 액자 속의 용이었다. 귀기(鬼氣)를 품고 날고 있는 용. 이를테면 고찰의 천왕문을 통과할 때 사천왕에 서려 있는 그런 귀기랄까. '한밤중에 푸르게 빛나는 조명을 온몸에 받으며 성벽을 디디고 우뚝 솟아 있는 역사'*에게서 풍기던 귀기랄까. 그에 미치지는 못할지라도 예사롭지 않은 귀기 비슷한 느낌을 받았던 그 용을, G는 불러내고 있었다.

  G의 장인이 사는 지방의 시민회관에서 서예전이 열렸었다. 그는 장인의 작품을 보러 갔다. 전시실을 둘러본 G가 화장실에 가려고 시민회관의 복도를 따라 걸을 때였다. 어두컴컴한 벽을 우중충하게 장식하고 있는 큰 액자에 자기도 모르게 눈

---

* 동대문의 역사가 등장하는 소설의 묘사로, 이 장면을 떠올릴 때마다 G는 역사가 마치 동화 속에서처럼 점점 커져 까마득히 올려다보아야 할 거인으로 변하는 환상에 빠지곤 한다.

길이 갔다. 복도의 한쪽 벽면을 꽉 채운 용이, 아니 용(龍) 자가 눈에 들어왔다. 그게 몇 호짜리인지 모르지만 어떻게 붓으로 저렇게 크게 쓸 수 있을까 감탄이 나왔다. 특히 용 자의 우변(龍)은 영락없는 한 마리 용이었다. 검은 먹빛을 한 흑룡 한 마리가 머리를 치켜들고 하늘로 날아오르려는 모습. 아마도 그 작가는 그걸 계산에 두었을 것이라는 짐작이 갔다. G는 카메라에 얼른 그 글씨를 담았다. 하지만 거리가 가까워 글씨가 다 잡히지 않았다. G는 뒤로 물러나 그 액자를 카메라에 담고는 재빨리 찍힌 사진을 확인했다. 카메라에 잡힌 글자는 G의 그림자 때문에 변형되어 있었다. 복도 한끝 창에서 밀려드는 햇살 때문에 거푸 찍어도 마찬가지였다. 용 자의 좌변(龍)은 사라지고 그 자리에 G의 그림자가 들어찼다. 사진에 남은 글자는 우변이 변신한 용의 모습만 있었다. 둘이 합성된 형상은 기묘했다. 마치 G의 그림자가 날아오르려는 그 용을 붙잡아 타려는 모습 아닌가.

G는, 아니 G의 음영은 용을 타려 몸통을 꼭 부둥켜안고 있었다. 하늘로 승천하려는 장수처럼. 그러나 엄밀히 말하자면 그건 날아오르려는 용의 몸통에 어정쩡한 자세로 매달린 형국이었다. 그런데도 G는 강렬한 느낌을 받았다. 몇 번인가 그는 꿈에 그 먹빛 흑룡을 타고 하늘을 날았다.

그날 처갓집에서 저녁을 먹던 G는 장인에게 그 글씨를 쓴 사람에 대해 물었다. 그 지방 인근에서는 용 자만 쓴 서예가로 알려져 있다고 했다. G의 장인은 서재 한켠에 포개어 세워놓은 액자들 사이에서 그 용 자를 꺼냈다. 그 서예가가 쓴 글씨였다. 액자 안의 한지는 누렇게 바래 있었다. 오래전에 받은 것 같았다. 시민회관 것과 견주면 작았다. 획을 자세히 들여다보니 하늘로 박차고 오르려는 용의 모습은 그대로였다. 장인의 말에 따르면 그의 용이 유명해서 이 지방의 시청 등에 걸려 있다고 했다. 또 그가 청와대까지 그 글씨를 보냈다는 풍문도 있다고 했다. G의 장인이 아는 정도는 거기까지였다. 집에 있던 용 글자도 직접 그 서예가가 들고 온 것이었다. 그는 평생 용 한 글자만 고집했고, 점차 그 지방의 서화회 회원들 사이에서도 별 취급을 받지 못하다가 오십이 넘을 무렵에 죽었다고 했다. 장인은 요절이란 표현을 썼다. 그 글자를 곰곰 들여다보니 썼다기보다는 그렸다는 게 어울리는 듯했다. 굵은 붓을 힘차게 놀려 완성한 용의 머리 부분에는 승천하며 포효하는 힘이 느껴졌다. 선뜻 범접하기 어려운 귀기 같은 게 그 속에 배어 있었다. 평생 계속해서 '용' 한 글자만 그린 사람. G는 문득 그가 존경스러워졌다. 그의 길. 가지 않으면 안 될 길이었나. 아니면 그 길밖에 없었나. 아마도 그 서예가는 자신이 그려낸 무수한 용들의 포효를 들으며 하늘 높이 날아올랐을 것이다. 지상에서 알아봐주지 않는 그 용들을 타고 지상을 떠나 승천했을 것만 같았다. 그날 G는 장인에게 사정해 그 액자를 받아왔다. G는 방 한쪽에 걸어놓은 그 액자를 보며, 시민회관에서 찍은 사진처럼 날아오르려는 용의 몸통을 껴안고 비상하는 자기 모습을 그렸다. 아내가 집이 더 우중충하고 께름하다며 벽에서 떼어내기 전까지 그 용은 G의 곁에서, 잠자리에서 몇 달을 그렇게 날아오르고 있었다.

G는 고개를 뒤로 젖힌 채 홍예문의 천장을 한참 올려다보았다. 거기서 조금 전까지 그가 더듬던, 귀기 서린 모습은 어느새 흩어져 자취를 감췄다. 그 자리에는 새로운 용들이 날고 있었다. 화재가 나기 전 그곳을 날던 용들, 자기 집 베란다의 창고에 처박힌, G가 타려 했던 무채색의 흑룡, 그리고 그의 마음을 사로잡은 역사, 용미출의 바위를 집어 던졌다던 아기 장수와 백마가 그 새롭게 등장한 화사한 용들 사이에서 G의 눈에 들어올 듯 말 듯 하다가 가물가물 사라졌다. 그 잔상들은 그냥 판에 박힌, 익히 알고 있는, 그런 수준에서 어른대고 있었다.

그곳을 빠져나왔을 때, G의 머릿속은 더 복잡해졌다. 거기서 아무것도 못 건진다는 것은 자동화되어버린 일상 때문은 아닐까, 씁쓸했다. 거기에다 메마른 감수성. 그렇다면 결국 형식의 문제가 아닐까. 하루하루의 일상은 이전 형식과 같았다. 낯설게 하기만이 살아남을 수 있는 방법 아닌가. 어떻게 해야 낯설게 보일까. 중국에서 날아와 광장을 꽉 메우고 있는 황사와 미세 먼지, G의 곁을 쉴 새 없이 지나쳐가는 자동차들이 뿜는 매연은 시야를 온통 희뿌옇게 만들었다. G는 두 눈을 크게 뜨고 저쪽 광장을 한참 바라보았다. 그 광장이 낯설게 보이길 바라며, 그리고 거기에서 낯선 게 툭 튀어나와주길 고대하며 한동안 제자리에서 꼼짝 않고 있었다. 지금 구겨져 땅에 떨어지고 있는 자신의 영혼을 어떤 형식에다 담을까. G는 얼굴을 찌푸리며 담배를 피워 물었다. 그때였다. 어디선가 숨어 있던 구청 단속 요원 둘이 다가와 그에게 신분증을 요구했다.

"여기는 금연 구역입니다."

곳곳에 금연 표지판을 설치한 지뢰밭이었다. G는 몇 만 원의 벌금 스티커를 끊었다. 이번 달 한 잡지사로부터 받은 원고료 일부가 담배 연기처럼 허공에 흩어지는 것을 보았다.

7

맥이 풀린 G는 흐릿하게 시야를 가로막는 대기를 뚫고 광화문 쪽으로 향했다. 벌금 스티커를 끊은 탓인지 마음이 찜찜했다. 까짓것 하고 넘기면 그만이었다. 그래도 자꾸 마음 한쪽이 무거워졌다. 근처 골목 입구에 있는 찻집으로 들어가 커피를 받아들고는 창가 자리에 앉았다. 짙은 피로감이 몰려왔다. 그는 우두커니 밖을 내다보았다. 미세 먼지 경보가 떨어져도 사람들은 개의치 않고 바삐 길을 오갔다. '일을 하는 것이다. 대체 나는 뭘 하는 걸까.' G는 얼른 커피 잔을 입에 댔다. 쓴 맛이 입속을 파고들었다. 평소 단맛을 즐기는데 아무것도 넣지 않았다는 것을 알아챘다. 주춤 자리에서 일어나 컵에 시럽 몇 방울을 떨구고 돌아와 앉았다. 쓴맛이 여전히 입가를 맴돌았다. 창밖 고층 빌딩의 회전문이 계속 돌고 있었다. 사람들이 쉬지 않고 그리로 들락거렸다. 고개를 살짝 트니 고층 빌딩을 짓는 공사 현장이 보였다. 저 위로 노란 안전모를 쓴 인부들이 안전망 곁에 매달려 망치로 쇠파이프를 열심히 두드리고 있었다. '그래, 모두 열심히 일하는구나.' 그 생각이 자꾸 G를 붙들고 늘어졌다. '그렇다면 나는……' 생각은 거기서 더 나아가지 못했다.

G는 지금 처한 곤란한 현실을 뚫고 나갈 묘안을 일과 결부시키며 찾아보려 했지만 온통 마땅치가 않았다. 조금 전에 본 공사 현장은 G가 예전에 다친 허리 때문에 만만치가 않았다. 머리를 스친 다른 일들도 그와는 뚝 떨어져 있는 것들이었다. 복권이라도 맞으면 모를까. 잡다한 생각들이 빙빙 제자리에서 맴돌며 소용돌이를 만들어냈다. G는 허우적거리다 점점 그리로 빨려들어갔다. 오래전 용미출의 물길이 집어삼켰던 사람들을 한참 떨어진 곳에 뱉어내듯 그 잡다한 생각의 소용

돌이는 G를 한참이 지나 토해냈다. G는 앞에 놓인 식은 커피 잔을 집어 들었다. 지금 자기 일은 글을 쓰는 것이라고 할 수밖에 없다. 소설가란 소설을 계속 쓸 때만 해당되는 직함이다. 그 결과가 신통치는 않지만 자신도 글을 붙들고 있지 않은가. G는 소설가 구보의 말을 상기했다. '골머리는 빠질 대로 빠지면서, 돈은 안 생기는'* 게 소설 쓰기라고. 지금도 마찬가지 아닌가. 며칠째 탁발을 나서고 있는 G는 창으로 보이는 생활의 현장을 내다보며 한숨을 뿜어냈다. 불쑥 글이 쓰고 싶다는 생각이 간절하게 올라왔다. G는 흐늘흐늘 늘어지는 자신을 일으켜 세웠다. 지금은 무엇보다 탁발이 우선으로 자리매김할 때다. 지상에 발을 딛기 위해. G는 의자 등받이에 허리를

* 구보 박태원의 표현이다. 평소 구보는 '하루 대부분을 꼭 처리해야 할 속무에 헤매지 않으면 안 되었을지라도 저녁 후의 조용한 제 시간 속에서 독서와 창작에서 그 기쁨을 찾았나' 보았다. 그의 하루(「소설가 구보씨의 일일」) 속에서 그런 생활의 면모를 흘린다. 그 특별하지도 않은 '일일' 속에서 그는 '요사이 그 기쁨을 못 갖는다'고 실토한다. 그것은 '생활'이 없기 때문이라는데, 대체 '생활'의 범주는 어디까지를 의미하는 것일까. G는 빤한 질문을 던져본다. 하여튼 그 생활이란 게 돈과 떼려야 뗄 수 없는 것이다. 그런데 머리를 쥐어짜 소설을 써도 다른 직업에 비하면 정말 돈도 안 된다는 것은 다 알고 있는 일 아닌가. 물론 특별히 유명세를 타고 있는 작가들이 G의 이 표현을 본다면 발끈할 것이다. 어쨌든 자신을 삼류 소설가라고 여기는 G에게 그런 현실은 더하면 더했다. 생활과 결부된 현실이. 그렇다고 함부로 그런 투정을 한다면 모든 사람이 손가락질을 하며 욕을 해댈 것이다. "때려치우지, 왜 그딴 짓을 하니. 생활이 어쩌니 저쩌니 엄살을 부리는데 정말 죽겠다는 사람의 입에서는 그런 소리 나오지도 않아. 저기 공사장에서 땀 흘리는 사람들 좀 봐. 미쳤다고 저러고 사니? 정신 차리든가, 아니면 엄살을 말든가." G의 귓속에 그런 비난들이 윙윙거렸다.

곧추 펴서 딱 붙였다. 오가는 사람들을 지켜보며 G는 이 순간 자기도 일을, 생활을, 다른 말로는 탁발을 하고 있음을 자신에게 거듭 확인시켰다.

첫 창작집을 내기 위해 저녁 무렵 한 출판사를 방문해야 했다. 아직도 시간은 꽤 남았다. 무척 긴 하루라는 느낌이 들었다. G는 옆의 빈 탁자에 놓인 신문을 펼쳐 들었다. 숭례문 복원과 관련한 기사가 눈에 들어와 주의 깊게 읽었다. 잘 알고 있는 내용이었다. 복원에 쓰였던 소나무 중 일부가 값싼 러시아산이라는 말이 나돌며 떠들썩했다. 또 칠을 한 지 얼마 되지 않아 갈라지고 들뜬 단청의 재료를 놓고 시끄러웠다. '전통을 따르느냐, 아니면 지금 시대에 맞추어야 하느냐'를 놓고 의견들이 지면을 차지하며 팽팽하게 맞섰다. G는 또다시 구투라는 말에 골몰했다. 아까 본 숭례문의 홍예문 천장에 그려진 용들도 이전과는 다른 형상이었다. 숭례문은 몇 차례 중수되었다. 어떤 것이 원형인지 확실치 않아 의견도 분분했다. 그것은 새로운 형식일까. 그 시대를 떠난 작품들을 '복원'이라는 단서를 달지 않고 비슷하게 베긴다면 모방인 것이다. 그게 지나치다 싶으면 표절이 될 것이다. 표절은 '짝퉁'이었다. 그렇다면 구투는, 어떤 상품이 인기가 좋아 엄청 팔렸을 때, 솜씨 좋게 베긴 짝퉁까지는 아니라도, 그 비슷이 약간의 변형만 가한 채 시중에 내놓는 유사 상품 같은 것이랄까. 모방, 표절과 짝퉁, 구투 등의 불편한 말들이 자꾸 G의 머리를 어지럽혔다.

G는 빈 의자 한쪽에 놓인 자신의 글을 넌지시 바라보았다. 자기 작품들이 그 불편한 말들 틈에 끼어드는 것은 아닐까. 갑자기 자신이 없어졌다. 어느 술자리에서 그의 스승이 한 일 갈이 휘익 머리를 스쳐갔다. "무릇 글에서 생명의 호흡이란 무엇인가? 이것은 새로운 맛과 새로운 감각을 언어로 표현하는 것이고 이게 문학의 핵심이지. 그런데 옛날 호흡을 무의식적으로 한다는 것은 호흡을 끊는 행위나 마찬가지야. 생명의 호흡을 해야, 작가도 살고 글도 살아남을 수가 있어." G는 심호흡을 했다. 그래도 가슴이 뻥 뚫리지 않은 채 명치끝에 다 뿜어내지 못한 숨덩이가 그대로 얹혀 있었다. 생명의 호흡이라. G는 분명 자기가 생명의 호흡을 못하고 있음을 절감하며 거푸 숨을 몰아쉬었다. 호흡을 하지 못하는 데에는 글이 마음에 차도록 써지지 않는 까닭이 있었다. 또, 탁발만을 강요하는 생활도 소심하고 쩨쩨한 그를 한껏 움츠리게 만들었다. 무엇보다 구투에서 벗어나지 못하고 딱딱하게 굳어가는 생각과 감정들을 느낀 순간 '어, 이건 내 게 아닌데'라는 발뺌에도 불구하고, 분명 그것들이 그의 것이라는 사실을 확인할 때, 서늘한 기운이 등골을 훑으며 숨을 멎게 하곤 했다. 아닌 게 아니라 그는 요 근래 숨 쉬기가 힘들었다. 글에서 생명의 호흡

은 놔두고라도 정말 그의 목숨을 위한 호흡을 제대로 못해 잠
자리에서도 자주 몸을 뒤척이며 숨을 몰아쉬기 일쑤였다.

우울한 낯빛으로 G는 신문의 다른 면을 펼쳤다. 몇 자 읽는
순간 얼굴이 훅 달아올랐다. 누군가에게 자기의 속내를 들킨
듯했다. 아니면 누가 정말로 자기의 일거수일투족을 감시한
끝에 쓴 것 아닌가 할 정도였다. 읽는 내내 창피했고, 편치 않
았다. G가 펼쳐 든 신문에는 한 작가가 셰익스피어라는 필명
으로 자신의 고민을 털어놓으며 상담을 구하고 있었다.

Q: 40대 작가입니다. 저는 늘 대단한 작품을 써야 한다는 강박관념에
시달립니다. 다르게 말씀드리자면 무리한 목표를 세워 저 자신을 들들 볶
고 있습니다. 작품을 발표한 지도 오래되어 저는 늘 작가로서 부담을 안
고 살아갑니다. 저를 닦달해서 오랜 공백을 한 번에 역전시키고 싶은 게
사실입니다. 작가로서의 정체성도 사라지는 것 같아 매사 자신이 없습니
다. 또 그 매사를 심각하게 받아들입니다. 아주 가벼운 일이나, 텔레비전
을 틀면 아내와 아이들을 몰려들게 만드는 예능 프로그램의 시시한 수다
나, 줄거리가 빤한 그런 영화에 관심을 보이는 걸 한심하게 생각하고 있
습니다. 그래서 가족이 둘러앉았을 때도 그렇고 가끔 열리는 동창들의 모
임에서도 곧장 분위기를 썰렁하게 만들어놓습니다. 저도 좋은 아빠, 좋
은 남편이 되고 싶습니다. 하지만 그런 책임감이 저 자신을 심각하게 만

들어가고 있어요. 저도 예전에는 이렇지 않았습니다. 어쩌다 제가 이렇게 됐는지 모르겠어요. 아내는 결혼 전 유머러스해서 반했다고 합니다. 지금은 그런 시절조차 까마득합니다. 이 전부가 제가 무능한 아빠, 무능한 남편이 되는 걸 두려워해서 그러는 걸까요? 어쨌든 저는 저 자신을 누르고 있는 것에서 벗어나고 싶군요. 하지만 방법을 모르겠습니다.[*]

G는 셰익스피어라는 그 작가가 누구인지 무척 궁금했다. 심각함이 문제였다. 사실 소설이란 소소한 이야기를 다루는 게 아닌가. G도 그 심각함에서 자유롭지 못하다고 절실히 느꼈다. 아이들과 「나는 가수다」를 보다가 논쟁을 일으키곤 했다. "저건 공정치 않은 게임이야. 저 나이 먹은 가수는 젊은 층보다는 중년 이상의 사람들에게 인정을 받잖아. 노래도 오늘 잘했고. 그런데 모바일 투표 같은 걸 하면 중년층이 얼마나 참여할 수 있니? 결국 젊은 층이 지지하는 가수는 실력이 모자라도 살아남고, 가창력 면에서 월등 앞서는 저 가수는 나이 먹었다는 이유로 떨어지게 되어 있어." "그냥 보세요. 저거 예능이에요. 그러면 맘 편한데." 결국에는 계속되는 G의 구시렁 소리를 피해 아이들은 텔레비전 앞을 떠나 자기 방으

[*] 셰익스피어의 솔직함과 그 용기에 고개를 주억이며 G는 이 기사를 꼼꼼히 읽었다. 그 내용은 영락없이 자신의 고충과 상태를 대변하고 있었다. 문득 아침에 욕실의 커다란 거울 속에서 본 자기 얼굴 위로 셰익스피어라는 필명이 포개지고 있었다.

로 숨어들었다. 식구들이 떠난 텔레비전 앞에 혼자 앉아 있기도 머쓱했다. 그럴 때면 G도 슬그머니 자리를 떠 책상에 놓인 노트북의 빈 화면을 응시하곤 했다. 집에서도 겉돌고 있다는 느낌에 심기가 불편했다.

어디 그런 일이 한두 번이었나. 금전적으로만 무능한 아빠가 아니었다고 G는 고개를 떨구었다. 아이들이 자주 쓰는 표현을 빌리면 찌질했다. 그 위로 지난번 초상집에서 친구의 말까지 되살아났다. "니 소설 너무 어렵더라." 글도 겉도는 게 아닐까. G는 그 말의 뜻이 셰익스피어가 말하는 시시한 게 아닌 심각한 것과 맞물려 있을지도 모른다고 수긍했다. 무능한 남편, 무능한 아빠. 찌질한 아빠. 그 상태를 벗어날 방법이 무엇인지 질문 밑에 달려 있는 조언을 주의 깊게 읽어 내려갔다. 두 사람의 상담사가 그 '심각함' 때문에 고통받고 있는 셰익스피어에게, 아니 G에게 조언을 주고 있었다.

A1: 상담심리학 교수

셰익스피어 님께. 좋은 작가, 위대한 작가가 되고 싶으시다고요? 시시하다고 생각하는 일상을 감성으로 녹여내세요. 내가 좋아하는 반찬을 내 쪽으로 살짝 밀어줄 때의 아빠 모습이라든지, 추위 잘 타는 나를 위해 잠자리에 들 때 자신의 체온으로 미리 이부자리를 따뜻하게 해놓고 "당신 추울까봐 내가 덮혀놨지!"라고 미소 짓는 남편의 모습. 그런 소소한 모습

196

들이 셰익스피어 님의 책 속에 있다면 사람들은 틀림없이 좋아할 겁니다. 작가가 일상과 격절되었을 때, 좋은 글이 영글어지는 말의 보금자리에서 가장 멀리 떨어지게 되죠. 그러니 일상을 품고 가십시오. 일상을 재발견 하십시오. 먼지도 태양빛을 받으면 찬란해지듯이 소소한 일상에 문학적 상상력을 가미하신다면, 그 소소한 이야기들이 셰익스피어님을, 어느덧 다른 사람들이 귀 기울여주는 작가로 만들 겁니다.

A2: 정신과 의사

잠시 작가로서 남편으로서 아버지로서의 역할을 내려놓고 스스로 즐겁게 해주는 것이지요. 최소한 가족에게는 주인공의 행복한 표정 자체만 해도 좋은 아빠이고, 좋은 남편인 이유가 될 것이라고 생각합니다.

과연 자신이 그렇게 할 수 있을까. 상담심리학 교수의 글을 본 G는 맥이 풀렸다. 일상에 대한 사랑과 관심, 특히 '먼지도 태양빛을 받으면 찬란해지듯이 소소한 일상에 문학적 상상력을 가미하라'는 압권이었다. 자기를 즐겁게 해주라는 정신과 의사의 말도 맞았다. 셰익스피어는 이 조언들을 듣고 고개를 끄덕였을까. G는 멍하니 창밖을 내다보았다. 뿌옇게 햇빛을 가로막는 황사와 미세 먼지는 찬란하지 않았다. 그 먼지 속을 바삐 걷는 사람들의 모습에도 별 감흥을 느끼지 못했다. '좋은' 남편이란 말 위로 아침에 '잘하고 와요'라며 만 원짜리 몇 장을 내밀던 아내의 얼굴이 겹쳤다. 심각한 표정으로 G는 다

식은 커피 잔을 훌쩍 비웠다. 호흡이 힘들어 허리를 곧추 펴고 거듭 숨을 들이마셨다가 내쉬었다. 여전히 명치 언저리가 답답했다. 생명의 호흡을 못한 터라 G의 가슴이 뻐근하게 조여왔다. 대체 무엇이 숨도 제대로 쉬지 못하게 한단 말인가. 소소한 일상에서 행복을 찾아야 하는데 심각해서일까. 아니면 힘에 부치는 무언가를 늘 찾고 있기 때문은 아닐까. 그런 소소한 일상의 행복을 느끼지 못하고 매번 반복하는 자동화된 일상들. 환지본처를 한 석가의 눈에 비친 일상이라. 탁발을 해온 공양의 내용물이 어제와는 어떤 차이가 있을까. 그게 큰 문제는 아닐 것이었다. 아마도 시주하는 사람들을, 그들의 마음을 만나러 간 것이겠지. 또 탁발 뒤 발을 씻을 때 눈에 잘 띄지도 않는, 길에서 묻혀 온 오늘의 '소소한 먼지'는 또 어제의 그것과는 어떤 차이가 날까. 거기에는 그 위대한 경을 이끌어 갈 우주가 있겠지. G는 소소한 먼지를 보지 못하고 흘려보낸 날들이 대부분이라고 한숨을 내쉬려 했다. 또 숨이 막혔다. 피가 머리 위로 몰리는 듯 얼굴이 벌게졌다. G는 아침에 집을 나서서부터 지금까지 묻힌 소소한 먼지가 어떤 게 있는지 빠르게 짚었다. 그것은 소소한 게 아니라 감당키 어려운 심각하고 무거운 것이었다. G는 아침나절 눈여겨본 숭례문 성벽의 그 돌들을 든다는 게 무모한 망상임을 절감했다. 주제에 맞지 않게 버거운 것을 꿈꾸다가 숨도 제대로 쉬지 못하는 그런 지경에 이른 것은 아닌지 자기 진단을 했다. 그런 질문을 던지며 비척비척 거리로 나왔다.

G는 근처의 대형 서점으로 발길을 옮겼다. 문예지들이 있는 곳으로 다가가 책꽂이 여기저기를 살폈다. 그는 자기 단편이 실린 문예지를 찾는 중이었다. 맨 아래 칸에 있는 그 책을 쭈그려 앉아 꺼냈다. 이른바 일급이 아닌 지방에서 발행하는 문예지였다. 그래도 그곳에서 청탁 메일이 왔을 때 G는 감지덕지했다. 집에서도 받아본 책이었지만, 새로이 그 작품을 읽기가 싫어 책상 한쪽에 쌓은 책더미 위에 올려놓고는 펴보지도 않은 그 문예지를 꺼내 들고 자기 작품이 나온 부분을 펼쳤다. G는 자기 작품을 조금 읽다가 오자를 하나 발견하곤 도로 책꽂이에 꽂았다. 다른 문예지를 꺼내 들자 그가 참신하게 여기는 신예 작가의 글이 눈에 띄었다. G는 그 작가가 작품을 발표할 때마다 빼놓지 않고 챙겨 읽었다. 그 작가의 글에는 독특한 상상력과 요즘의 감수성이 녹아 있을 뿐 아니라 작품 세계도 웅숭깊었다. 거기다가 찌질한 구차함도 없었다. 그 작가의 작품들을 읽으며 빨리 소설을 써야겠다는 힘도 얻곤 했다. 반가움에 G는 그 문예지를 들고 서점 한 귀퉁이로 물러나 읽기 시작했다. 몇몇 사람이 그가 가로막은 서가에서 책을 찾으려 손으로 밀어도 쳐다보지 않은 채 단편 하나를 다 읽었다. 그런데 G는 고개를 갸웃거렸다. 그의 머리를 스친 생각은 역

시였다. 결국 짧은 시기에 그 발랄하고 참신한 발상은 사라지고 예의 구투라는 냄새를 풍기기 시작하는구나. 이건 자동화야. 감수성의 문제일까. 감수성의 자동화. 그게 더 나아가지 못하고 맴도는 지점들에서 문제를 일으키는 것이다. 눈에 띄는 그 감수성은 그 작가의 특징이라 할 수 있었다. 이번에는 그게 주제와 겉돌며 생뚱맞게 따로 놀았다. 주제는 그 작가의 감수성을 내팽개치고 저 혼자 달려나갔다. 글쎄, 이것도 낯설게 하기일까. 왠지 생뚱맞다고 G는 아쉬워했다. 그때 조금 전 셰익스피어에게 했던 일상을 감성으로 녹여 내라는 조언이 되살아났다.

8

"선생님도 장편을 쓰셔야죠. 요즘엔 창작집을 잘 읽지 않습니다."

출판사의 팀장이 그런 말을 꺼냈다. 종이컵에 담긴 녹차 팩의 실과 종이 손잡이가, 초록빛으로 물들어가는 뜨거운 물속으로 스르륵 빨려들었다. G는 망연스레 그걸 지켜만 보았다. 이 출판사의 대답도 마찬가지였다. 서둘러 출판사를 빠져나왔다. 구차스럽다는 생각과, 그럴수록 자기 작품에 대한 자부심이 고개를 쳐들었다. 굳이 장편소설까지 들먹이며 거절할 필요는 없지 않은가. 지금 많은 출판사들이 장편에 눈독을 들이고 있다는 사실은 잘 알고 있었다. 아까 대형 서점의 신간에도 장편소설이 대다수를 차지했다. G는 아직 장편에 대한 꿈조차 꾸질 못했다. 단편 하나 가지고도 몇 번을 주무르며 쩔쩔맸다. 또 다른 한편에는 단편소설에 대한 그의 집착이 강한 것도 사실이었다. 우리나라 단편소설 한편에 담고 있는 삶의 총량은 이제 세계의 어느 나라 단편보다도 우위에 있다고 자부하는 터였다. 또 분량 면에서도 독특한 위치를 차지한다고 믿었다. 그런데 이제는 거의가 장편을 요구하는 것이다.

지루하고 길었던 하루가 저물어가고 있었다. G의 어깨가 축 처졌다. 출판사에서 또 거절의 말을 듣고 나왔기 때문이다. 아직 자기 작품이 별 가치가 없다는 것 아닌가. 아니면 그들이 아직 내 작품을 제대로 읽어내지 못했을 거야. G는 정말 하루가 너무도 지루해 읽히지 않는 장편소설 같다는 생각을 했다. 하지만 그 장편에 담을 내용치곤 너무도 소소하고 시시했다. 기승전결도 없는 하루. 그 속에 눈에 띄는 소소한 먼지는 어떤 게 있을까. 문득 아침에 탁발을 나서며 했던 다짐이 새록새록했다. 탁발은 원하는 대로 받는 게 아니라 주는 대로 받아야 하는 것. 또 선을 넘어선 것이다.

퇴근 시간이 조금 지난 무렵의 사람들, 그러니까 '생활'이 있는 사람들이 바삐 발걸음을 옮겼다. 차도도 헤드라이트를 컨 자동차들로 꽉 찼다. G는 돌아가야 할 자기 자리를 가늠해 보았다. 그래도 동창을 만나 급한 불은 껐다. 또 소소한 먼지의 가치를 하루가 저물 무렵 조금이라도 알게 되었다. 그리고 자동화된 용무칠이 아니라 용미출이 있었다. 그때 너럭바위를 집어 든 아기 장수가 새삼 되살아났다. 퍼뜩 G는 발걸음을 숭례문 쪽으로 돌려야겠다는 마음이 치밀었다. 도심에는 어둠이 빠르게 깔렸다. 마치 바쁜 일이라도 있다는 듯이 G는 발걸음을 재게 놀렸다.

그가 숭례문에 다다랐을 때는 이미 출입이 통제되는 시간이었다. 관리 초소에는 CCTV 설치와 운영에 대한 안내판이 붙어 있었다. 그 주위를 몇 차례나 빙빙 돌던 G는 남대문 시장 쪽으로 발길을 옮겼다. 숭례문 주위에는 몇 군데나 CCTV 설치를 알리는 문구가 있었다. 꼭 G에게 보라는 듯한 그 문구를 피해 숭례문이 잘 보이는 남대문 시장의 포장마차에 앉아 소주와 꼬막 한 접시를 앞에 놓았다. 온종일 걸었던 다리가 뻐근했다. 몇 잔 들어가자 포장마차 안의 정물들이 눈에 크게 확대되어 들어왔다. 시뻘건 핏물이 배어 있는 꼼장어. 상추 위에 올려져 있는 죽은 낙지. 포장마차의 간이 탁자를 덮은 노란 비닐 장판 위에 바퀴벌레처럼 달라붙은 거무스레한 담뱃불 자국. G는 다시 감수성이란 말을 되씹었다. 대체 저것들을 가지고 감수성을 살린다면 어떤 표현이 될까. 이것이 문학인데 아직 자기는 이야기에 빠져 있는 게 아닌지 반문했다. 낮에 했던 생각들이었다. 포장마차 너머의 숭례문으로 처음 들어섰을 때는 어떠했는가. 스토리가 소설에서 맥을 못 추는 시대. 그걸 바탕으로 삼는다면 이제 소설이 버틸 근거는 없단 말인가. 그게 있다 쳐도 다른 곳에서 다 가져가지 않았나. 콘텐츠진흥원이니 스토리뱅크니 그런 곳에 더 많은 이야기들이 있는 마당에 자기 같은 소설가, 삼류 소설가 따위가 만들어 낸 이야기가 어찌 독자에게 먹힐 수 있단 말인가. 그걸 계속 고수한다면 영락없는 구투의 삼류 소설가라는 멍에를 지고 마는 것 아닌가. 더구나 현실에서는 소설보다 더 소설 같은 사연들이 넘쳐나고 있다. 친구들이나 아는 사람들과의 술자리에서는 정말 기가 막힌 스토리들이 전개된다. 그 이야기를 꺼낸 인물은, 조금 보태기는 했지만 실제 있었던 일이었다고, 몇 번 강조한다. 기껏 고심해 짜놓은 G의 스토리는 그 술자리의 안줏감도 될 수 없었다. G는 그런 현실이 야속했다. 그런 판인데 조그만 구멍가게 상권마저 대기업에서 다 가져가듯 알량한 소설가들에게서 스토리마저 다 빼앗아가다니. 하기야 금고만한 돌을 들어 올리려면 스토리를 좇아서는 안 되는 것. 더군다나 아기 장수 이야기는 이제 초등학생 어린아이도 '옛날에 들은 거예요'라며 귀담아듣지 않을 것 같았다. G는 포장마차 장판의 담뱃불에 탄 검은 자국을 손으로 지그시 눌렀다.

예전에 아버지 말을, 그것도 G의 장래를 걱정하는 말을 들을 때였다. 수심 짙은 아버지의 표정을 피하려 고개를 숙이면 노란 고무 장판 위에 아버지의 담뱃불이 만들어놓은 검은 자국이 보였다. 손가락으로 그 자국을 누르면 구멍 둘레에서 전해지는 까칠한 감촉이 G의 손가락을 타고 들어 한참을 머물렀다. 아버지의 말도 그랬다. 앞에 떠다놓은 스테인리스 대접의 냉수를 벌컥 들이켜고는 G에게 몇 차례 한 말이 있었다.

"그래, 문학을 한다는 건 좋은 일이다. 다만 그건 생업이 따로 있고 나서의 일이지, 그걸 우선에다 놓는 것은 엄청난 희생을 각오해야 한다. 가령 장가를 들지 않고 네 몸 하나라면 모른다. 그런데 결혼을 하면 네 아내와 아이들을 먹여 살리는 일이 지상 과제인데 그게 될 법한 말이냐. 이 애비도 한때 문학에 뜻을 둔 적이 있었다. 그러나 가만 보니 문학가로 이름이 남는다는 건 죽어서나 가능하지, 살아서는 쉽지 않다는 걸 알았다. 또 되려면 톨스토이나 도스토예프스키 정도는 되어야지 그냥 삼류 소설가를 하려면 안하는 게 낫다." 그때 아버지가 한 말은 그의 미래에 대한 예언 같았다고 G는 절감했다. 톨스토이나 도스토예프스키 같은 거장의 이름이 아닌 삼류 소설가라는 말이 뇌리에 박혀 떠나지 않았다.

G는 아버지의 사진첩에 끼어 있던 낯선 얼굴을 아로새기고

있었다. 허연 수염을 길게 기른 노인의 사진이었다. G는 처음에 그게 누구인지 궁금했다. 어려서는 그가 태어나기도 전에 돌아가셨다던 조부일 거라고 추측했다. 그의 조부 역시 수염을 기르긴 했지만 사진첩이 아닌 버젓이 안방 한쪽 벽면을 차지한 액자에 들어 있었다. 더구나 사진첩의 노인을 자세히 들여다보면 한국 사람의 얼굴이 아닌 이방인의 얼굴이었다. 그게 톨스토이의 얼굴이란 사실을 안 건 훨씬 뒤였다. 루바쉬카를 입은 평범한 서양의 노인. G 앞에 가끔 그 얼굴이 나타났다. 그럴 때마다 왜 아버지가 그 얼굴을 앨범 속에 턱 붙여놓았는지 궁금했다. 아버지가 가지고 있던 책 중에 톨스토이의 『부활』이나 『인생독본』은 누렇게 바래다 못해 몇 장 넘길라치면 곧 부서져버릴 것 같았다. 아버지도 잘해야 메이드 인 코리아의 삼류 소설가를 넘어서질 못할 것 같아 그 톨스토이의 사진과 책을 곁에 지니는 것으로 만족했을지도 모르는 일. 아니 그것보다 가족의 생계를 위해서일지도 몰랐다. 도무지 가족에게 별 도움을 주지 못하는 G로서는 냉수를 앞에 놓고 진지한 표정을 짓던 아버지가 새삼스러웠다. G는 포장마차 장판에 눌어붙은 담뱃불 자국을 한 손가락으로 꾹 눌렀다.

숭례문은 노란 조명을 온몸에 받고 서 있었다. 정전이라도 된다면 몰라도 어림없는 일이었다. 거기다가 화재 이후 한

층 감시가 강화되지 않았는가. G는 고개를 저으며 두어 잔 연거푸 잔을 비웠다. 반쯤 포개진 포장 틈으로 보이는 숭례문에 눈길을 주었다. 군대 시절 보초를 서다가 자리를 이탈하여 잠시 오줌이라도 눌 때, 누가 나타날까봐 계속 자기가 서 있던 자리를 불안한 눈으로 살피듯이 숭례문을 힐끔거렸다. 그래 봐야 아무 소용도 없었다. 그럴수록 G의 머리는 조여들었다. 마침 소변이 마려웠다. 그는 상가에 있는 화장실로 들어가 일을 보았다. 소변기에 가까이 다가가 바지를 내리려고 할 때 자동 센서를 통해 물이 쏴아 쏟아졌다. 오전에 그 어휴 소리를 내던 화장실의 변기와는 다르게 힘이 느껴졌다. 술 덕분인지 몰랐지만 오줌 줄기도 시원스럽게 변기로 쏟아져 내렸다. 자리로 되돌아와 소주를 두 병째 시켰을 때 옆에서 술을 먹던 사람들이 자리를 뜨고 G만 혼자 남았다.

그는 분명 자기가 미쳤다는 생각이 들었다. 어디 그게 할 수 있는 일인가. 그러면서도 포장마차 주인 여자에게 그 성벽의 돌에 대해 물었다. "저 돌들을 어떻게 옮겼대요?" 주인 여자는 그게 무슨 말인지 한동안 이해하지 못했다. 혀가 조금 꼬부라진 G는 성벽의 돌들을 누가 어떻게 올렸는지 물었다. "아, 저걸 사람이 어떻게 해요. 크레인으로 들어 올렸지. 위로 올리고도 제자리에 놓으려면 몇 사람이 붙어야 꿈쩍을 할 거 아녜요. 그래도 숭례문 공사 할 때는 인부들이 꽤 왔는데 요즘은 경기가 통 말이 아니네." 누군가 손바닥으로 그의 머리를 세게 때린 것 같았다. 아아, G는 탄식했다. 그 돌을 들어 올릴 수 있는 방법은 몇 사람이 같이 드는 거였다. 같이 들어 줄 사람이 주위에 몇 사람이나 될까. 그러고 보니 문학을 한답시고 게으르게 일상과 담쌓으며 퍼질러져 있던 나날들이 그 어느 겨울날 깨어진 얼음판 위에 그가 지저분하게 남긴 진흙 자국처럼 길게 꼬리를 물었다. 그런 생각을 하며 G는 숭례문을 골똘히 바라보았다. 갑자기 그 역사가 어른댔다. "역사는 푸르게 빛나는 조명을 온몸에 받으며 커다란 금고만한 돌덩이를 그의 한 손에 하나씩 집어서 번쩍 머리 위로 치켜 올린 것이었다. 지렛대나 도르래를 사용하지 않고서는, 혹은 여러 사람들 달라붙지 않고서는 들어 올릴 수 없는 무게를 가진 돌을 그는 맨손으로 들어 올린 것이었다." G는 그 구절을, 그 장면을 곱씹었다.

집으로 돌아가야 했다. 탁발을 마치고 자리에 앉아 본격적인 일을 시작해야 할 시간이었다. 환지본처. 아침에 탁발을 나올 때 곰곰 생각에 젖게 만든 경의 한 구절을 웅얼거리며 G는 주인 여자에게 셈을 치렀다. 경건한 시간을 맞아야 하는 때인 것이다. 어차피 그 문으로 들어선 것 아닌가. 오늘도 새겨야 할 소소한 먼지들도 있었던 것 같았다. 잠시 주제넘은 생각에 골똘했던 것이었다. 금고만한 돌을 쳐든 역사를 꿈꾼 G의 하루가 아스라이 멀어져갔다. 자신의 돌을 들어야 한다고 G는 다짐했다. 먼지 같은 가벼운 돌이라도. 하루를 돌이키며 그가 쓸 작품에는 찌질하고 궁상맞은 내용은 절대 쓰지 않으리라 마음먹었다. 그런 것을 누가 읽겠는가. 코트 단추를 꼭 여몄다. G는 묵묵히 자리를 떴다.

언젠가였다. 업무차 시베리아의 한 도시에 갔다가 '다짱'이라 불리는 라마교 불교 사원에 간 적이 있었다. 인적도 없는 사원 입구에 상인들 몇이 앉아 그에게 물건을 사라고 좌판을 내밀었다. 향과 초, 그리고 오방색의 천 조각들이 놓여 있었다. 사원 안팎의 나무들마다 그 여러 색의 천이 묶여 펄럭였다. G는 천을 하나 사며 그 명칭을 물었다. '성공을 기원해주는 말'이라 했다. 손수건만한 그 푸른 천에는 백마가 갈기를 휘날리며 달리는 문양과 부랴트 어로 된 불경 구절이 프린트되어 있었다. 어떤 성공일까. G는 속세에서 하고픈 갈망들을 속으로 되뇌었다. 그중에는 소설가가 되어 좋은 소설을 쓰게 해달라는 기원도 들어 있었다. G는 사원 한가운데 있는 나뭇가지에 그 천의 한끝을 묶었다. 말은 바람을 가르고 흙먼지 속으로 내달리기 시작했다. 그때 그의 앞에서 한 노파가 무심히 지나갔다. 남루한 쥐색 점퍼와 검정 치마를 걸친 노파의 낯빛도 그녀의 옷 색과 비슷했다. 슬리퍼를 끌며 사원의 한끝으로 갔다가 도로 G 쪽을 향해 다가오는 게 눈에 띄었다. 몇 차례 그런 동작이 되풀이되자 G는 그녀가 자기에게 뭔가 원하고 있다고 짐작했다. G는 주머니에서 지폐 한 장을 꺼내 노파에게 내밀었다. 그러자 노파는 놀란 눈으로 G를 바라보더니 곁의 본전(本殿)을 손으로 가리켰다. 그러고는 무심히 곁을 지나쳐갔다. 새카맣게 탄 피부에서 반짝거리는 노파의 두 눈. 뭔가 잘못 짚었나 싶어 무안해진 G는 얼른 본전으로 들어섰다. G 또래의 승려가 '아르샨'이라는 성수를 그의 손바닥에 따라주었다. 그것으로 정화를 하라는 뜻인가 보았다. 불전을 내려 해도 불전함이 보이지 않았다. G는 노파의 손짓이 무엇인지 좀 의아했다. 유리로 막은 여러 불상을 거쳐 본전 주위를 돌아 나오려 할 때 불전을 놓는 접시가 보였다. 거기엔 지폐 두어 장과 동전들이 담겨 있었다. 아마 노파는 거기에다 돈을 놓으라고 한 모양이었다. G는 지폐를 접시에 내려놓았다. 밖으로 나온 G는 마니차를 만지작거리며 우두커니 사원 마당에 꽤 오래 서 있었다. 노파와 본전의 승려를 빼면 사원에서 그가 만난 사람은 없었다. 노파가 또 저쪽에서 나타나 이쪽으로 묵묵히 오고 있었다. 노파에게 주제넘은 생각을 했던 게 미안해졌다. G는 물끄러미 그 노파가 자기 곁을 지나쳐 갈 때까지 제자리에서 움직이지 않았다. 그때 G는 묵묵히

란 말을 되새겼다. 노파는 사원 울타리를 끼고 설치해놓은 십여 개의 마니차를 돌리며 수행 중이었다. 서늘하고도 청정한 기운이 주위를 감싸고 돌았다. G는 발길을 돌려 사원을 빠져나왔다. 뒤돌아보니 자신이 매단 백마가 펄럭펄럭 허공을 가르고 있었다. 그 밑을 다시 노파가 지나갔다. 묵묵히 자기 길을 가야 할 때였다.

G가 남대문 시장을 빠져나와 숭례문을 등지려는 순간이었다. 홍예문의 용들이 꿈틀대며 하늘로 날아오르기 시작했다. 용들 틈에는 꿈에서 타고 날았던 먹빛 용도 있었다. G는 잘못 보았겠지, 하고 뒤돌아섰다. 순간 그의 머리 위로 날개를 단 백마, 흑마, 적토마들이 날아들었다. 깜짝 놀란 G의 눈은 그 하늘을 나는 말들을 재빨리 따라갔다. 말 등 위에는 자그마한 아기들이 보일 듯 말 듯 어른댔다. 순식간에 그 말들은 숭례문 누각 아래 성벽을 따라 쭉 늘어섰다. 아기 장수들이었다. 말에서 내린 각 고을의 아기 장수들은 누가 더 힘이 센가를 겨루려는 듯 성벽 위에서 금고만한 돌들을 번쩍번쩍 치켜든 두 팔을 하늘을 향해 쳐들고 있었다. 그들 가운데 용미출의 아기 장수도 있는 듯 보였다. G는 넋이 나갔다. 믿을 수 없는 눈앞의 저 생생한 장면을 어떻게 글로 옮길 수 있을까. G는 숨죽이며 뚫어져라 그 광경을 지켜보았다. 탁발을 마치고 자리로 돌아갈 때였다.

＊　＊　＊

＊ G의 스승은 『금강경』의 내용에서 환지본처를 가끔씩 강조하곤 했다. 그는 자신의 소설에도 이를 쓴 바 있다. G는 가끔씩 그 내용을 펼쳐 보곤 한다. (윤후명, 「강릉, 모래의 시(詩)」, 『꽃의 말을 듣다』, 문학과지성사, 2012)

＊ 이 작품에서의 '역사'는 김승옥의 단편소설 「力士」에 나오는 인물이다. 여기서 G가 인용하고 있는 '금고만한 돌덩이'나, 성벽 위에 선 역사에 대한 표현은 이 작품에서 비롯된 것들이다. (김승옥, 「力士」, 『김승옥문학선집1』, 문학동네, 1995)

＊ 구보 박태원의 표현은 다음 글에서 가져왔다. (박태원, 「나의 생활보고서─소설가 구보씨의 일일」, 『구보가 아즉 박태원일 때』, 깊은샘, 2005; 박태원, 『소설가 구보씨의 일일』, 문학과지성사, 2004)

＊ 「'즐거운 나'가 좋은 아빠」(『한겨레신문』 2011. 11. 3)를 바탕으로 상담 내용에 약간의 수정을 가했음. 전문가들의 의견도 마찬가지. G는 셰익스피어라는 필명의 소설가와 만나 흉금을 터놓고 싶은 생각이 들 정도(어쩌면 셰익스피어가 손사래를 치며 G를 만나기를 꺼려할지도 모른다)로 성격이나 처한 상황이 너무 같다고 느낀다. 그렇기에 약간 수정을 했다고는 하지만 셰익스피어를 비롯한 필자들께서는 G가 원 글의 의도를 하나도 곡해시키지 않았음을 아실 것이다.

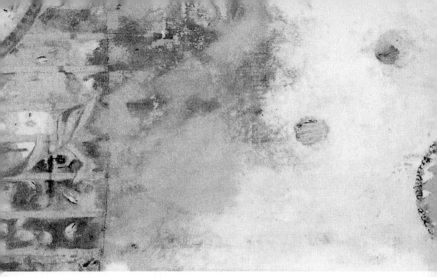

선택

조현

2008년 『동아일보』 신춘문예에 단편소설 「종이 냅킨에 대한 우아한 철학」
이 당선되며 작품 활동을 시작했다. 소설집 『누구에게나 아무것도 아닌
햄버거의 역사』가 있다.

작 가 의 말

지극히 익숙한 것을 자르면 가끔 낯선 단면이 발견된다.
삶이 낯설어지는 순간이다. 그런 예리한 단면은
매우 큰 통증을 수반하지만 그때야 점은 선분으로,
선분은 면으로, 그리고 면은 입체로 확장된다.

1

누군가 흔들어 깨우는 손길에 잠에서 깼다. 두통 속에서 정신을 차려보니 택시 안이었다. "손님, 목적지에 도착했습니다. 많이 피곤하신가봐요." 젊은 택시기사의 목소리도 들린다. 차에서는 정부의 금리 정책 변동에 따른 부동산 전망에 대한 뉴스가 나오고 있었다. 택시에서 내리면서 습관적으로 지갑을 꺼내 요금을 냈지만 내 몸 같지 않고 붕 뜨는 느낌과 함께 시야는 여전히 멍멍했다. 마치 실수로 물 위에 쏟아부은 기름처럼 반투명하고 악취가 나는 얇은 막들이 뇌세포 사이의 교차로를 막고 있는 듯싶었다. '정신 차리고 잘 봐, 여기가 너의 목적지야. 아까 택시를 탈 때 말했잖아.' 한순간 이런 목소리가 머릿속 어딘가에서 울렸다. 음량이 과도한 이어폰에서 들려오는 것처럼 다시 누군가의 목소리. '머리가 아프면 커피를 한 잔 마셔. 마침 저 앞에 카페가 있네. 얼른 들어가. 그리고 아메리카노를 주문해.' 마치 누군가 코치해주는 것 같았다.

카페에서 아메리카노 하나를 들이켜고 나서야 편두통 같은 껄끄러움이 조금씩 사라졌다. 카페인이 들어가자 어제부터 심한 감기 기운이 있었고 오전에 병원에 들러 처방 받은 약이 독해서 머리가 멍멍한 거라는 사실이 떠올랐다. 두통의 이유를 파악하니 안심이 되었다. '그래 독한 감기약이 원인이었어. 하지만 커피를 마시니 괜찮아졌잖아.' 머릿속으로 또 목소리가 들렸다. 누구나 그런 때가 있지 않은가. 막 잠에서 깰 때처럼 내가 누군지 생각나지 않는 막막한 상태 말이다. 혹은 순간적으로 시선을 끄는 무언가에 집중할 때 내가 애당초 무엇을 하고 있었는지 잊어버리는 고요한 공황 상태처럼. 그런 생각을 하며 가방에서 서류를 꺼내보았다. 경매 관련 서류였다. 난 차가운 커피를 마시며 길 건너편의 허름한 주택가를 내다보았다. 그러자 두통이 가시며 내가 무엇을 해야 하는지에 대한 기억이 선명하게 돌아왔다.

P건설사 재개발사업부 4년차 근무. 곧 대리 진급을 앞두고 있으며 현재는 Y지역 재개발 부지 확보 담당. 이게 나의 소속

과 업무이다. '업무'라는 생각을 떠올리자 반사적으로 반짝이는 유리로 외관을 두른 날씬한 건물이 떠올랐다. '신입 사원으로 처음 출근할 때 올려다본 회사 건물이었잖아.' 다시 목소리가 들린다. 그렇다. 강남에는 많은 회사가 있고 나 같은 업무를 하는 무수한 사람이 있을 것이다. 사고 부수고 팔고, 또 사고 부수고 팔고. 어쨌거나 현재 맡고 있는 Y지역 재개발 부지 확보 업무만 마무리되면 대리 진급은 자동으로 이루어지게 되어 있다.

난 와이셔츠 앞주머니에 넣은 회사 신분증을 만지작거리며 커피를 마저 마시고 길 건너편 재개발 예정지로 향했다. 길 하나를 사이에 두고 이쪽 편 신축 아파트 단지와 외관이 극명하게 대조되는 산동네였다. 경매 서류를 확인해보니 오늘 찾을 곳은 Y동 124-10번지 203호였다. 재개발 지역에서도 꽤 안쪽에 위치한 빌라였다.

길을 건너 재개발 지역의 골목으로 들어서자 이미 철거가 꽤 진행된 듯 공터만 남은 곳에 낯선 나무 한 그루만 서 있는 집도 있었다. 이름은 알 수 없지만 꽤 수령이 돼 보이는 나무다. 저렇게 오래 묵은 나무도 회사의 자산이니 곧 파헤쳐 어딘가의 조경수로 쓰일 것이다. 곧 철거를 앞둔 집들 곳곳에 페인트로 이런저런 숫자가 칠해져 있었다. 하청을 준 철거업체에서 작업 순서나 일정을 표시한 것이다. 석양에 비긴 붉은

색 글자들을 보자, 무의식적으로 언젠가 전시회에서 봤던 전위예술가의 그래피티가 떠올랐다. 다홍색 햇살에 비친 풍경은 이 세상의 것이 아닌 듯 아름다웠다.

'어? 그래피티? 내가 언제 이런 전시회에 간 적이 있었지?' 순간 떠오르는 의구심에 잠깐 길을 멈췄다. '내가 그림에 관심을 가졌었나?' 잠시 막막하고도 이질적인 기분에 석양을 바라보고 있는데 다시 목소리가 들렸다. '지금 한가하게 그런 생각 할 때야? 얼른 일 마무리하고 회사로 돌아가서 업무 보고 해야지. 아직도 정신을 못 차렸나본데 아메리카노 한 모금 더 마시고 일에 집중하라고.' 떠오르는 목소리에 오른손을 보니 투명한 플라스틱 컵에 담긴 커피가 보였다. '어? 아까 카페에서 나오며 버린 것 같은데 아직도 들고 있네?' 어쨌거나 커피 한 모금을 더 마신 다음 휴대한 경매 서류를 넘겨보았다.

Y지역 재개발을 앞두고 토지 수용 과정에서 몇몇 문제가 있었는데 124-10번지 203호 경우는 소유주의 채무 문제로 붙여진 경매 때문이었다. 진행되는 법률 절차는 거쳐야 했기 때문에 회사로서는 번거로운 일이었으나 며칠 전 낙찰 받는 것으로 절차는 완료되었다. 그리고 문제가 되었던 빌라의 세입자에게 퇴거를 통보하는 게 오늘 해야 할 업무였다.

빌라를 찾아 203호 초인종을 누르자 초등학생 정도 돼 보이는 여자애가 빼꼼 문을 열어주었다. 낯선 이의 방문에 멈칫하던 여자애 뒤로 젖먹이의 울음소리가 났다. 부모님은 계시느냐고 묻자 방금 일을 마치고 들어온 듯한 할머니가 분유를 타다 말고 현관으로 나왔다. 이 할머니로 말하자면 근처 식당에서 허드렛일을 하고 있으며 이제 막 일을 끝내고 귀가한 참일 것이다. 경매 전에 담당자가 세입자 사전 조사를 하면서 확인한 가족 사항이었다. 아이의 부모는 없는 상태로 할머니만 아이 둘을 돌보며 살고 있는 전형적인 결손가정이었다. 전세이기는 하지만 법률에 무지해 전입신고를 하지 않은 상태로 현재 금융권 채권보다 후순위인 상황.

낙찰 받은 빌라는 시세보다 다소 비싸게 구입한 것으로 경매의 일반적인 원칙으로 보자면 오히려 손해인 셈이다. 휴대한 서류에는 전문적인 꾼들이 알박기를 노리고 낙찰을 받을까봐 경매가액을 높게 정했다는 참고 사항이 적혀 있었다. 사전에 담당자가 알아본 바에 의하면 빌라에는 문제 될 만한 권리관계가 전혀 없었다. 모두 다섯 가구의 세입자가 전세로 들어왔지만 하나같이 확정일자를 받아놓지 않았거나 금융권 대출보다 후순위로 밀려나 있었다. 아마도 집주인이 비협조적이었을 것이다. 통상적으로 집주인이 그렇게 하는 데에는 다 이유가 있다. 이 경우에도 집주인이 한도를 꽉 채운 대출을 받았고 당연히 저당권자인 은행에 후순위로 밀려난 이들은 그냥 거리로 나앉아야 한다는 정도가 특이 사항이었다. 물

론 경매로 인한 청산금은 모두 선순위인 금융권에서 가져가
고 이곳 세입자들은 한 푼도 받지 못할 터이다. 경매를 다니
다 보면 이렇게 법에 무지한 사람들이 있었다. 세상이 어떻게
움직이는지 무지하여 자신을 보호하지 못하는 사람들 말이다.
이 집이 그런 경우이다.

난 할머니에게 우리 회사에서 이 집을 낙찰 받았으며 앞으
로 약간의 기한을 줄 테니 그때까지 집을 비워달라는 얘기를
전했다. 얘기가 끝나기 무섭게 할머니는 울먹이며 사정을 하
기 시작했다. 이 역시 예상한 일이었다.

"경매에서 가장 조심해야 할 것은 권리 분석이 아니고 바
로 동정심입니다." 회사에 들어가 재개발사업부에 배치된 다
음 경매 파트부터 업무를 배울 때 상급자가 처음 한 말이었다.
"재개발 사업도 마찬가지구요. 그렇다고 너무 극단적으로 내
몰면 피차 귀찮고 시간만 손해니 세입자들의 마음을 적절하
게 컨트롤할 줄 알아야 합니다. 약간의 희망을 주는 식으로
말이죠." 그는 이렇게 덧붙였다. 강한 압박 후에 얼마간의 이
사비나 위로금. 그게 선임이 얘기한 약간의 희망이었다. "물
론 끈질기게 버티는 골치 아픈 세입자도 있기 마련입니다. 그
럴 땐 법률 절차를 따르는 게 원칙이긴 하지만 시일이 지연되
면 회사도 손해이니 임대주택 입주권을 주는 식으로 해결할
수도 있습니다. 하지만 그런 경우에는 아무래도 능력 부족으

로 업무 고과에 반영되니 조심하세요."

203호의 경우, 사전 조사 서류에 따르면 그런 말썽은 없어 보였다. 애당초 법률 지식이나 권리에 예민한 사람이라면 거액의 채무가 있는 빌라에 세입자로 들어오지도 않았을 것이다.

난 심호흡을 한 다음 할머니가 울먹이는 것을 무시하고 형식적인 양해를 구한 후에 집안을 둘러보았다. 낡은 벽지에 군데군데 낙서가 돼 있고 짐도 간소한 것이 빈곤한 살림이라는 게 눈에 확연했다. 그사이 할머니는 거실 서랍에서 통장을 꺼내오더니 이게 전부라며 이것으로 전세금을 하면 안 되겠느냐고 사정을 했다. 통장을 열어보자 현재 전세 시세에 꽤나 못 미치는 금액이 찍혀 있었다. 분위기가 심상치 않은 것을 알았는지 젖먹이 동생을 안고 있던 소녀도 울기 시작했다.

나는 다시 통장을 펼쳐보았다. 그리고 끝까지 버티는 세입자들을 처리하기 위해 회사에서 주는 하는 임대주택에 대해 생각했다. 회사로서는 법률적인 절차를 밟는 것을 원칙으로 하지만 기한이 연장되면 그만큼 금융 부담도 있다. 그러나 임대주택의 입주권을 지급하는 것은 회사로서는 분명 손해이니 어디까지나 불가피한 경우로 한정되어야 한다.

어떻게 할까? 나는 잠시 고민에 잠겼다. 이런 경우 기한 내에 방을 빼는 조건으로 약간의 이사비 정도를 주는 것이 정석이다. 그렇지만 울먹이는 소녀를 보자 마음이 약해졌다. 난 여자애의 눈물에 어물거리며 말했다.

"할머니, 이 돈이면 좀 부족하긴 하지만 임대주택 입주는 할 수 있겠네요. 길 건너편에 P아파트 단지 아시죠? 제가 그 쪽으로 들어갈 수 있도록 해드릴게요. 고정하세요."

그렇게 할머니와 손녀를 달래며 일어서려는데 한순간 머리가 핑하고 돌았다. 택시에서 내릴 때와 같은 두통과 현기증이었다. 그리고 집안 전체가 만화에 들어가는 배경 컷처럼 회오리 모양으로 붕괴하더니 내게로 달려들었다. 그 순간 나는 기절했다.

2

누군가 나를 흔들어 깨웠다. 눈을 뜨자 새하얀 옷깃이 보이면서 두통이 밀려왔다. 머릿속이 온통 굳어버린 시멘트로 가득하고 거기에 여러 가닥의 철근이라도 박혀 있는 듯싶었다. 잠시 후 감각이 조금씩 돌아오자 하얀 유니폼에 검사원 신분증을 목에 건 여성이 말했다.

"이제 정신이 드시나요? 방금 검사가 끝났는데, 마취가 풀리려면 약간 더 참으셔야 합니다." 무의식적으로 머리를 만지자 여러 개의 전선이 만져졌다. 이마를 찡그리며 45도 정도 뒤로 젖혀진 의자에서 일어나보니 검사원이 머리에 부착한 전선을 떼어내며 웬 서류 파일을 내밀었다.

　얼굴을 찡그리며 찬찬히 읽어보자 '본인은 상황부여형 심리검사(STPI)의 부작용에 대해 모든 설명을 들었으며 검사에 동의합니다.'라는 검사 동의서가 있었다. "이건 이미 서명하셨고요, 다음 장 읽어보시고 서명해주세요."

　서류를 한 장 넘겨보니 다음 장은 결과 동의서였다. '본 검사 결과 신체와 정신에 이상이 없음을 확인합니다. 만약 검사로 인한 부작용이 발생한다면 관련 법률에 의거하여 규정된 기한 내에 보상 청구를 할 수 있음을 고지하여드립니다.' 기계적으로 서명란에 사인을 하자 검사원이 말했다. "이것으로 수험 번호 21408번님의 적성검사가 완료되었습니다. 잠시 후에 검사에 따른 면접이 있으니 대기실에서 준비해주세요."

　이게 뭐지? 나는 멍한 상태에서 검사실을 나와 안내문의 화살표를 따라 면접 대기실로 이동했다. 대기실로 향하는 로비에는 나처럼 반쯤 정신을 놓은 사람들이 양복을 빼입은 상태로 어기적거리며 걷고 있었다. 막 목공소에서 빠져나온 피노키오 같았다. 으리으리한 로비에는 'S그룹 제3차 적성검사에 응시한 것을 환영합니다'라는 전자 현수막이 걸려 있었다. 면접 대기실에서 수험표에 부착된 내 사진을 보는 순간 두통이 옅어지면서 이게 어찌된 상황인지 기억이 차츰 돌아왔다.

　내 이름과 출신 학교, 그리고 공인 외국어 점수와 이미 제출한 이런저런 증명서들. 마치 카페에서 메뉴판을 펼친 것처럼 누군가 나에게 옛날 일기를 다큐멘터리로 찍어서 보여주는 듯싶었다.

P대학 졸업, S그룹 공채 2차 합격자. 이게 내 진짜 스펙이었다. 취업 재수 끝에 이번에 S그룹 공채에 응시하였고 다행히 1차 서류전형과 2차 필기시험을 통과했다. 그리고 3차인 STPI에 응시했는데 이 검사형 시험은 뇌에 가상의 상황을 주입해서 회사에서 요구하는 직무능력을 평가하는 방식으로 이루어져 있다고 한다. 적성검사 직후에는 이를 평가하는 면접이 이어지는데 이것만 통과하면 합격이라는 사전 설명이 생각났다. 사실 출신 학교에는 S그룹 공채를 준비하는 스터디가 있었고, 적성검사를 준비하기 위해 사설 학원에서 미리 STPI를 연습한다는 소문도 떠올랐다.

마침 두고 온 소지품이 생각나서 검사실에 간 김에 잠시 유리벽 너머로 진행되는 검사 상황을 지켜보았다. 병원의 슈퍼 MRI처럼 여러 대의 커다란 원통형 검사기에 수험생들이 누워 있고 뇌파를 통해 실시간으로 전송되는 진행 상황을 저장하는 검사원들의 모습이 보였다. 제일 가까운 쪽 검사원의 모니터에는 이제 막 빌라의 203호 초인종을 누르는 수험생의 모습이 보였다. 기술상의 한계 때문인지 영상의 해상도는 별로였다.

난 검사원에게 양해를 구하고 소지품을 가지고 나왔지만 다른 응시생들의 선택을 보고 있자니 검사 상황에서 내가 선택한 것이 어떤 평가를 받을지 슬슬 불안해졌다. 그러나 어쩔 수가 없다. 자신이 시험을 받는 것도 모르는 상황이니 성격 내에 깊숙이 잠재되어 있는 가치관대로 선택할 수밖에 없다. 물론 사설 학원에는 연습을 통해 시험에서 요구하는 선택을 할 수 있다고 선전하지만 그건 어디까지나 불법이니 적발될 경우 응시 기회 자체가 취소된다는 경고가 떠올랐다.

그렇게 대기실에 앉아 있는데 아까 본 그래피티에 대한 생각이 났다. 경영학을 전공하면서 미술에는 달리 관심이 없었는데 어떻게 된 일일까? '에이, 면접 앞두고 무슨 생각이야. 그런 쓸데없는 생각 할 동안에 커피나 한 잔 마시면서 복장이나 점검하라고.' 바로 머릿속에 떠오르는 생각에 대기실 한쪽을 보자 자판기가 보였다. 난 대기실 자판기에서 커피 한 잔을 빼 마시며 긴장을 풀었다. 그런 생각을 하고 있는데 대기실 한쪽에서 낯선 수험생이 손을 들어 알은척을 했다. '학교 동기잖아. 이번에 같이 응시했다고.' 순간 떠오른 생각에 무안해져 급히 알은척을 했다.

당황도 잠시, 곧 내 수험 번호와 이름이 불렸다. 노크를 하고 면접실에 들어가니 대형 모니터 옆으로 정장 차림의 면접관들이 앉아 있었다. 입실하자 내가 진행한 적성검사 영상이 재생되었다.

"21408번 지원자는 인사 분야에 응시하셨죠?"

"네, 그렇습니다. 평소 조직 관리에 관심이 많아 재학 중에 관련 분야에서 인턴 업무를 경험했고 그때도 우수한 평가를 받았습니다." 이건 예상 질문이었기에 난 허리를 쭉 펴며 말했다.

내 말에 면접관은 고개를 끄덕이며 빌라에서 내가 임대주택에 들어갈 수 있게 결정한 장면을 정지시켜놓고 물었다. 울먹이는 할머니와 손녀, 그리고 그들을 달래는 내 모습이 멈춰졌다.

"그런데 여기서 왜 임대주택 입주권을 준 거죠? 악성 세입자도 아니고 회사로서는 손해일 텐데요. 이런 선택이 인사팀 담당자에게 필요한 덕목일까요?"

"그건…… 아무래도 길거리에 나앉게 된 상황에서 세입자가 갑자기 버틸 수도 있고…… 그렇다면 재개발 일정에 차질을 빚을 가능성도 있고…… 아, 그리고 인사 관리자로 조직 구성원을 배려하는 따뜻한 마음씨가 필요할 것도 같고……"

그렇게 얼버무리는데, 면접관은 서류전형에서 제출한 내 서류를 훑어보다가 피식 웃으며 말을 끊었다.

"인사팀에서 필요로 하는 것은 냉정한 시각입니다. 예를 들어 제한된 인원만 승진시켜야 하는데 따뜻한 마음씨를 발휘

한다면 승진 못할 사람 없겠죠? 그리고 인사팀에서는 경우에 따라 구조조정과 같은 핵심적 업무도 담당하게 되는데 회사 측의 냉철한 의지를 대변해야 할 담당자로서 평가 대상자에 대한 성급한 동정심을 내보일 우려는 없을까요?"

그 외에도 면접관들과 몇 마디 더 주고받았지만 면접은 대체로 이렇게 끝났다. 난 면접장을 나서면서 한숨을 쉬었다. 부정적인 분위기로 보아 아무래도 탈락할 것 같았다. 세기의 취업난이라지만 이것으로 벌써 몇 번째 탈락인지. 한숨을 쉬고 있자니 아까 잠깐 인사를 한 출신 학교 동기가 생각났다. 복도에 걸려 있는 S그룹 홍보물을 보며 잠시 기다리니 친구 역시 면접을 끝내고 나왔다. 밝은 얼굴이었다. 부러운 마음에 합격할 것 같냐고 물었다.

"응, 다행히."

"그럼 넌 세입자 할머니가 사정하는 거 냉정하게 뿌리친 거냐?"

"아니, 안쓰러워 보여서 임대주택에 살게 해드렸는데?"

"뭐야? 그럼 너랑 나랑 결국은 같은 선택이었는데 왜 넌 합격할 것 같다고 하냐?"

"난 고객관리팀에 응시했잖냐? 면접관이 그러기를 일반 시민들과 커뮤니케이션할 일이 많은데 내 선택이 공감대 형성 자질을 보여준 거라며 앞으로 근무 잘해보라고 하던데?"

"너 인사팀 응시한 거 아니었냐?"

"아니, 인사 분야는 경쟁률이 상당하다고 해서 계약직이긴 하지만 막판에 고객 관리 쪽으로 돌렸지."

그 말을 듣는 순간 나는 어이가 없어 복도에 걸려 있던 S그룹 홍보물의 오너 사진을 후려쳤다. "이런 거지 같은 회사 같으니라고!" 그 순간 복도가 빙글빙글 돌면서 나를 덮쳤다. 그리고 난 기절했다.

3

누군가 나를 흔들어 깨웠다. 새하얀 옷깃과 함께 두통이 밀려왔다. 약 기운과 함께 현기증이 가시자 검사원 차림의 여성이 다시 말했다.

"정신이 드시나요? 이것으로 직무적성 평가 1399번 응시자님의 검사가 완료되었습니다. 만약 검사로 인한 부작용이 발생한다면 관련 규정에 따라 보상 청구를 할 수 있음을 알려드립니다." 무의식적으로 머리를 만지자 예의 여러 개의 전선이 만져졌다. 찡그리며 뒤로 젖혀진 의자에서 일어나보니 검사원이 머리에 붙은 뇌파 교류기를 떼어내며 결과 동의서에 서명을 하라고 재촉했다. 동의서에 적힌 인적 사항과 검사 항목을 확인하자 두통이 가시면서 이게 어떻게 된 상황인지 떠올랐다. '마치 오랜만에 동창회에서 만난 친구의 입담 때문에 먼 옛날의 학창 시절이 새록새록 떠오르는 것 같잖아. 그렇지 않니?' 그리고 목소리도 들렸다.

S그룹 공채 출신이긴 하나 지금은 본사가 아닌 계열사 영업팀의 만년 과장. 이렇게 빛 좋은 개살구 같은 직책이 나의 진정한 신분이다. 계열사라고는 하지만 본사와 비교해서 모든 게 한 레벨 낮은 대우다. 그나마 공채 출신이어서 잘나가는 동기들과의 인간관계 때문에 지금껏 자리를 유지하고 있지만, 이번에 계열사가 합병되면서 어중간한 연차를 대상으로 한 구조조정 대상자로 내몰려 직무적성 평가를 받은 참이다.

지금까지의 업무 성적을 충분히 반영한다고는 하지만 실제로는 애사심 테스트인 직무적성 평가가 구조조정 여부를 최종 판단하는 주요 기준이 될 거라는 소문이 회사 내부에 떠도는 공공연한 비밀이었다. 요약하자면, 방금 난 입사 시험을 본 게 아니라, 입사 시험에서 어이없게 떨어진 상황을 인위적으로 주입받은 상태에서 평소 내면적으로 가지고 있던 회사에 대한 감정 상태, 즉 충성심을 테스트 받은 것이다. 회사에서는 어디까지나 참고 사항이라고 했지만 그걸 믿는 사람은 아무도 없었다.

어쨌거나 적성검사를 위해 애사심을 갖자고 수없이 마인드 컨트롤을 했건만 결과가 이렇게 나오자 착잡한 마음이 들었다.

검사장을 나와 사무실로 돌아와 보니 죽을상을 한 과장 동기가 담배를 피우다가 내 표정을 보더니 위로를 한다. 원래 사무실에서는 금연인데 이제 이판사판인가 보다.

"연습한답시고 용하다고 하는 심리상담사한테 상담료 깨나 갖다 바쳤는데 막상 검사받아보니 아무 소용 없더라고."

나 역시 한숨을 쉬며 대꾸했다. "그러게 말이야. 무의식에도 특효라는 최면 시술을 받았어야 했나? 어쨌거나 본사에서 작심을 했는지 이번에는 이중으로 함정을 파놨다고 하더라고. 가상 상황에서 깨어나 현실인 줄 알았더니, 그것도 또 가상이라니…… 차라리 '그냥 사표를 내시오'라고 하지, 이게 무슨 짓인지 모르겠어."

먼저 평가를 마치고 나온 동기가 시험 후에 들려온 이런저런 소문을 모아보니, 이번 평가는 빌라에서 어떤 대답을 하든 무조건 트집을 잡아 면접관은 불합격 판정을 하는 것으로 시뮬레이션돼 있고, 반면에 회사 측에 화를 낼 수 있도록 같은 선택을 했지만 합격하는 친구를 설정했다는 것이다.

"어쩐지 친구라는 그 자식 전혀 모르는 놈 같더라니. 가상 현실 속에서도 왠지 믿기지가 않았어." 빈 담뱃갑을 구겨서 휴지통에 던져 넣으며 동기 과장이 한 말이다. 그에 의하면 복도에 오녀의 사진이 실린 우리 그룹 홍보물을 걸어둔 것 또한 모든 응시자에게 공통된 상황이라고 한다.

평가 전에 퍼진 소문에 의하면 계열사 합병에 따라 전체 구조조정 대상자 중에서 소수만 희박한 확률로 구제받을 것이라 해서 일말의 기대를 갖고 응시했으나 결과는 이렇게 되었다. 꼴도 보기 싫은 부장에게 온갖 아첨을 하여 근무평점 점수를 만점으로 만들고 초등학교 동창의 사돈까지 샅샅이 찾아내 실적을 올려 영업 점수도 평균치 이상 따놓았지만 절대적 기준으로 알려진 충성심 테스트에서 결국 미역국을 먹게 된 것이다.

아니, 그저 통과하지 못한 정도가 아니라 오너의 사진을 손바닥으로 내리치는 불손한 행동으로 어쩌면 계열사 합병이 완료될 때까지 기다릴 것도 없이 내일 당장이라도 권고사직을 당할 판이다.

"뭐 만년 과장으로 이번에 구제를 받았다 하더라도 내년에는 또 승진 연한에 걸려 퇴직이 간당간당할 테니 어차피 피장파장이라고나 할까."

그러자 동기가 말을 받았다. "집에는 뭐라고 하지? 첫째놈 특목고 보낸다고 와이프는 한창 신경 쓰고 있는데…… 어쩐지 손바닥으로 오너 얼굴을 칠 때 기분이 껄끄럽긴 하더라. 왠지 누군가 지켜보는 것 같기도 했고……"

어쨌거나 시험 후 너무 우울해서 업무에 손도 대지 못하고 있는데 별 거지 같은 소식도 들려왔다. 한 구조조정 대상자는 적성 시험에서 로비 복도에 걸린 오너의 사진을 향해 "저는 비록 S그룹 공채에 불합격했지만 회장님을 진심으로 존경합니다"라고 외치면서 거수경례까지 해서 구조조정에서 구제받는 동시에 특진까지 할 거라는 소문이 회사 내에 퍼진 것이다.

그리고 결국 퇴사일은 다가오고 나는 쓸쓸히 짐을 싸야만 했다. 그나마 약간의 위로금이라도 받았으니 감사해야 하나. 그렇게 퇴직금을 수령하고 회사에서 나오는데 같은 처지의 퇴사자들이 눈시울을 붉히며 울분을 토했다. 차라리 영업 실적이 모자라 내몰리는 거라면 모를까 결국은 충성심을 최우선으로 하여 직원을 평가하는 시스템에 대한 불만이리라. 난 회사 문을 나서면서 이제는 소용 없게 된 신분증과 명함을 쓰레기통에 버리는 퇴사자들을 보며 충분히 그 심정을 이해할 수 있었다.

그때 문득 고개를 들어 지는 해를 보자 이 모든 게 코미디 같기도 하고 현실이 아닌 것도 같았다. 잠에서 막 깰 때 현실을 근원에서부터 의심하는 것처럼. 그러니까 마치 고요한 공황 상태처럼⋯⋯

'고요한 공황 상태? 언제 내가 이런 생각을 해봤던 것도 같은데?' 그러자 갑자기 그래피티가 그려진 담벼락으로 석양이 아름다운 오렌지 빛깔로 비끼던 것이 생각났다. 더불어 동기가 자신 역시 오너의 사진을 손바닥으로 내리쳤다는 얘기도 떠올랐다. 해석하기에 따라서 매우 자연스럽게도, 반대로 아주 부자연스럽게도 느껴지는 상황. 만약 이렇게 말하는 지금 이 순간도 주입된 기억이라면? 난 갑자기 떠오르는 그런 생각 때문에 쓰레기통에서 신분증을 꺼내 양복 소매에 쓱쓱 닦아 동기에게 다시 건네주었다.

"그래도 우리가 다녔던 직장인데 이러면 되나. 신분증은 기념으로 간직하자고." 그런 나를 동기들은 어처구니없다는 듯 보았다.

하지만 난 동기들을 설득했다. "비록 퇴직하지만 여태껏 우리가 청춘을 바친 회사잖아." 이렇게 말하는 나는 어쩌면 다시 현기증과 두통을 기대하는 것일까. 허황된 생각일지도 모르지만 난 앞으로 S그룹을 싫어하는 내색을 할 수 없을 것이다. 어떤 상황에서도, 그러니까 꿈에서조차도. 어느 상황이 시험의 순간인지 모르니 테스트는 영원할 것이다. 이 세상이 어떤 규칙에 의해 움직이는지 모르니 난 나의 생존을 위해서 영원히 속마음조차 감추고 살아야 한다.

4

[서울=디지털코리아] 지난해 S전자에서 야심차게 특허출원한 상황주입형 심리검사(이하 STPI)의 부작용에 대한 우려가 의료계와 정치권 일각에

서 제기되고 있다. 주지하다시피 STPI는 가상현실공학과 뇌생리학의 결합을 통해 체험자의 기억을 단기적으로 통제할 수 있는 기법으로 알려져 있다.

익명을 요구한 정신과 전문의 A씨는 현재 S그룹 내에서 직원들에 대한 직무평가 차원에서 STPI를 활용되고 있는데, 이는 편법적인 임상실험이며 관련 의료법 위반의 소지가 있다고 주장하였다. 의료 시민단체에서 활동 중인 전문의 B씨 역시 S그룹 관계자 중 STPI와 관련된 것으로 의심되는 정신질환 진료 건수가 증가하고 있으며, 이는 임상적으로 충분히 후속연구가 필요한 수준이라고 지적하였다. 한편 야당의 초선 의원인 C의원 역시 국회의 대정부 질문에서 STPI를 심리검사 분야에서 활용하는 것은 인간의 존엄성을 저해하는 행위이며, 더군다나 이 기술을 확대해 가상현실 게임과 광고 등에 활용하는 법안을 입법 예고한 것은 국민의 기본권을 심각하게 침해하는 위헌 행위라고 주장하였다.

이에 대해 익명을 요구한 정부의 고위 관계자 D씨는, STPI 검사는 기존의 두뇌 단백질을 억제하는 약물 의존형 기법에서 발전해 뇌파를 통해 뉴런의 생체 신호를 직접적으로 조절하는 안전한 기법이라며 이 기술을 게임 및 광고 분야 등에 적용하는 법률은 국회의 관련 상임위원회에서 입법 과정에서 법안의 취지가 충분히 토의될 것이라고 밝혔다.

한편, S전자에서는 STPI 검사는 1시간 내외의 최단시간에 최소한으로 이루어지며 이후 완벽하게 기억을 복원하는 안전성을 갖추고 있으며 향후 관련 산업계에 경제적 파급력 또한 상당한 만큼 사실에 근거하지 아

니하고 부작용을 언급하는 개인 및 단체에 대해 적절한 법적 조치를 취할 것임을 밝혔다. [백민정 기자]

5

※ 대외비. 개인 정보 보호에 관한 법률 및 의료법에 의거 관계 업무(입법 자료) 외 열람을 금합니다.

(인적 사항 문답 등 생략)

[질문] 귀하는 동의서에 서명할 때 검사에 따른 위험을 충분히 설명 들으셨습니까?

[답변] 네. 동의서 뒷면에 있는 위험 요소를 읽어준 거라면 듣긴 했습니다. 그렇지만 이상이 없으니 그걸로 된 거 아닌가요?

[질문] 하지만 지난주 상담 결과를 보니 약간의 문제가…… 그러니까 소위 말하는 STP! 증후군 증상이 확인되었습니다. 귀하는 어떻게 생각하시나요?

[답변] 제가요? 아니요. 전혀 그렇지 않다고 생각합니다.

[질문] 그렇다면 왜 퇴사한 회사의 신분증을 간직하고 있나요? 우리끼리 하는 말이지만 솔직히 구조조정이라면 기분이 아주 나쁠 만도 한데.

[답변] 모처럼 대답하고 싶어지는 질문을 주셨네요. 비록 제 능력이 모자라서 중도 퇴사하긴 했지만, 그래도 S그룹은 제가 청춘을 바친 회

사입니다. 가끔 아쉬운 때도 있지만 회사에 대한 제 감정은 애정입니다. 음, 그러니까 첫사랑 같은 거죠. 이미 기억에 각인되어 절대 버리지 못하는 운명 같은 거, 그런 거.

(생략)

[질문] 귀하는 아직도 지금의 현실이 일종의 상황주입형 심리검사의 일부라고 생각하십니까? 지금 이렇게 상담을 받는 상황을 포함해서요.

[답변] 아닙니다. 전혀 그렇게 생각하지 않습니다. 평가는 한 달 전 STPI 적성검사 결과서에 사인하는 순간 끝났다고 생각합니다. 지금은 엄연한 현실이죠. 그렇지 않나요?

[질문] 하지만 귀하의 부인께서 진술한 바에 의하면 귀하는 지난 한 달간 S그룹 기사를 일일이 검색해서 약 590건의 댓글을 달았더군요. 기사 내용을 불문하고 모두 호의적인 내용으로요. 부인이 찾으신 것만 해도 이 정도인데 이런 행위에는 뭔가 의도가 있지 않나요?

[답변] 무슨 의도요?

[질문] 예를 들면 귀하는 지금의 실직 상태를 일종의 STPI 시험이라고 생각하는 거죠. 그런 의도는 아닐까요?

[답변] 선생님, 아까도 말씀드렸지만 그건 어디까지나 첫사랑 같은 감정 때문이에요. 제 청춘이 오롯이 담겨 있는 회사라니까요. 선생님은 첫사랑한테 까였다고 해서 그걸 욕하고 잊어버리나요? 그런가요?

[질문] 아아, 그런 뜻은 아니고. 어쨌거나 회사를 첫사랑에 비유하는 것도 과도한 심리 상태일 수 있죠. 새로운 일자리를 구하는 대신 퇴사한

회사에 수백 건의 우호적인 댓글을 단다는 건 충분히 우려스러운 거죠.

[답변] 음. 첫사랑에 대한 비유가 적절하지 않다면, 일종의 팬클럽 활동이라고 정정할게요. 선생님도 좋아하는 야구팀 있으시죠? 그냥 약간 진지한 팬클럽 활동으로 봐주시면 고맙겠습니다.

(생략)

[질문] 자, 그럼 본격적인 질문을 해보죠. 선생님 왼팔에 생긴 상처. 칼에 베인 거죠? 어떻게 된 거죠?

[답변] 아, 이거. 실수예요, 실수.

[질문] 혹시 그 자해가 현실을 가상이라고 간주하는 연장 선상에서 진짜 현실로 돌아가고 싶다는 심리 기제 때문은 아닌가요?

[답변] 정말 아니라니까요?

[질문] 소위 STPI 증후군을 보이는 분들 사이에 간혹 자해가 관찰되기도 하거든요.

(답변자의 격한 항의로 10분간 휴식)

[답변] 선생님, 이 상처는 제가 냈지만 솔직히 저랑 아무 관계도 없는 걸 수 있어요.

[질문] 그게 무슨 얘기죠?

[답변] 만약에 이 상황이 STPI 시험 상황이라고 가정하면요.

[질문] 계속 말씀해보세요.

[답변] 제가 실직한 것도, 그리고 현실이 의심스러워 자해한 것도, 그리고

와이프 등쌀이긴 하지만 이렇게 정신과에 내원한 것도 모두 바로 1분 전에 주입된 기억일 수 있다는 거죠.

[질문] 음, 그렇게 생각할 수도 있겠네요.

[답변] 그러니까 자해는 했지만 제가 한 건 아니라고요.

(생략)

[답변] 선생님이야말로 이 상황이 STP¹ 테스트라는 생각은 안 드나요?

[질문] 네?

[답변] 선생님은 막 레지던트를 수료하고 S병원 정신과 페이 닥터에 응모한 거죠. 그리고 저처럼 짜증 나는 환자를 대할 때 어떻게 반응하는지를 병원 측에서 심사하는 거예요. 제 얘기를 논리적으로 반박할 수 있나요?

[질문] 저는 제가 생각한다는 것을 알고 있죠. 모든 걸 의심해도 의심하는 나 자신은 의심할 수 없는 거죠. 데카르트의 유명한 명언, '나는 생각한다. 고로 존재한다'라는 거죠. 일반적으로는 이렇게 대답하죠.

[답변] 하지만 선생님이 그렇게 생각했다고 믿는 것조차 누군가 주입한 기억이 아니라고 어떻게 확신하죠?

[질문] 흠, 어쨌거나 귀하는 이 현실이 가상이라고 가정하면서 말씀하시는 거죠?

[답변] 아니에요. 분명히 아닙니다. 저는 지금 이 순간이 현실이 맞다고 생각해요. 다만 지금까지 어영부영 지내온 것은 막상 퇴직해보니 S그룹 생각이 너무 나서예요. 선생님이 말씀하신 데카르트 정도는

아니지만 우리 그룹에도 유명한 명언이 있죠. '한 번 S맨은 영원한 S맨이다.' 이게 진짜 제 마음입니다.

(생략)

※ 특기 사항: 정신과 진료 내방이 종료된 얼마 후 의사의 계정으로 한 차례 메일이 옴. (내용 별첨) 환자는 메일 전송 후 2주 만에 실족사로 사망. 자해 여부는 미상.

(이하 생략. 국회 상임위원회 제출 자료에서 발췌)

6

누군가 나를 흔들어 깨웠다. 눈을 뜨자 목이 늘어진 터틀넥에 코르듀이 재킷을 걸친 남자가 머그컵을 건넸다. 그리고 목소리가 따라왔다. '자, 네가 프로그래밍 속에서 남용하던 '올웨이즈' 커피라고.' 사나흘 샤워도 못 했는지 머리가 떡이 지고 배가 나온 남자였다. 묵직한 두통 속에서 주위를 둘러보니 어지러운 컴퓨터 모니터 사이로 온갖 잡동사니 서류가 뒤섞인 책상들이 보였다.

터틀넥의 남자가 내 미간 앞에 볼펜을 세로로 세우고 자동차 와이퍼마냥 흔들면서 물었다. "어때, 부작용이 심각하지?"

난 일단 커피부터 들이켜며 남자의 목에 걸린 선임연구원 신분증을 보았다. 남자의 이름을 확인하니 비로소 정신이 들었다. 난 컴퓨터를 켜고 프로그램 소스를 오픈했다. 뜨거운 커피를 마시니 두통이 사라지는 것 같다.

S전자의 뇌생리공학 사업부 5년차 선임연구원, 현재는 STPI 프로젝트 담당. 이게 나의 소속과 업무이다. 아이비리 그에서 '인공적 뇌파를 활용한 해마 자극의 시계열적 분석'을 주제로 학위를 받았고 유수의 병원에서 연구원으로 재직 중에 S전자에 차장급 선임연구원으로 특채된 것도 벌써 5년이 되었다. 자랑 같긴 하지만 SCI급 저널에 수록된 논문만 해도 벌써 다섯 편이다. 이를테면 인공적 뇌파를 활용한 해마 제어 분야에서는 학계 최고의 베테랑이다.

매해 상당한 액수의 연봉을 보장받고 스톡옵션까지 지급받았다. 그룹 차원에서 과거의 반도체와 전자제품을 잇는 주력 산업으로 올인 중이니 이 정도의 배려는 당연하다. 물론 내 경우에는 인간의 마음을 얼마나 깊은 곳까지 기술적으로 통제할 수 있는가에 대한 지적인 호기심이 스톡옵션에 대한 열망과 팽팽하게 균형추를 유지하고는 있지만 말이다.

어쨌거나 프로젝트도 임상 실험 단계를 지나 상용 단계인 'STPI-C2 2.0' 버전에 이르렀지만, 프로젝트 초창기에 우려했던 대로 부작용도 속속 나타났다. 예상했던 부작용, 그리고 예상치 못했던 뜻밖의 부작용.

우선 애당초부터 예상했던 부작용은 인공적 뇌파라는 한계 때문에 초래되는 정보 각인의 시차 같은 걸 들 수 있다. 예를 들어 'Stage#1'에서 택시를 내리면 바로 124-10번지로 가도록 상황이 설정되어 있는데 진행 동작이 미숙해질 때가 있다. 그땐 해결책으로 커피를 제시하여 긴장을 완화시켜주는 전지전능형 설명문 방식을 개입시킨다. 물론 사전에 설문을 통해 조사된 피실험자의 취향에 따라 커피 외에도 탄산음료나 담배 같은 기호품이 제시되기도 한다. 이걸 두고 터틀넥은 '올웨이즈 커피'라고 비아냥거리고 있다. 나는 이 목소리를 '데우스 엑스 마키나'라고 부르는 것을 선호하긴 하지만 말이다.

그리고 시차 외에도 갑자기 튀어나오는 기억 인자도 말썽꾸러기다. 예를 들면 과제 수행 중 갑자기 가상현실에 배경으로 설정된 오브제를 보며 감상에 젖는 것 같은. 물론 이 역시 '데우스 엑스 마키나'를 강림시키는 코딩을 삽입하면 무난하게 제어할 수 있다. 수많은 임상 데이터를 가지고 있으니 상황별로 돌출되는 특이 사항은 거의 모두 파악되었다.

그러나 기술적으로 해결하기 힘든 상황도 있다. 즉 예상치 못한 부작용으로 피실험자가 자신의 시뮬레이션 진행 상황이 사실은 가상의 상황임을 알아채는 사례가 발견된 것이다. STPI를 실현할 때 불필요한 정보는 차단하도록 설계되어 있는데 뇌파로 조정하는 생리 신호 사이에 통제를 이탈하는 변수가 워낙 많기 때문에 발생하는 것으로 추정된다. 다른 각도에서 보면 피실험자의 통찰이 어떻게 가능한지 연구해보고 싶긴 하지만 어쨌거나 당장은 테스트의 의미가 반감되어 문제가 된다. 더구나 검사 후 더 심각한 부작용으로 확대되어 정신과에 내원하는 경우가 생기기도 하고.

사실 STPI에 회사 고위층이 최우선적으로 관심을 두는 것은 적성검사를 통해 다양한 임상 데이터가 확보되기 때문이다. 마치 로르샤흐 테스트가 수많은 임상 데이터가 누적되어 권위가 생긴 것처럼 말이다. 그리고 누적된 데이터는 곧바로 교육이나 게임, 그리고 광고 분야에 적용할 수 있다. 이를테면 STPI가 광고에 활용된다면 PPL 기법은 전혀 새로운 차원으로 진화할 것이니 21세기판 황금광이다.

어쨌거나 검사 후 현실로 돌아와서도 그것을 가상의 테스트 상황으로 인식하여 심리치료를 받는 케이스가 빈번하게 발생하고 있으니, 부작용으로 거론되는 존재에 대한 의구심을 해결해야 한다. 벌써부터 오너의 재촉이 이만저만 아니다. 벌써부터 언론이나 정치권에서 문제 제기를 시작하고 있다. 하지만 STPI 소스를 오픈해서 수만 줄에 이르는 코딩의 명령어와 링크된 객체를 아무리 검색해도 프로그램상의 오류는 아직까지 발견되지 않았다. 지난 세기말 원시적인 VR 시스템에서 오늘날 뇌생리공학에 이르기까지 기억 통제에 대한 기법이 고도로 발전되어 왔지만 아직도 해결하지 못하는 난감한 오류는 대부분 철학의 인식론이나 존재론, 혹은 윤리학적 주제들과 연관되어 있다.

하여 문제의 심각성을 확인하기 위해 방금 전까지 'Stage#3'에 담긴 만년 과장의 케이스를 리플레이한 참이다. 화면 속에서 30대의 과장은 휴지통에 버린 신분증을 주워 옷소매에 닦는 것을 반복하고 있었다. 그리고 옆 모니터에 주르륵 올라가는 소스 코드들. 방금 전까지 내가 나라고 생각했던, 그러니까 10분 전 나의 자아였다.

난 터틀넥에게 말했다. "아무래도 A급 에러 같아. 수험자가 현실을 지속적으로 의심한다고 가정하고 프로그램을 전반적으로 보완하는 게 맞는 거 같아."

"그거야 당연한 소리고. 문제의 핵심은 어떻게 현실과 가상현실을 논리적으로 구분할 수 있느냐겠지. 프로그램에서 자신이 체험하는 현실이 사실은 가상이라고 직관하는 것도 우리 입장에서는 일종의 버그잖아. 그러니 소스의 오류를 수정하는 디버깅을 위해서는 일단 현실이란 무엇인지에 대한 개념부터 정의해야 할 거야."

"그러게. 그런데 이 케이스에 딸려온 서류도 있지 않았어?"

"여기. 이거 국회에도 제출된 자료니까 보고 폐기해야 해. 괜한 절약 정신 발휘해서 뒷면에 사다리 타기 게임 같은 거 그려 넣지 말고."

나는 터틀넥의 말을 한 귀로 흘리면서 건네받은 서류를 넘겼다. 해당 수험자가 치료 중에 받은 처방전이나 전문의와의 질의응답 사본 같은 게 복사되어 있었다. 질의응답 뒷부분에 눈길을 끄는 내용이 실려 있었다.

※ 메일 내용

선생님, 잘 지내시는지요?

사정상 진료는 끝냈지만 저는 선생님과 상담했던 얘기들이 자주 떠오릅니다. 선생님 덕분에 저에게 회사가 얼마나 심리적으로 큰 자리를 차지하고 있었는지를 새삼 깨달았습니다.

그건 그렇고, 오늘 이렇게 선생님께 편지를 쓰는 것은 어쩌면 제가 정말로 정신이 나갔다는 생각이 들어서입니다. 사실 딱히 누구에게도 말할 수 없지만 선생님께는 가능하잖아요.

선생님께서 알고 계신 대로 어제도 도서관에 가서 습관적으로 S그룹 기사를 찾아보았습니다. 이제 그러지 말아야지 하면서도 이게 시험의 일종이면 어떡하느냐는 마음 한 켠의 소리가 들리니 저로서도 어쩔 수 없더군요. 벌써 퇴사한 지 석 달이 지났으니 시험이라 생각하는 건 말도 안 돼 하면서도, '사실은 방금 도서관에 들어온 순간이 시험의 시작이고 지난 석 달간, 아니 그 전부터 내게 있었던 일이라고 생각한 모든 것은 그 시점에서 주입된 기억이라면 어떡하지?' 하는 생각이 떠오릅니다. 사실 지금도 두통이 있거든요. 선생님은 퇴사로 인한 스트레스 때문에 생긴 신경성 두통이라고 하셨지만 생각하기에 따라 이게 참 묘하게 해석되더군요.

하여간 인터넷으로 신문 기사를 읽다가 안 되겠다 싶어 서고에서 오래 묵은 책들을 훑어보는데 어떤 시집에서 무서운 글귀를 보았습니다. 뭐라고 정확히 설명하진 못하겠지만, STPI 검사에서 잠깐 느꼈던 공황 상태, 그러니까 더 구체적으로 표현하자면 '고요한 공황 상태'라고나 할까요. 그걸 느끼는 순간 지금의 이 현실은 진짜가 아니구나, 이것이 STPI인지 혹은 다른 종류의 시험인지는 모르겠지만 세상의 진짜 모습은 다른 곳에 있을 수 있구나 하는 사실을 번뜩 깨달았습니다.

지금의 이 현실을, 실직한 저의 처지를, 석 달간 간직한 신분증을 부정하다니 아무래도 제가 미쳤나봅니다. 하지만 그래도 아쉬움은 없습니다. 인생에는 그것 말고 뭔가 더, 그러니까 마음을 바다라고 한다면 빛이 들지 않는 심해의 가장 밑바닥에 가라앉아 있는, 뭔가 더 근원적인 것이 있지 않을까 생각해봅니다.

아래는 제가 미쳤다는 사실을 깨닫게 만들어준 시의 한 구절입니다.

그렇다. 바다는
모든 여자의 자궁(子宮) 속에서 회전한다.
밤새도록 맨발로 달려가는
그 소리의 무서움을 들었느냐.

P.S. 드디어 신분증을 버렸습니다. (이게 정말로 STPI 시험이라면, 검

사 후에 과감하게 회사를 그만두면 되지 하고 마음을 먹자 모든 게 편안

해지더군요.)

난 편지를 두 번 되풀이해 읽었다. 물론 다시 읽을 때는 아
주 천천히. 이 메일을 가지고 세계나 존재, 그리고 현실이나
가상 같은 개념들을 이진법의 프로그래밍 언어로 정의할 수
있을까. 인공적 뇌파로 변조하여 다시 뇌의 변연계나 편도체
로 쏘아 보낼 수 있도록 말이다.

그러자 '데우스 엑스 마키나'의 목소리가 들리는 것도 같았
다. 난 바닷속, 어떤 생의 맨 밑바닥에서부터 맨발로 달려오
는 그 소리를 듣기 위해 프로그래밍으로 인해 피곤해진 눈을
감았다.

7

예의 현기증 속에 눈을 떠보니 높은 천장이 보였다. 그리고
기하학적으로 점점이 박힌 밝은 등. 의료진의 부축을 받아 자
리에서 일어나보니 뒤로는 법복을 입고 나란히 앉은 세 명의
판사가 보였다. 법정이었다. 한쪽 편에는 배심원단, 그리고
양 진영의 변호사들, 재판정 앞쪽으로 빽빽하게 들어선 방청
객들.

안내해주는 대로 좌석에 앉았지만 마치 수면내시경 후 마취에서 깰 때처럼 몽롱한 어지러움이 여전했다. 그래도 비치된 생수를 마시니 정신이 나는 듯싶었다. 사전에 얘기된 대로 STPI 증후군에 대해 소송을 제기한 우리 쪽 변호사의 질문이 시작됐다.

"직접 테스트에 응해주신 증인께 감사드립니다. 그럼 질문을 시작하겠습니다. 먼저 증인의 성명과 직업을 말씀해주십시오."

"이름은 백민정. 현재 디지털코리아의 경제부 기자로 재직 중입니다."

"증인은 현재 쟁점이 되고 있는 STPI를 취재한 경험도 있어 이 문제에 대해 잘 알고 계실 텐데, 굳이 이 검사의 부작용을 체험하고자 한 의도는 무엇입니까?"

"재판장님, 이의 있습니다. 변호사는 부작용이라는 어휘를 사용하여 배심원단에게 편견을 조장하고 있습니다." 곧바로 상대측인 S그룹 변호인단의 항의가 들어왔다. 국내 최고로 꼽히는 로펌의 대표 변호사들이었다.

"인정합니다. 용어 선택에 주의하세요." 재판장의 말에 우리 쪽 변호사는 곧바로 발언을 정정했으나 이미 배심원단의 귀에는 부작용이란 단어가 각인됐을 테다. 질의응답 와중에도 재판정 한쪽의 대형 모니터에서는 방금 전 검사 내용이 재생되고 있었다.

재판정에서 30분이나 걸리는 STPI를 실험하자는 아이디어는 우리 쪽 시민단체에서 먼저 나왔다. 물론 요청이 있었다고는 하나 재판정에서 검사를 실시한 이유는 증인의 입장에서 후속 기사를 더 내보낼 수 있기 때문이다.

"증인은 검사 결과 소위 STPI 증후군, 즉 정체성의 혼란이 가능하다고 인식하셨습니까?" 변호사의 질문에 상대 쪽에서 'STPI 증후군'이란 말은 공식적인 의학 용어가 아니라고 항의를 했지만 이번에는 기각되었다.

"상황마다 충분히 현실감이 있었습니다. 특히 마지막 상황에서 신분증을 다시 주워야 하는지, 아니면 그냥 버려둬야 하는지 선택을 망설일 때 페르소나의 감정에 상당히 동화되는 기분이 들었습니다." 나를 증인으로 채택한 변호사와의 문답은 그렇게 진행되었다.

"증인은 여성으로, 검사에서는 일부러 성별을 남성으로 선택했는데 특별히 위화감은 없었습니까?"

"이질감을 거의 느끼지 못했습니다. 마치 꿈속에서 하늘을 날거나 높은 곳에서 뛰어내릴 때 중력의 법칙을 의식하지 못하는 것과 같다고나 할까요. 그래서인지 검사 상황에서 특별히 성별에 대한 문제의식은 느끼지 못했습니다."

"존경하는 재판장님, 그리고 배심원 여러분. 증인의 이러한 검사 소감은 STPI가 두뇌의 해마와 편도체 등 주요 부위에 얼마나 현실적으로 중대한 작용을 하는지 보여주고 있습니다. 두뇌는 인체 중에서도 매우 민감한 신경으로 구성되어 있습니다. 이렇게 민감한 기관에 임상적으로 충분히 검증되지 못한 기술을 적용하는 것은 본 재판에서 다루고자 하는 소위 STPI 증후군과 충분히 인과 관계를 맺고 있다고 할 수 있습니다. 이에 관련 내용을 담은 의료 시민단체의 평가 보고서를 참고 자료로 제출합니다."

재판장이 참고 자료를 인정하는 것으로 변호사의 질문이 끝나자 S그룹 쪽 변호사의 상반되는 질의가 시작되었다. "증인은 본 법정에서 STPI 검사를 받은 것이 최초이지요?"

"네, 그렇습니다."

"검사 상황에서 디자인된 인물과 완벽한 동화감을 가진 것은 프로그램의 우수성을 증명하는 것이지, 그 자체가 부작용을 의미하는 것은 아니겠지요?"

"물론 그렇습니다만." 말을 더 덧붙이려는데 변호사가 이어지는 질문으로 끊어버린다.

"증인만 하더라도 정체성의 혼란 같은 건 느껴지지 않지요? 어떤가요? 지금 증인의 성 정체성이 남성으로 느껴지나요?" 상대측 변호사의 질문은 그렇게 계속 이어졌다.

변호사가 아까의 검사 상황 중 자신들 쪽에 유리하다고 생각되는 부분을 다시 재생하는 동안 난 잠시 눈을 감고 쉬었다. 사전에 들은 대로 검사 후에 두통을 동반한 현기증이 발생한 다는 것은 사실인 것 같다. 두뇌의 해마와 편도체를 마취시킨 상태에서 프로그래밍된 인공파를 투사하는 탓이라고 한다.

내가 STPI 프로그램에 관심을 갖고 시민단체의 도움을 받을 받아 첫 기사를 쓴 것도 벌써 1년이 되었다. 2030년대도 후반기에 들어선 지금, 뇌생리학과 전자공학, 그리고 컴퓨터 공학이 유기적으로 결합되면서 기억을 제어하는 다양한 가상 현실 시스템이 상용화됐다. 하긴 제논 기체를 활성화하여 두려움이나 공포심의 형성과 재현을 담당하는 NMDA 단백질을 제거하는 실험이 성공한 것도 금세기 초반의 일이다. 그리고 이제 제논 기체를 활용하여 트라우마를 없애는 심리치료 정도는 치통을 치료하는 것만큼이나 이미 익숙해진 현실이 된 지 오래였다.

내가 STPI에 대해 처음 들은 것은 P 때문이었다. S그룹 계열사에 근무 중이던 P는 남자친구였다. 어느 날 멀쩡하게 잘 다니던 대기업을 그만뒀는데 명색이 여자친구인 나는 한 달이나 지나서야 그 사실을 알게 되었다. 이 황당한 일의 단초를 추적해보자 예의 STPI가 등장했다. 남자친구의 말에 의하면, 검사 직후는 아니고 꽤 이후에야 현실에 대한 정체성 혼란이 느껴졌다고 한다. 아주 아름다운 것을 보거나, 혹은 반대로 아주 무서운 것을 보면 현기증이나 두통이 찾아오기 시작했고, 그런 상황에서는 우리 현실이 가상으로 의심된다고 했다.

"어려서 내가 통영에 살았잖아. 부모님이 돌아가시고 난 후 내려갈 일이 없었는데, 얼마 전 그쪽으로 갈 일이 있어서 오래간만에 들렀어. 자주 놀러 가던 동백나무 숲이 보고 싶었지. 하지만 꽃이 무리 지어 있던 언덕은 흔적도 없이 사라지고 그 자리에 50층은 돼 보이는 호텔이 서 있더라고. 너, 한적한 바닷가에 솟아 있던 그 건축물이 얼마나 비현실감을 주었는지 짐작이 가니?"

그리고 남자친구는 20톤짜리 거대한 덤프트럭들이 줄 지어 들어와 동그란 돌들을 호텔 앞 바닷가에 쏟아붓는 것을 봤다고 한다. 기계로 깎은, 통영의 명물인 몽돌을 흉내 낸 돌들. 호텔 측에서 조경을 위해 해안가에 뿌린 인공물들.

"그날 저녁 호텔 앞에서 어떤 가족이 산책하는 걸 봤어. 조그만 여자애가 돌멩이를 주워 엄마한테 '이거 몽돌'이라고 하더라고. 그때 갑자기 회사에서 단체로 시행한 STPI 검사가 생각났어."

그렇게 갑자기 철학자가 된 남자친구는 뒤늦게 퇴직 사실을 추궁하는 나에게 돌멩이 하나를 쥐여주었다. 테니스공 크기, 손안에 묵직한 무게감이 느껴지는 몽돌이었다. 그리고 남자친구는 자기가 진짜 원하던 거라며 일단 1년 만이라도 휴식 기간을 달라며 남미로 보사노바 음악을 배우러 떠났다.

그 후 난 STPI에 관심을 갖고 취재를 시작했다. 언론사라고는 하지만 대안 언론에 가까운 만큼 다른 거대 언론사처럼 대기업의 눈치를 볼 일도 없었다. 그리고 부작용을 보이는 환자들과 이들을 돕는 의료 시민단체 측에서 STPI 증후군의 인정을 요구하는 민사소송을 제기하고, 그 결과 오늘과 같은 재판이 열리게 되었다. 물론 내가 속한 곳은 명색이 언론사이기 때문에 소송전에선 비켜났지만 개인적으로는 STPI를 꼭 체험해보고 싶었다. 그런 생각을 하는 사이에 어느덧 질문은 막바지에 이르렀다.

"증인은 P씨를 알고 있나요? 방금 증거로도 제출한 시민단체측 보고서에 소위 STPI 증후군의 사례로도 소개돼 있는데 말이죠."

그럼 그렇지, 왜 안 물어보나 싶었다. 난 상대측 변호사를 똑바로 쳐다보며 말했다. "알고 있습니다. 제 남자친구입니다. 아니, 이제는 전 남자친구라고 해야 하나요?"

"인정하신다니 다시 묻겠습니다. 혹시 귀하가 지금까지 증언한 취지에 남자친구와의 문제로 야기된 편견이 개입되어 있진 않습니까? 어떻습니까?"

"남자친구의 증상이 취재의 동기가 됐다는 사실은 분명히 인정합니다. 하지만 가족 중의 누군가가 암에 걸린 듯한 증상을 보인다면, 일단 암을 가정하고 세부적인 검사를 하는 것과 사적인 감정 개입을 이유로 들어 증상을 일일이 부정하고 결국은 그것을 실재하지 않는 가상의 질병으로 간주해 무시하는 것 중에 어느 게 더 합리적일까요? 변호사님도 가장 단순한 게 진실이라는 오컴의 면도날 이론은 아실 테죠?"

물론 자세히 뜯어보면 내 답변의 논리는 약간 부실하긴 하지만 이 재판에서 카르납이나 퍼스, 혹은 요 근래 각광받고 있는 휘스먼 같은 논리학자를 들먹일 것도 아니고 이 정도면 배심원단에게 충분한 답변이 되었을 것이다. 어차피 이 재판은 SPTI뿐만 아니라 기업의 이익을 위해 기억을 조작하는 모든 종류의 검사법에 대한 사회적 관심을 환기하는 데 목표가 있으니 말이다.

이후로도 두어 번의 질문이 더 있었으나 남자친구와의 관계를 부각시켜 증언의 내용을 편견으로 몰아가려는 상대측 변호사의 시도는 모두 예상 범위 내에 있었다. 그러자 다른 방향에서 공격이 들어왔다.

"증인은 대학에서 심리학을 전공했으니 혹시 로르샤흐 검사법을 아시나요?"

"대략 내용은 알고 있습니다."

"전문적인 내용이므로 존경하는 재판장님과 배심원 여러분을 위해 간략히 요약하자면, 이 검사법은 모두 열 개의 추상적 무늬를 보여주고 반응을 얻어내는 방식으로 진행하며, 이미 백 년 넘게 사용되고 있습니다."

변호사의 설명과 동시에 재판정의 대형 모니터에 검정 잉크 얼룩의 데칼코마니 그림이 등장했다. 로르샤흐 검사지였다. 상대측에서 뭔가 야심 차게 준비한 게 있을 거라고 생각했는데 지난 세기에 개발된 로르샤흐나 TAT, 혹은 MMPI 같은 심리검사법의 안정성에 STPI 검사법의 이미지를 덧씌우려는 전략 같다. 심지어 변호사는 지난 세기 70년대에 최초로 컴퓨터를 동원한 레이븐 매트릭스 검사법까지 거론하며 이들 심리검사법이 얼마나 정신의학을 비롯한 과학 일반에 기여하는지 열변을 토했다. 난 피식 웃었다. 어차피 그래 봤자 배심원단의 피로만 초래할 뿐이다.

난 지루한 듯 입을 가리고 하품을 하는 배심원단을 보면서 사무실 책상에 올려둔 몽돌을 생각했다. 신기하게 돌은 아주 차가운 얼음덩이 같을 때가 있었다. 그래서 지난여름에는 가끔 돌을 뺨에 대면서 기사를 쓰기도 했다. 물론 브라질로 떠난 남자친구는 돌이 진짜인지 가짜인지 끝내 말하지 않았지만 말이다.

하지만 그 호텔 앞 바닷가에 인공적으로 꾸며진 돌들도 낮과 밤을 바꿔가며 파도에 이리저리 더 깎이다 보면 정말로 동글동글한 몽돌이 될 거라는 생각이 들었다. 돌을 생각하자 갑자기 내가 이렇게 재판정에 증인으로 앉아 학창 시절에나 들어볼 법한 심리검사법의 역사에 대한 강의를 듣고 있는 이 상황이 비현실적으로 느껴졌다.

그러자 이런 의문이 들었다. 난 아까 STPI의 시뮬레이션을 수행하는 과정에서 내가 대리 진급을 앞둔 4년차 대리라는 것을, 다음에는 S그룹 공채 3차 시험에 응시한 취업준비생이라는 것을, 그리고 그다음에는 구조조정을 당한 만년 과장이라는 사실에 의문을 갖지 않았다.

남자친구는 검사 상황에서 뭔가 삶을 자극하는 이질적인 것을 보았다고 했다. 그러나 나의 경우에, 검사 상황에서 돌출된 그런 요소는 별달리 없었다. 어떤 STPI 증후군 환자들이 뭔가 근원을 자극하는 아름다운 것, 몹시도 동공을 아리게 만드는 것, 혹은 아주 무서운 것이라고 평가 보고서에 기술한 그 무엇 말이다.

'그런데 그게 가끔은 얼음처럼 몹시 차가워지던 몽돌이라면?' 그런 생각을 하자 갑자기 미친 듯이 잠이 쏟아졌다.

8

마지막 컷에 '미친 듯이 잠이 쏟아졌다'란 문장을 고딕체

지문으로 넣는 것으로 일단 이번 회차 웹툰의 연재분을 마무리했다. 마감을 코앞에 앞두고 밤을 새워 작업을 한 탓에 그 문장이 자연스럽게 튀어나왔다. 분위기상 뭔가 한 단락쯤 더 쓸 말이 있을 것도 같았지만 그건 이어지는 연재분에 쓸 기회가 있을 것이다.

일러스트 프로그램을 다시 돌려 작품에 오탈자와 채색에 오류는 없는지 확인해 포털 사이트의 연재 담당자에게 원고 파일을 전송하니 벌써 오전 11시가 넘었다. 피로로 인한 멍멍한 느낌에 한숨 푹 잤으면 좋겠다고 생각했지만 서울에서 내려오기로 한 영화사 최피디와의 점심 약속이 있었기에 대충 세수만 하고 작업실을 나섰다.

새로 장만한 MTB를 타고 강가의 농로를 달리며 강바람을 맞으니 정신이 좀 나는 것 같았다. 약속 장소인 추어탕 집에 도착하자 최피디가 식당 마당에서 담배를 피우다가 인사를 한다.

"한가하게 자전거를 타고 오는 모습을 보니 신선이 따로 없네요."

"부러우면 최피디님도 내려오세요. 서울에서 원룸 전세 얻을 값이면 강이 내려다보이고 텃밭까지 있는 집이 기다립니다."

"제가 작가님처럼 인터넷이 연결된 매킨토시 한 대만 있으면 되는 직업이면 바로 작가님 작업실에 빈대 붙죠. 그렇지만 영화 쪽 피디라는 게 여기저기 돌아다닐 데가 많아서 이런 남한강은 어림도 없죠."

그러면서 오늘만 해도 오전에 강남에 있는 투자사를 들려 내려왔는데 여전히 시나리오에 까탈스럽다며 엄살을 부렸다.

"참, 투자사 실장님이 작가님 웹툰 연재 잘 보고 있다며 시나리오 각색도 잘 부탁드린다고 전해달랍니다. 여기 몇 가지 요청 사항도 정리해 왔습니다."

"저야 연재 중인 웹툰의 영화화 판권을 넘기기로 했으니 각색은 영화사 쪽 시나리오 전문가가 알아서 하면 되는 거 아닌가요? 그런데 요청 사항은 뭔가요?"

"물론 각색 담당자는 따로 있죠. 하지만 아무래도 지금 연재 중인 작품은 애당초 영화화를 염두에 두지 않았으니 불가피하게 내용 수정이 필요한데 작품 의도야 작가님이 제일 잘 아시니 도움을 요청하는 거죠. 그리고 앞으로의 연재분부터는 자기들 의견을 반영해줬으면 한답니다. 그것도 서류에 적어 왔습니다."

그러면서 회의 자료 복사본을 건네주었다. 전부터 업무상 관계가 있던 최피디 영화사에서 현재 연재 중인 웹툰의 영화화 판권을 사겠다고 해서 알겠다고 허락한 참인데 돈을 대는 투자사 쪽에서 이것저것 간섭이 많은 모양이다.

"오늘도 투자사에서 부른 CG 전문가와 미팅을 하고 왔는데 우선 연재분 전반에 그래픽으로 처리해야 할 부분을 명확히 구성해달라고 합니다."

최피디가 가져온 회의 자료에는 CG팀의 요청 사항과 그에 따른 각각의 대안이 적혀 있었다. 최피디의 부연 설명이 계속되었다.

"예를 들면 머릿속에서 울리는 목소리 같은 부분 말이죠. CG팀에서는 이런 컷을 내레이션으로 할지, 아니면 그래픽으로 할지 작가님께서 선택해달랍니다. 만약 CG로 처리한다면 '한순간 이런 목소리가 머릿속 어딘가에서 울렸다. 음량이 과도한 이어폰에서 들려오는 것처럼 다시 누군가의 목소리'와 같은 컷은 상상 속의 책을 펼치는 이미지를 생성해 거기에 적힌 지시문을 읽어주는 방식으로 교체해야 한다는 거죠."

최피디의 설명은 모두 납득이 갔다. 텍스트를 기반으로 한 작품에서는 '나는 그녀를 사랑했다' 같은 추상적 진술이 허용되는 반면, 영화나 드라마에서는 이 문장을 '내가 그녀에게 꽃을 선물하는 장면' 혹은 '수업 시간에 몰래 그녀를 훔쳐보는 장면' 등으로 시각화해야 한다. 그리고 텍스트와 영상이 어우러진 웹툰은 두 분야의 딱 중간 단계라고 할 수 있다. 최피디와 그런 얘기를 하면서 CG팀의 요청 사항에 대해 대략적으로 의논을 마쳤을 때 주문한 추어탕이 나왔다.

통통한 가을 미꾸라지가 통으로 들어간 추어탕은 꽤 맛있었다. 서울에서 손님이 올 때마다 괜히 이곳을 약속 장소로 잡는 게 아니었다. 우리는 한 그릇씩 깨끗이 비운 다음 아메리카노를 주문하고 강이 내려다보이는 마당의 파라솔로 자리를 옮겼다. 어느덧 무더위도 한풀 꺾였고 강에 면한 산기슭 나무들에 붉은 열매가 가득했다. 최피디가 커피를 가져온 주인에게 물으니 가막살나무라고 한다.

"열매가 비슷해서 물앵도나 덜꿩나무와 헷갈리기 쉬운데요, 저건 까마귀가 먹은 쌀이라고 해서 가막살이라고 합니다. 이런 시골에서도 저렇게 무더기로 자라는 곳은 거의 없죠. 겨울에 눈이 쌓여도 열매만 빨갛게 남아 있으니 새들에겐 좋은 일이죠."

주인의 설명을 들으며 최피디는 직업 정신을 못 버리는지 디카를 꺼내 사진을 찍는다. 영화사 피디라는 게 참 하는 일이 다양하고 알아둬야 할 것도 많아서 이렇게 여기저기 다니면서 영화 로케이션에 쓰일 만한 장소를 보면 습관적으로 사진을 찍어둔다고 한다.

"사장님, 나중에 영화 찍게 되면 여기 마당 써도 되죠? 이집 추어탕 정말 좋은데 홍보도 빵빵하게 해드릴게요."

최피디의 말에 주인이 핀잔을 했다. "거, 서울 사람인 것 같은데 아직도 소문 못 들었나. 얼마 전에 대통령이 전국에 있는 강이란 강은 모두 파헤쳐 운하인가 뭔가를 만든다고 하던데. 며칠 전에 군청 직원들이 와서 식사하면서 하는 얘길 들으니 이쪽은 강 양편 모두 밀어버리고 무슨 공원이랑 선착장을 만든다고 하더라고. 그러니 영화 찍으려면 얼른 다녀가. 내년에 공사 들어가서 가막살나무들 모두 밀어버리기 전에."

그러면서 주인은 그런 얘기 돌아봤자 괜히 땅주인들 허파에나 바람 들어가지 아무도 좋아하는 사람 없다며, 멀쩡한 강은 가만두는 게 상책이지 다 밀고 파헤치면 행여나 외지 사람들이 잘도 놀러 오겠다고 혀를 찼다.

주인의 말에 최피디가 고개를 갸우뚱한다. "올봄에 미국에서 소고기 수입한다고 촛불시위다 뭐다 그 난리를 쳤는데, 설마 또 그렇게 일방적으로 밀어붙이겠어요?

"그렇겠지? 그냥 해보는 말이겠지? 나야말로 평생 강에서 잡아오는 미꾸라지로 추어탕 끓여서 먹고사는데 쥐꼬리만한 보상금 받으면 그걸로 뭐하겠어. 이래 봬도 우리 집에서는 자연산만 쓰는데 말이지. 손님들이 하도 찾아서 구색 맞추기로 하는 커피를 팔 것도 아니고."

최피디와 주인의 말을 들으니 이곳으로 내려오면서 강에 면한 농가 주택을 고르려고 열심히 발품을 팔던 생각이 났다. 전국의 강을 모두 뒤엎는다는 말은 너무나 비현실적이어서 작업실에 대한 걱정은 별달리 들지 않았다.

최피디 역시 마당이 넓어 발전차나 촬영용 크레인 세우기도 좋겠다며 주변 사진을 더 찍었다. 언제든 미리 전화만 주면 카페를 빌려주겠다고 약속한 주인은 카운터로 돌아가며 작게 중얼거렸다. "봄이면 새신랑 기다리는 새색시처럼 조밀하게 피는 꽃이 얼마나 예쁜데."

우리도 슬슬 일어설 준비를 했다.

"그런데 지지난번 연재분이었던가, 이메일 부분에서 시가 한 편 등장하잖아요? 그거 작가님이 쓰신 건가요, 아니면 저작권자가 따로 있는 건가요?"

"강은교란 시인의 작품이에요. 부분 인용이라 웹툰 같은 데서는 관행적으로 저작권 허락 없이 쓰는 편인데 영화라면 모르겠네요."

"광고 같은 데서는 노래의 부분 인용도 저작권이 별도로 발생하거든요. 시도 영화에서 쓰면 그런지 알아봐야겠네요. 그건 그렇고, 웹툰에서처럼 작가님도 지금의 현실이 사실은 가상의 상황이라는 생각을 하시나요?"

"글쎄요, 그건 역시나 생각하기 나름이지 않을까요? 하지만 아까 간신히 마감 시간에 맞춰 보낸 이번 회차 연재분의 원고료를 걸고 선택을 하라면 아니라는 쪽에 걸겠습니다. 최피디님은 어떤 쪽이세요? 혹시 방금 전 추어탕을 먹은 부분까지가 주입된 기억이고, 실은 지금이 2008년이 아니라 2038

년이라고 생각하는 거 아니에요? 어디 엔터테인먼트 회사 취업 시험이라도 보고 있는 중이라고요."

"가끔은 제가 처한 현실이 사실은 가상이었으면 하는 마음이 들어 여쭤봤어요. 사실 이번에 진행하는 영화에 전혀 어울리지 않는 배우를 쓰라고 투자사에서 노골적으로 압력을 넣어서 골치가 아프거든요. 제 꿈이 원래 알프레드 히치콕 영화 같은 작품을 만드는 것이었는데, 지금 이렇게 대기업에서 스폰 받는다는 소문이 난 배우를 쓰려니 속이 뒤틀려서요. 그럴 땐 웹툰에서처럼 지금의 현실이 가상의 상황이었으면 좋겠단 생각이 듭니다. 만약 그러면 깰 때 느껴진다는 약간의 현기증은 얼마든지 참을 수 있겠는데 말이죠."

허탈한 웃음을 지은 최피디는 주차된 차의 시동을 걸며 덧붙였다. "배우 얘기는 우리끼리 비밀입니다." 그렇게 최피디는 다시 서울로 올라가고 나 역시 MTB에 올라탔다.

다시 강가의 농로를 따라 작업실로 향하는데 예의 가막살나무 군락이 보였다. 밝고 붉은빛이 나는 구슬들이 무수히 달려 가을을 뽐내고 있었다. 지금이라면 어떨까? 다시 질문을 받는다면 역시 같은 대답을 할까? '없어도 크게 아쉬움이 없는 한 회분의 원고료가 아니라 좀더 묵직한 것을 걸어도? 이를테면 시력이나, 혹은 나아가 존재 모두를 걸어도?'

난 달리면서 다음 회 연재 내용을 떠올렸다. 이를 위해 난 내 마음 깊은 곳으로 잠수했다. 왜냐하면 어떤 작가가 뭔가를 지어낸다는 것은 자신의 심해에서 도저히 말하기 힘든 것, 그러니까 단단하게 굳어버린 쓸쓸한 돌들을 그물로 건져 올리는 것이니까.

난 내가 인용한 오컴의 면도날 이론을 떠올렸다. 같은 현상을 설명하는 두 개의 주장이 있다면 보다 단순한 쪽을 선택하라는 것. 그렇게 본다면 저 앞의 가막살나무를 설명할 때 앞으로 30년 후인 2038년을 가정하고, 또 STPI를 가정하고, 또 시험에 응시하는 페르소나의 시선을 가정하는 것보다 그저 2008년 현실 속의 나무라고 가정하는 것이 보다 간단한 것이다.

당연하다. 마치 절대다수의 반대 여론을 무릅쓰고, 저 아름다운 강바닥을 파헤치고, 많은 숲을 밀어내고, 헛되이 천문학적 예산을 쏟아붓는다는 가정보다는 그저 지금처럼 앞으로도 저 가막살나무 숲이 내년에도 내후년에도 그대로 자리를 지키고 있을 거란 단순한 설명이 중세 철학자의 의도에 더 부합되는 것처럼 말이다.

그러니 진실은 간단하다. 가막살나무가 군락을 이루고 있는 이곳이 현실이다. 그리고 누구도 건드리지 않는 강은 언제까지나 지금처럼 평화롭게 흘러갈 것이다. 나는 2008년도에 살고 있다.

대사 증후군   허택

2008년 『문학사상』에 단편소설 「리브 앤 다이」가 당선되며 작품 활동을
시작했다. 소설집 『리브 앤 다이』『몸의 소리들』이 있다.

작 가 의 말

전후 세대인 나는 한국 근대사의 세파를 겪으며
격동의 60여 년을 살아왔다.
동족상잔의 비극적 빈민국에서 선진국으로의 초고속 진입으로
한국은 세계가 경이롭게 여길 만큼 경제성장을 했지만
한국의 현대사는 당뇨병 환자 같은 증상을 겪고 있다.
전후세대, 베이비부머 세대는 한국 현대사와 운명을 함께한
대사 증후군 세대다.

1. 2014년, 혈당 300mg/dl 이상, 만성당뇨병·고혈압·신부전증

이제 와서 송장까지 치우란 말이냐? 난 싫다. 아내가 못마
땅하다는 듯이 아들에게 쏘아붙인다. 엄마! 아들의 목소리
가 격하게 올라간다. 아내는 여전히 고개를 삐딱하게 카페 창
밖으로 돌리고 있다. 설렁탕집에서부터 아내는 간혹 힐끔거
리며 나를 쏘아보기만 했다. 이미 송장을 보고 있듯이. 아버
지는 혈당 수치만 높을 뿐이야. 많이 좋아졌어. 걱정할 정도
는 아냐. 아들이 단호하게 아내를 달랜다. 다시 한번 아내 입
에서 송장이란 말과 싫다는 말이 거리낌 없이 튀어나온다. 네
아비가 우리를 속이고 있는지 모르겠냐? 저 꼬라지가 송장이
지, 정상이냐? 엄마! 아들이 화를 냈다. 약속한 1억 원도 마

런 안 됐다면서? 아들의 역정을 피하고 싶은 듯, 또다시 쓸데 없는 약속을 들춘다. 내가 마련하면 되잖아. 이미 화가 솟구 친 목소리로 아들이 아내에게 말한다. 내가 끼어들 틈이 없 다. 두 사람 대화만 듣고 있을 뿐이다. 그저 커피 잔만 만지작 거리고 있다. 익숙한 목소리들이 좁은 카페를 꽉 채우고 있다 는 생각만 할 뿐이다. 간혹 카운터에서 아르바이트 여대생이 큰 목소리가 날 때마다 힐끗힐끗 보곤 한다. 아들의 목소리가 점점 커지자 아내는 살짝 말꼬리를 내린다. 너도 알잖아. 네 아비가 그동안 제대로 아비 구실이나 했냐? 내가 너희들 키운 다고 얼마나 고생했냐? 아들의 얼굴이 아내의 목소리에 따라 누그러진다. 이제 다시 합치세요. 저는 곧 용접공 취업 비자 로 호주로 떠납니다. 언제 올지 모르니 제발 마음 편하게 떠날 수 있게 해주세요. 아들에게서 처음 듣는다. 아내도 처음 듣는 지 나처럼 놀란 눈으로 아들을 본다. 아들이 크게 보인다. 어 깨 처져서 내 눈치만 보던 여드름투성이 모습은 전혀 찾아볼 수 없다. 2, 3년 전 나를 원망하며 술에 빠졌던 얼굴이 아니다. 내 속이 잠시 편안해진다. 아내가 발끈한다. 저 송장 같은 아 비를 내게 떠맡기고 너는 홀가분하게 떠나겠단 말이지? 아내 는 내 곁에 있었을 때나, 없었을 때나 언제나 희멀겋고 번지 레하다. 입술을 실룩거리는 것도 언제나 같다. 나는 싫다. 1억 이라도 가져오면 간병인 노릇 하듯 하겠다만. 너희들 뜻대로 이혼은 안했잖아. 이미 나는 그들에게 폐품이 되어버렸다. 고작 62세 나이에. 아침에 그들에게 하려고 했던 말들이 머릿속에서 싹 사라졌다. 6여 년 만에 아내와 한자리에 있다. 그동안 아내와는 가끔 자식들 때문에 전화만 했었다.

2. 2008년, 혈당 300 이상, 대사 증후군 응급 환자가 되다

2008년 초겨울, 나는 집에서 매몰차게 쫓겨났다. 아파트 문이 열리자 아내는 씩씩거리며 나를 쏘아봤다. 입가에 그녀가 즐겨 먹는 아귀찜을 붙인 채 고래고래 고함을 질렀다. 한 발자국도 내 집에 발 들여놓지 마! 55평 아파트 현관에서 한 발자국도 내딛지 못한 채, 아내의 손찌검에 의해 문밖으로 내몰렸다. 85킬로그램의 몸뚱아리가 꿍 소리를 내며 문밖 시멘트 바닥에 나자빠졌다. 마치 오뚝이가 뒹굴듯이 반 바퀴 뒤로 뒹굴다 앉았다. 꿍 소리에 아내의 손힘이 얼마나 셌는지 놀랐다. 아파트 문이 꽝 닫혔다. 앉은 채 아파트 문의 열쇠 구멍을 봤다. 녹슨 열쇠 구멍이 눈에 들어왔다. 언제부터 녹이 슬었지? 아내는 문을 열 수 있을까? 주머니를 뒤졌지만 나는 열쇠가 없었다. 내 명의로 된 집이 맞는지? 한 번도 열쇠로 문을 열어본 기억이 없었다. 언제나 나는 초인종을 눌렀으며, 아내가 무심하게 문을 열어줬다. 그래서 아내는 내 집이라고 당당하게 말했나? 나에게는 집에 들어오라고 말할 식구가 없었다.

아들은 시카고에서 실용음악을 한다고 몇 년째 집에 오지 않았고, 딸은 오사카에서 디자인 학원에 다니고 있었다. 그들은 매달 3백만 원 정도의, 내가 부쳐준 돈으로 부족한 것 없이 생활했다. 이제 나는 그들에게 3백만 원짜리 아버지 노릇을 할 수 없게 됐다. 아이들이 나를 아버지라고 불러줄까? 아들딸의 얼굴이 갑자기 떠오르지 않았다. 그들이 머릿속 어디에 박혀 있는지, 도저히 찾을 수 없었다. 그들도 이제부터 아파트 문을 쉽게 열 수 없을 것이다. 그리고 아내가 그랬던 것처럼 나를 내동댕이칠지 모른다. 일어나려고 손을 시멘트 바닥에 디뎠지만, 허리에 힘을 줄 수가 없었다. 불뚝 불거진 아랫배만 보였다. 일어나려고 힘을 줄 때마다 불룩한 아랫배만 출렁거렸다. 20여 년간 내가 만든 기름 덩어리였다. 이 기름 덩어리 때문에 아내에게 쉽게 떠밀렸다니. 겨우 일어나 벨을 누르고 문을 쾅쾅 쳐봐도 문 안에서는 조그만 소리조차 들리지 않았다. 아내는 이 집을 지킬 수 있을까? 지킬 수 없을 것이다. 이미 대출담보로 은행 소유가 돼버렸다. 내가 월 1천만 원짜리 남편 자격을 잃었단 말이지? 그래서 나를 쫓아냈다. 엘리베이터를 타고 싶지 않았다. 엘리베이터를 타면 한없이 땅 밑으로 추락할 것만 같았다. 한 걸음 한 걸음 아파트 비상구 계단을 내려갔다. 비상구 계단은 어둠에 묻혀 있었다. 터벅터벅 계단 밟는 소리와 출렁출렁 아랫배 움직이는 소리만

들렸다. 계단의 끝이 어딘지 아리송했다. 아랫배가 너무 출렁거려 숨이 찼다. 그때마다 계단에 앉곤 했다. 20여 년간 아내는 나에게 무엇이었지? 궁합이 맞지 않았나? 계단에 앉을 때마다 머릿속에 의문만 계속 맴돌았다. 1층 계단에 내려오자 의문을 멈출 수 있었다. 다행이라고 생각했다. 1층 아파트 입구에 걸려 있는 거울과 마주쳤다. 거울 속에서 흉측한 거미 한 마리가 보였다. 저절로 눈살이 찌푸려졌다. 정기 건강검진을 받을 때마다, 내과 주치의가 "매우 심각한 복부비만입니다. 그러니까 전형적인 거미형 체형이 되신 거죠. 건강을 돌보세요"라고 했다. 의사의 말은 귓속으로 파고들지 못했다. 오히려 기름 덩어리로 채워지는 아랫배가 신분 상승의 표시라고 떵떵거렸으니까. 처음에는 남몰래 아랫배를 슬슬 만지면서 볼록해지는 것에 흐뭇해했다. 배꼽 아래 물렁거리는 뱃살을 만지작거리는 것이 습관이 됐다. 아랫배의 물렁살은 손아귀에서 기분 좋게 만져졌다. 차츰 남들 앞에서 보란 듯이 아랫배를 쑥 내밀면서 만지작거렸다.

정책기획실 팀장으로 있을 때였다. 불룩해진 배를 만지작거리며 다니자 눈치 빠른 팀원들이 나에게 생일 선물로 악어 벨트를 줬다. 불룩해진 허리에 악어 벨트를 걸치고 다녔다. 회사 동료들이 부러운 듯이 나를 쳐다봤다. 처음으로 아랫배가 불룩한 것이 자랑스러웠다. 거울 속 거미는 힘없이 보였다.

역겹게 느껴졌다. 배 둘레가 90센티미터는 족히 넘을 거야. 가느다란 팔다리가 거울 속에서 겨우 허우적거렸다. 숨을 가쁘게 내쉬면서.

아파트 밖으로 나왔다. 기름 덩어리조차 초겨울 바람을 막지 못했다. 소름 끼치게 스미는 바람 때문에 제대로 발걸음을 움직일 수 없었다. 초겨울 바람은 22층 고급 아파트를 초라하게 만들었다. 매몰찬 바람에 아파트 건물들이 한없이 움츠러들었다. 14층을 쳐다봤다. 부엌 쪽 창문이 환했다. 아내는 식탁에 앉아 커피를 마시고 있는 것인가. 눈을 부릅뜬 채 씩씩거리며 이 아파트를 지켜야 된다고 중얼거리고 있을 것이다.

아내는 이 아파트로 이사 왔을 때, 여기저기 친구들이랑 친척들에게 전화를 했다. 압구정동 H아파트로 이사 왔어. 한번 놀러 와. 아내의 목소리는 매우 기름졌다. 아내는 배실배실 웃으며 내 아랫배를 흐뭇하게 바라보곤 했다. 14층을 바라보며 아내에게 전화했다. 집 전화는 계속 울렸고, 아내의 핸드폰은 꺼져 있었다. 휘몰아치는 바람에 묻힌 아파트 단지가 낯설게 느껴졌다. 아내나 아이들 입에서 강하게 발음되던 단어가 압구정동 H아파트였다. 누가 묻지도 않았는데 그들은 아파트 이름을 술술 말했다. 아랫배를 만졌다. 아랫배가 꺼져가고 있었다. 마치 바람 빠진 고무풍선처럼. 아파트 단지를 벗어나면 배가 홀쭉해질 것 같았다. 온몸이 오싹해졌다. 무서웠다. 점퍼 주머니 속에 든 지갑을 만지작거리며 아파트 단지를 돌아다녔다. 아내는 여전히 전화를 받지 않았다. 번지레한 아내 얼굴도 곧 누르퉁퉁하게 변할 것이다. 압구정동 H아파트라는 말은 곧 잊게 되겠지. 내 집이라고 외칠 힘조차 없어지면서. 갑자기 화가 치밀었다. 함께 사는 동안 아내에게 전혀 화를 내지 않았었다. "뒈져라!" 남이 들으라는 듯이 아내에게 욕을 퍼부었다. 찬 바람에 욕지거리가 흩어졌다. 그래도 목이 아플 정도로 계속 "뒈져라!"를 외쳤다.

3. 청년 시절, 혈압·혈당 정상

아내와 싸움을 많이 했어야 했나? 하지만 싸울 필요가 없었다. 아내는 밋밋했으니까. 결혼 전부터 아내와 싸운 기억이 거의 없었다. 아내와 언제 어떻게 만났는지 기억조차 없다. 미팅 자리였는지 동호회 MT 모임이었는지 전혀 기억나지 않는다. 그저 밋밋하게 내 곁에 슬그머니 와 있었던 것 같다. 아내는 그런대로 여유 있는 과일 도매상 셋째 딸이었다. 아내를 만났을 때 나는 모든 것에 허기져 있었다. 몸이든 마음이든 허기져서, 몸은 비쩍 마르고 눈초리는 약삭빠르게 움직였다. 아내가 던져주는 먹이들을 허겁지겁 받아먹기만 했다. 고맙다거나 사랑한다는 생각은 티끌만큼도 갖고 있지 않았다. 너무 굶주려서 싸울 여력도 없었다.

나는 7형제 중 넷째였다. 그래서 내 몫은 언제나 갈증을 느끼게 했다. 집안에서나 바깥에서나 내 몫을 조금이라도 더 차지하기 위해 바동거려야 했다. S대학교에 입학했을 때, 부모는 '축하한다. 매우 기쁘구나'라는 말을 해주지 않았다. '후유, 또 한 놈 해결했구나' 하는 안도의 한숨만 쉬었다. 아버지는 부산의 모 수산업협동조합에 근무했다. 하지만 워낙 게을렀기 때문에 식구들이 겨우 입에 풀칠할 정도만 일했다. 거의 매일 술 냄새를 풍기며 우리에게 내뱉는 말이라고는 이 새끼, 저 새끼뿐이었다. 피는 못 속인다고, 나는 아버지의 더러운 유전자를 물려받았다. 젊은 시절에는 유전자가 어떤 성향인지 몰랐다.

아랫배가 불룩해질수록 아버지 쪽의 유전자가 나를 조종했다. 그래서 어머니가 가끔 '지 아비를 닮아서 지만 아는 이기적이고 게을러터진 놈'이라고 나에게 역정을 내곤 했다. 군복무 중에 아버지는 뇌출혈로 사망했다. 남들보다 일찍감치 아버지를 보지 않아도 됐다. 어머니는 자갈치 시장 모퉁이에서 건어물 장사를 했다. 덕분에 고등학교까지는 그럭저럭 졸업할 수 있었다. 대학교부터는 각자의 몫이었다. 지금도 멸치나 김 냄새는 감기에 걸렸을 때면 심한 구역질을 일으킨다. 어머니는 자갈치 시장에서 욕쟁이로 통했다. 어머니의 입에서 튀어나오는 욕은 대단했다. 식구들을 먹여 살리기 위해서는 억세게 시장 바닥에서 견뎌내야만 했다. 불행하게도 어머니는 교통사고로 절름발이 신세가 됐다. 그 바람에 자갈치 시장 땅값이 천정부지로 치솟았을 때 전혀 재미를 보지 못했다. 불쌍한 어머니였다. 하지만 악착같이 자식을 돌봤다. 내가 K그룹에 입사해서 첫 월급으로 선물한 내복과 용돈을 받은 후에 하늘나라로 가셨다. 어머니에게 따뜻한 눈물을 흘릴 만큼의 여유는 있어서 그나마 다행이었다. 아버지와 어머니는 부모였다는 허울만 가진 채 내 인생에서 사라졌다. 서른이 되기 전이었다. 가끔 부모에 대해 되새겨질 때가 있는데, 그들 유전자에 의해 내가 조종될 때이다. 그들 유전자 중에는 요령껏 약삭빠르고 눈치껏 살아가는 재주가 있었다. 선천적으로 타고난 재주는 S대학교 합격을 만들어줬다. 그 재주로 K그룹에도 입사할 수 있었다. 그것만은 두 사람에게 고맙게 생각했다. 강인환과 김금숙의 가족은 그들의 죽음 후 갈기갈기 찢겨버렸다. 명절에나 우르르 큰형 집에 모였다가 순식간에 흩어졌다. 얼굴만 잊지 않으면 된다는 모임이었다. 형제들이 모두 모인다는 것도 로또 5등에 당첨되는 것보다 힘들었다. 대학 시절부터 나는 허기만 풀면 됐다. 이때 아내가 나타났다. 내가 가장 허기질 때였다. 의식주뿐만 아니라 몸까지 시원하게 풀어줬다. 싸움할 틈도 없었고, 궁합이 맞는지 생각할 겨를도 없었다. 사랑은 더욱더 느낄 수 없었다.

아내가 주는 먹이로 정신없이 허기를 푸는 동안 나는 아들을 낳았고, 결혼을 했다. 나는 아내에게 잽싸게 낚였다. S대학교, K그룹. 나에게 붙는 이런 이력들이 아내에게는 좋은 먹이였다. 어느덧 나는 비싼 물건이 됐다. K그룹 입사 후 팀장이 되기 전까지는 165센티미터 키에 53킬로그램의 체중을 유지했다. 비쩍 말라 나에게 맞는 양복이 없을 정도였다. 도대체 내가 뚱뚱해질 거라고 누가 상상이나 했겠나?

4. 30대 초, 혈당 130mg/dl, 당뇨병 경계·혈압 정상

팀장이 되자 아랫배가 이상해지기 시작했다. 슬슬 배꼽 밑으로 기름기가 꼈다. 아랫배가 불룩해질수록 허리띠를 자주 바꿔야 했다. 김부장이나 장전무의 걸음걸이가 부러웠다. 그들의 걸음걸이에는 느긋함이 있었다. 여러 가지 허리띠를 그때그때 바꾸면서 느긋하게 걸어 다녔다. 그 느긋함이 바로 그들의 직위를 말하고 있었다. 말단 직원들은 생쥐처럼 바쁘게 돌아 다녔다. 천천히 걷는다는 것은, 특급 호텔 레스토랑에서 고급 와인을 곁들여 우아하게 디너를 즐기는 것과 같았다. 엔돌핀은 그때 샘물처럼 솟아났다. 나뿐만 아니라 누구든지 솟아나는 엔돌핀을 느끼며 느긋하게 걷고 싶었다. 나는 남몰래 화장실이나 복도, 혹은 혼자 탄 엘리베이터 안에서 그들의 걸음걸이를 흉내 내곤 했다. 나뿐만 아니었다. 일단 K그룹 빌딩

안에 들어온 사람이면 누구나, 신입 시절에 그들의 걸음걸이나 볼록한 배를 존경과 부러움으로 바라봤다.

　미스 최가 팀원으로 근무하고부터 내 변신은 걷잡을 수 없게 됐다. 변신은 아랫배에서부터 저절로 시작됐다. 미스 최를 보는 순간 가슴이 울렁거렸다. 네 명의 팀원 중 한 명인 미스 최가 팀장님이라 부를 때면 온몸이 붕 뜨는 것 같았다. 그들이 부르는 팀장님이란 발음이 귓속으로 부드럽게 파고들었다. 저절로 어깨나 목이 뻣뻣해졌다. 그들은 언제나 나에게 "예예, 알겠습니다. 말씀하신 대로 하겠습니다"라며 깍듯하게 말했다. 나는 부장이 한 대로 유연하게 혀를 놀리는 말투를 몰래 연습했다. 단어의 끝 발음을 약간씩 높이면서 권위가 느껴지게끔 했다. 나날이 혀 놀림이 부드러워졌다. 그들은 나를 깍듯이 바라봤다. 그들의 눈길이 자랑스러웠다. 속으로 마냥 즐거웠다. 내가 맡은 팀의 직원이 점점 늘어나길 바랐다. 욕망의 시작이었다. 팀원들에게 웃을 수도, 짜증 낼 수도 있다는 것에 쾌감을 느꼈다. 팀장으로서 네 명을 살폈다. 사람마다 느낌이 다른 것을 알았다. 특히 미스 최는 솜사탕처럼 나에게 스며들었다. 팀원으로 느껴지지 않았다. 웃는 볼에 보조개, 쫑알거리는 도톰한 입술, 그리고 봄날 고양이 같은 눈길. 미스 최가 웃으며 말할 때면, 쉴 새 없이 혈관이 펄떡였다. 굳었던 어깨나 목, 등이 사르르 녹는 듯했다. 머릿속 뇌세포들이 따뜻해졌다. 미스 최 앞에서 은근히 거드름을 피웠다. 거드름을 피울수록 체중은 점점 더 불어났다. 어느덧 체중이 60킬로그램을 넘어섰다. 미스 최 때문인지, 팀장으로서의 거드름 때문인지, 핏속에서 혈당 수치가 조금씩 높아졌고 혈압도 함께 높아졌다. 미스 최가 첫사랑처럼 느껴졌다. 그녀 앞에서는 기혼남이라는 사실을 잊어버렸다. 사춘기로 되돌아간 듯했다. 울렁거리는 정복욕을 느꼈다. 그녀에 대한 욕망은 당연한 듯했다. 스스럼없이 그녀를 뜨겁게 바라봤다. 그녀도 내 눈길 따라 표정을 바꿨다. 우리는 묘약에 취한 듯 서로를 스스럼없이 느꼈다. 함께 근무한 지 몇 개월도 되지 않았지만 우리는 느낌대로 편하게 모텔로 갔다. 그녀와 처음 함께했을 때였다. 나는 처음으로 허기가 비눗방울처럼 사라지는 것을 느꼈다. 나는 그녀에게서 '처음'이라고 할 수 있는 경험을 갖게 됐다. 온몸에서 처음 느끼는 포만감은 미칠 만큼 짜릿했다. 아! 이것이구나. 배가 고프지 않다는 것이. 그녀는 나를 배부르게 만들었다. 또한 나른하게 만들었다. 그녀 위에서 사정할 때마다 미친 듯이 부르르 떨면서 힘껏 쏟아냈다. 회사 빌딩 밖에서 우리는 버젓이 팔짱을 끼고 돌아다녔다. 그녀의 취향 때문인지, 팀장이라는 내 직책 때문인지, 그녀가 결혼할 때까지 우리는 연인이었다. 아내는 아내일 뿐이었다. 허기가 사라진 후 아내는 필요하지 않았다. 아내는 다달이 두툼해지는 월급

봉투에만 즐거워했다. 다만 아이들에게는 엄마가 있어야 했다. 아내와 싸움할 여건이 생기지 않았다.

미스 최와 세번째 여름휴가 여행을 다녀온 후, 그녀의 두번째 남자라는 자가 나를 찾아왔다. 자기에게 미스 최를 돌려달라면서. 두번째 남자는 끈질기게 나를 찾아와서 애걸했다. 그녀를 도저히 포기할 수 없다면서. 미친놈이라고 생각했다. 그런데 미스 최도 흔들리고 있었다.

늦가을 무렵, 언제나처럼 금요일 밤을 호텔에서 즐긴 후였다. 그녀는 맥주를 시원하게 마시고 나서 트림을 하더니, 두번째 남자와 결혼해야겠다고 말했다. 트림에 응답하듯이 나도 시원하게 그녀를 놔줬다. 3년간 그녀 덕분에 배고픔이 사라졌다. 배고픔이 사라지자 그녀를 보내도 괜찮겠다는 생각이 들었다. 이것저것 또 다른 욕망을 느끼고 싶었다. 바로 아버지의 놀라운 유전자가 나에게 작동했다. 내 몸에서 약삭빠른 꾀와 게으름이 생겼다. 게으름은 놀랄 만큼 빠르게 커졌다. 나는 게으름에 중독돼갔다. 움직이기 싫었고, 눈치 보는 것도 귀찮아졌다. 게으름이 생기면서 핏속에 지방산이 녹아들었다. 게으름이 커질수록 핏물은 지방산으로 탁해졌으며, 아랫배는 점점 기름기로 채워졌다. 빨리 게을러지고 싶어서 영악하고 야비한 꾀들이 머릿속에서 맴돌았다. 아버지의 유전자는 놀랄 만했다. 그래서 아버지는 살아생전에 넉살 좋게 살 수 있었구나. 아버지를 조금이나마 용서할 수 있었다. 그녀의 두번째 남자는 제정신이 아닌 듯했다. 골빈 놈! 나는 놈이 가소롭고 어리석어 보였다. 그놈의 유전자에는 약삭빠르게 꾀를 부려서 쉽게 게을러질 수 있는 유전자가 없는 모양이지! 그녀가 결혼하는 전날까지 언제나처럼 호텔을 들락거렸다. 사정후 게슴츠레한 눈길로 물어봤다. 네 몸에 내 흔적을 아무렇게나 남겨도 네 신랑이란 놈은 뭐라 말 안해? 내가 그래도 가장 편하대요. 어차피 나도 결혼할 바에는 그 남자가 가장 편해요. 가정을 꾸리는 데 서로 편하면 되는 거 아닌가요? 샤워후 맥주를 시원하게 마시고 그녀는 또 한 번 트림을 크게 하고선 깨끗이 떠났다. 결혼하자 그녀는 직장을 관뒀다. 그녀는 편안한 첫사랑으로 기억됐다. 그녀 때문에 체중 8킬로그램과 허리둘레 4센티미터가 늘어났다. 기름기는 복부에 수북이 쌓였다. 아랫배가 물컹물컹 만져졌다. 주위에서 몸매가 보기 좋아, 걸음걸이가 의젓해졌는데, 한마디씩 칭찬했다. 그런 말을 들을 때마다 게으름의 유전자가 강하게 작용했으며, 더 게을러질 수 있는 자리가 탐나곤 했다. 첫사랑 이후 이미 사랑 호르몬에 취한 나는 보다 더 많은 양의 호르몬을 만들어갔다. 사랑 호르몬을 많이 만들기 위해 몸이나 머리는 영악스러워져야 했다. 영악스러워질수록 핏물이 지방산으로 짙어지면서 탁해졌다. 서서히 뇌에 기름기가 끼기 시작했다. 혈당 수치가

130mg/dl이 됐다는 것을 나는 몰랐다. 그저 게으르게 호르몬을 많이 만드는 데만 골몰했다. 비쩍 마른 거울 속 모습보다 희멀건 몸매가 살아가는 데 훨씬 비싸 보였다. 젊은 시절 오로지 막걸리나 소주만 마셔야 했던 것이 부끄럽고 한심하게 여겨졌다. 그날 기분에 따라 맥주나 소주, 와인이나 위스키를 선택할 수 있는 변신이 흐뭇했다.

둔한 아내는 내가 변신하는 것을 알아채지 못했다. 아내는 단세포 동물로만 살고 있을 뿐이었다. 아내는 압구정동 H아파트에 사는 것만으로 인생을 사는 재미를 느꼈다. 사모님이라는 소리만 들어도 이죽이죽 웃었다. 일주일에 한두 번씩 G백화점 명품관을 들락거리며 깔깔거렸다. 내 밑으로 부하 직원들이 많아지자 아내의 머릿속이 훤히 보였다. 텅 비어 있었다. 그 시절의 나를 낚아챈 아내의 재주가 놀라웠다. 오로지 아내는 살아가기 위해 나의 스펙이 필요했던 것이다. 아내가 가장 잘한 짓거리는 나와 결혼한 것이었다.

마찬가지로 나도 변신하는 나를 느끼지 못했다. 변신은 마법에 걸린 듯 순식간에 이뤄졌다. 물론 미스 최의 역할이 매우 컸지만. 고등학교 졸업 15주년 고향 동기회에 갔을 때, 친구들은 나를 알아보지 못했다. 긴가민가하면서 나를 보는 눈초리들이 흔들렸다. 왜들 그래? 나 정수야! 뭐라고? 정수라고? 그들의 눈동자가 놀라움으로 번쩍이며 커졌다. 친구들의 놀란 눈을 보며 속으로 껄껄 웃었다. 신체 표준치를 이미 넘어섰군. 너희들은 어떠냐? 아직 나처럼 표준치를 넘지 못했지. 짜식들, 뭣들 했어? 아랫배를 앞으로 쓱 내밀었다. 이미 30대 중반에 고향 친구들에게는 왕거미처럼 으스댈 수 있었다. 너 고등학교 때 와리바시 아니었냐? 친구들은 젊은 시절 내 별명을 거리낌 없이 말했다. 학창 시절 비쩍 마른 몸매가 어느 구석에 박혀 있는지 모를 정도로 나는 평균치에 훨씬 미치지 못하는 체형이었다. 모든 것이 평균 이하였다. 나는 그저 친구들이라는 집단에서 겨우 한쪽 구석에 처박혀 있어야 했다. 끝없이 허기를 느끼면서. 핏줄 속에는 지방산이 전혀 없는 핏물만 흘렀다. 물론 그들도 70년대 새마을 운동에 맞는 생활 여건을 하고 있었다. 하지만 나는 게으른 아버지 덕분에 언제나 교실 변두리에서 맴돌아야 했다. 나의 변신이 친구들에게는 큰 얘깃거리가 됐다. 모처럼 고향 동기회에 참석하고 서울로 돌아온 후 친구들의 전화가 빗발치듯 걸려왔다. 더욱더 아랫배를 슬슬 만지는 버릇이 잦아졌다.

나는 변신을 즐길 줄 알게 됐다. 여러 사람들이 왕거미처럼 변신한 나를 이런저런 눈초리로 쳐다봤다. 마치 나를 드라마 주인공인 양. 그들의 눈초리 중에는 부러움이 있기도 했고, 비웃음도 보였다. 또한 간사스럽기도 했고, 걱정스럽기도 했으며, 가소롭게 보이기도 했다. 내 뒤에서 헐뜯는 소리가 들리기도 했고, 누군가는 비아냥거리기도 했다. 나는 그런 것들에 개의치 않았다. 오히려 그것들을 더욱더 즐겼다. 어차피 나는 복부비만에 걸릴 충분한 자격이 됐기 때문이다. 복부 비만은 나에게 걱정거리가 될 수 없었다. 의사의 충고도 귀에 들어오지 않았다. 나를 부러운 눈으로 바라보는 그들도 나처럼 복부비만이 되고 싶을 뿐이었다. 변신할 수 없는 그들의 처지가 내 눈에는 가소롭게만 보였다. 약삭빠른 유전자 덕분에 변신할 수 있었다. 그동안 나는 워낙 굶주려 있었기 때문에 약삭빠른 유전자가 작동하지 않았을 뿐이다. 점점 굵어지는 허리에 계급장처럼 악어나 뱀가죽 벨트들이 걸쳐졌다.

1990년대 그룹 내 건설사업부로 옮겨갔을 때 사람들은 영전했다고 축하 인사를 했다. 전국 방방곡곡에서 건설 붐으로 부동산 가격은 하늘 높은 줄 모르고 치솟았다. 나에게는 더욱 멋있게 변신할 수 있는 기회였다. 나는 얍삽한 재주를 마음껏 뽐낼 수 있었다. 특히 건설사업부에 있으면서 노른자위 땅을 수단과 방법 가리지 않고 헐값에 구입해서 허허벌판을 빌딩 숲이나 아파트 단지로 변신시켰다. 덕분에 강남은 내 아랫배처럼 커져갔다. 40대 중반에 나는 과장에서 부장으로 승진했으며, 내 이름은 회사 신문에 자주 오르내리게 됐다. 아내는 마냥 수다 떠는 것에 바빴다. 이번에 부장으로 승진했어. 이번 여름 방학 때 프랑스 여행 갔다 왔잖아. 물론 아빠는 바빠서 애들하고만 갔다 왔어. 그쪽 아파트 건설을 애 아빠가 담당하고 있잖아. 요즘 집에 들어오기 힘들 정도로 바빠. 곧 이사급으로 승진할 것 같아. 큰애는 이번 겨울 방학 때 미국으로 어학연수 갔다 왔잖아. 신나게 수다를 떨기 위해서 아내의 입술은 립스틱으로 점점 진하게 칠해졌다. 나는 아이들의 잠자는 모습만 간혹 봤다. 바쁜 아빠로서 당연했다. 그들의 사춘기를 보지 못했지만, 내 부모보다는 당당하게 부모 노릇을 한다고 여겼다. 아이들에게 허기를 느끼지 않게끔 했으니까.

5. 40대 중반, 혈당 150mg/dl. 급성 당뇨병·고혈압

부장 승진을 축하하는 회식날이었다. 초가을 금요일은 바람이랑 하늘이랑 마냥 싱그러웠다. 마치 내 기분처럼. 그룹 내 부장급 이상 간부들을 청담동 일식집으로 초대했다. 그 정도는 건설사업부의 부장으로서 당연한 회식이었다. 그룹 내 은(銀) 명함곽을 가진 주요 간부들은 거의 다 참석했다. 그날의 주인공은 나였다. 주인공답게 아랫뱃살이 누구 못지않게 불룩했다. 이런 날을 맞이한다는 것은 누구나 바라는 희망 사항이었다. 나는 마냥 싱글벙글 웃기만 했다. 많은 참석자 중 나와 권진우가 가장 젊었다. 대그룹의 축하 회식답게 일식집 안은 떠들썩했다. 조니워커 블루가 식탁 위에 즐비하게 깔렸다. 권진우의 얼굴은 그리 밝지 않았다. 툭 던지는 말투로 건설부 부장 승진을 축하한다고 내뱉을 뿐이었다. 친구가 승진하는 게 배 아프냐? 그렇지는 않아. 환하게 웃지는 않았다. 속으로 '자식, 유통 부문 부장이 별거냐?'란 말을 내뱉었다. 이미 친구와는 아랫배 크기가 달랐다. 친구는 여전히 30대 팀장의 몸매에서 벗어나지 못했다. 인기 없는 유통 분야라 나보다 1년 먼저 부장으로 승진했지만, 건설 부문 과장급보다 위상은 형편없었다. 권진우와는 우연인지 운명인지 어릴 적부터 함께 세월을 보냈다. 친구는 하얀 와리바시였고 나는 까만 와리바시였다. 몇 안 되는 S대학교 합격자 중 함께 경영학과를 택했고, 나보다 1년 먼저 K그룹에 입사했다. 내가 K그룹에 입사했을 때 그래도 유일한 동기라고 나를 많이 챙겨줬다. 우리는 허기를 느꼈던 학창 시절을 함께 겪었다. 대학 생활을 고난의 행군하듯 살았다. 친구는 나보다 말수가 적었고 얌전했다. 친구 역시 나처럼 눈매가 처절했다. 무작정 허기에서 벗어나고픈 눈빛이었다. 회사 일에 익숙해지자, 함께하는 자리가 점점 뜸해졌다. 내가 친구를 피하고 있었다. 라이벌 의식을 느꼈다. 똑같은 처지에 똑같은 취급을 받고 싶지 않았다. 친구는 이미 추억이 돼버렸고, 잠시 신입 사원으로 함께했던 것으로 만족하면 그만이었다. 이미 기름 덩어리 아랫배를 만지는 버릇을 가진 후에는 굳이 구차한 옛일을 들출 필요가 없었다.

과장 시절이었다. 오랜만에 둘만의 저녁 술자리를 가졌다. 요즘 동기들 전화나 방문이 잦다면서? 권진우가 술을 몇잔 걸치더니 그 끝에 뒤틀리는 말투로 내던졌다. 그래, 너에게는 연락이 안 오는 모양이지? 나 역시 뒤틀린 말투로 내뱉었다. 우리는 고등학교 시절에 함께 교실 한구석에서 어정쩡하게 맴돌기만 했잖아? 친구는 함께했던 구차한 시절을 끄집어냈다. 그래서? 내가 동기들에게 인기가 많으니까 샘이라도 나냐? 네 뒤에서 너 욕하는 소리가 들려서 그러는 거야. 건방지다느니, 잘난 체한다느니, 잘나간다고 눈에 뵈는 게 없다느니. 그런 험담을 한 귀로 흘려버릴 정도의 배짱은 이미 내 관록으로 생겼다. 모두들 시기심으로 그러는 거야. 그렇게 말하는 친구들 속내가 빤히 보였다. 친구의 시기심은 나만큼 커져 있었다. 요즘 아랫배가 튀어나와서 걸음걸이가 저절로 느긋해지더군. 나는 아랫배를 슬슬 만지며 힐끗 친구를 쩨려봤다. 넌 아직 젊었을 때 몸매 그대로인 듯한데? 친구는 당황하며 아랫배를 불쑥 내밀면서 악을 쓰듯 말을 내뱉었다. 나도 60킬로그램은 넘었어. 허리둘레도 85센티미터 이상이고. 회사에서 어슬렁어슬렁 걸어 다니려면 어느 정도 풍채를 지녀야 되는 것 아니냐? 친구에게 내뱉은 말들이 스스로 고소하게 들렸다. 친구의 얼굴이 벌겋게 달아오르며 씩씩거렸다. 그따위 말들 신경 쓸 것 없어! 나는 이제 고교 시절의 와리바시가 아니야! 꽝, 못 박듯이 친구에게 나의 변신을 선언했다. 친구가 나에게 먼저 그런 말을 하고 싶었겠지! '내가 너보다 더 약삭빠른 유전자를 갖고 있네'라며 나는 속으로 친구를 비웃듯이 중얼거렸다. 그래서 친구보다 아랫배에 기름 덩어리들이 더 왕성하게 채워졌던 것이다. 친구는 변명하듯 자꾸 쓴웃음만 지었다. 쓴웃음이 친구의 운명이었다. 그리고 어쩔 수 없는 세월이 만들어졌다. 친구와 헤어질 때 내 뒤에서 한참 처져 있는 친구의 모습이 보였다. 속으로 낄낄거리며 웃었다. 헐떡거리며 나를 쫓아온들 이미 나는 느긋하게 아랫배를 쓰다듬으며 훨씬 앞에서 걸어가고 있을 테니까. 그 이후 둘만의 자리는 더 이상 없었다.

강부장, 축하해! 앞으로 건설 쪽이 완전히 그룹을 장악하겠는데? 분위기는 나와 그들 사이에 오가는 술잔 수만큼 뜨겁게 달아올랐다. 강부장이 책임지고 있는 분당 쪽 아파트 분양이 대박이라면서? 역시 능력 있어. 조니워커 블루는 내 목젖을 부드럽게 적셨다. 조니워커 블루로 흠뻑 젖은 목구멍에서 쉴 새 없이 감사하다는 아부와 거만한 말들이 쏟아져 나왔다. '이런 맛을 즐기려고 살아가는 거야.' 속으로 마음껏 외쳤다. 힐끔힐끔 쳐다본 권진우는 한구석에 멍하니 앉아 있었다. 2차로 고급 룸살롱에 갈 때였다. 권진우는 맨 뒤에 처져 힘없이 따라왔다. 살롱에서도 룸 모퉁이에 겨우 앉아 있었다. 철거민 민원도 강부장이 다 해결했다면서? 그룹 내에서 가장 골치 아픈 문제 아냐? 정말 잘했어. 부회장이 건배사를 하며 칭찬을 늘어놨다. 목구멍으로 넘어가는 조니워커 블루가 짜릿했다. 짜릿한 기분으로 친구를 보자, 그가 나를 표독스럽게 노려봤다. 이미 친구와의 경쟁은 끝났다는 승리감이 느껴졌다. 찌푸린 친구 앞에서 술이 더 맛있게 느껴졌다. 나는 싱긋 웃으며 친구에게 술잔을 권했다. 얼마나 우정이 넘치는지를 찰랑거리는 술잔으로 보여줬다. 술잔을 받아든 친구가 다시 한 번, 순간적으로 나를 찌를 듯 쏘아보더니 내 얼굴에 술을 뿌렸다. 룸 안에 있던 사람들이 놀라면서 삽시간에 술자리가 어수선해졌다. 더럽고 야비한 놈! 네가 사람이냐? 너 때문에 얼마나 많은 사람들이 불행을 겪고 있는지 알기나 하냐? 너 어릴 적 굶주렸던 기억은 다 잊었냐? 이 회식비도 하청업자들에게 강압으로 상납 받은 거라며? 친구는 횡설수설인지, 욕설인지, 주사인지, 충고인지 주체할 수 없을 정도로 온갖 말을 내뱉었다. 얼굴에 흘러내리는 조니워커 블루가 유난히 맛나게 혀끝에 녹아들었다. 다른 사람에 이끌려 룸을 나갈 때까지 친구는 나에게 욕설을 퍼부었다. 나는 여유롭게 웃으며 바깥으로 나가는 친구를 바라봤다. 저 친구 왜 저래? 권부장에게 저런 주사도 있었나? 강부장이랑 동기 아냐? 친구의 승진 축하 자리인데 말이야. 모두들 살벌한 분위기를 살리기 위해

한 잔씩 들이켜며 한마디씩 했다.

　며칠 후 친구가 사직서를 제출했다는 소문이 들렸다. 그 소문은 한귀로 가볍게 흘릴 정도밖에 되지 않았다. 이미 게임에서 이긴 기분으로 더욱 흥겹게 근무할 수 있었다. 자식 왜 그랬지? 언제부터 인권운동가가 됐지? 아직 본인도 많이 배가 고플 텐데…… 남 생각할 여유가 없을 텐데…… 어쩐지 아랫배에 기름기가 많이 끼지 않더니 안됐군. 나만큼 영악스러웠는데.

　친구에게 전화가 왔다. 회식하던 날 미안했어. 동기 모임에서나 보자. 하지만 난 아직 끝나지 않았어. 시큰둥한 목소리였다. 그렇게 몇 마디만 던지고 친구는 함께 근무했던 그룹을 떠났다. 권진우를 다시 만난 것은 1여 년 후 재경동기회 모임에서였다. 그는 여러 동기들 사이에서 한참 떠들고 있었다. 나를 보자 살짝 긴장된 눈초리로 변하더니 곧 활달하게 웃으며 수다를 떨었다. 얼굴과 몸매가 살찐 듯했다. 술자리가 한창 무르익자 내 곁으로 와서 앉았다. 언뜻 본 진우 아랫배가 볼록했다. 기름기가 좀 끼었군. 너라고 별수 있냐? 속으로 고소하게 웃었다. 앉자마자 술 한 잔을 권하며 화통하게 말했다. 미안했어. 넌 나를 이해할 수 있지? 이해? 아랫배에 기름기가 낀 한패가 됐다는 뜻인가? 그래서 내가 이해할 수 있다는 것인가? 나도 한패가 된 것을 축하한다는 듯이 씩 웃으며 술잔을 받아 마셨다. 진우는 명함을 내밀었다. Y건설의 사장이란 직함이 황금색으로 번쩍였다. 해외 건설 부문에서 선두주자로 나서고 있는 건설 업체였다. 이미 소문으로 알고 있는일이었다. 애국적인 차원에서 열심히 근무하고 있다고 쉴 새없이 떠들어 댔다. 언제부터 나라 걱정을 했나? 요즘 몸무게와 허리둘레가 늘어나서 거동하기가 좀 힘들곤 해. 진우는 으쓱거리며 몸매를 자랑했다. 나보다 더 쉽고 빠르게 변질됐다. 나보다 더 능숙하게 변질됐다. 됐네, 축하한다고 웃으며 말했지만 속은 왠지 씁쓸했다. 몰래 친구의 아랫배를 보았다. 나보다 좀더 볼록한 듯 보였다. 쌍! 급히 자리를 뜨면서 밤하늘로 욕지거리를 내뱉었다.

누가 먼저 라이벌 의식을 느끼기 시작했을까? 우리는 언제부터 서로 째려봤지? 왜 서로 라이벌로 여겨야 했을까? 권진우는 친구였고 지금도 친구다. 어릴 적 함께 보수동 판자촌에서 뒹굴며 놀았었다. 좁은 판자촌 골목을 함께 어울려 마냥휘젓고 다녔다. 아침부터 서로를 목청껏 부르면서 함께 등하교 했다. 함께 고등학교 입학했을 때 서로 손가락 끼면서 우정 변치 말자고 기개를 뽐내기도 했다. 함께 와리바시라고 불릴 때까지 우리의 우정은 뜨거웠다. 서로 몸매가 닮아서 별명이 같았다는 것만으로 우리는 더욱 친할 수밖에 없었다. 별명에 걸맞게 우리는 165센티미터의 키와 53킬로그램의 몸무게로 체형이 똑같았다. 매우 정상적인 혈압과 혈당을 가졌지만 신체 조건은 평균치에 미치지 못하는 비쩍 마른 몸매로 젊은 시절을 보냈다. 핏물에는 지방산이나 혈당이 전혀 없었다. 우리는 비쩍 마른 몸매에 피부색만 달랐다. 나는 까만 와리바시, 권진우는 하얀 와리바시로 불렸다. 하지만 우리는 건강하기 때문에 허기를 더욱 심하게 느꼈다. 우리는 함께 오십여 년을 지내오면서 어릴 적부터 시시각각 서로 비슷하게 변해가는 몸매를 쳐다보며 살아왔다. 다만 눈매만은 서로 달라지는 것을 알고 있었다. 함께 와리바시라고 불리울 때는 눈매가 매우 부드러웠고 서로 눈을 맞추면서 의기투합했다. 또한 우리는 너무 굶주렸다는 것을 서로 알고 있었다. 우리는 단짝이 돼야 했다. 우리 몫은 언제나 적었다. 초등학교 때부터 동네에서건 교실에서건 덩치 큰 놈들에게 따돌림당했다. 어쩔 수 없이 공생의 눈길을 서로 주고받아야 했다. 함께 영악한 머리를 굴리며 우리 몫을 찾아다녀야 했다. 그렇게 해야 뱃속이나 머릿속의 허기를 겨우 면할 수 있었다. 우리는 공생의 우정으로 뭉쳐서 우리 몫을 조금씩 만들어나갔다. 비록 몸매는 비쩍 야위었지만, 80mg/dl에 120mg/dl의 혈압으로 핏줄은 누구 못지않게 왕성하게 뛰었다. 핏물은 맑았었다. 맑은 핏물은 비쩍 마른 우리의 생명이었다. 우리는 서로 부지런히 정보를 교환하며 도왔다. 그래서 K그룹에 함께 입사할 수 있었다. 하지만 우리는 언제까지나 공생할 수 없다는 것을 직감적으로 느끼고 있었다. 우리는 서로를 너무 알고 있었다. 우리에게 할당된 몫은 이미 정해져 있고, 공평하게 나눌 수 없다는 것을. 핏물에 지방산이 생기기 시작하면서 몸매도 따라 변하기 시작했다. 서로 변하는 몸매를 지켜보면서 부드럽던 눈매가 변하기 시작했다. 아랫배가 불룩해질수록 눈매는 서로를 더욱 사납게 쨰려봤다. 점점 뱁새눈이 돼갔다. 한때 별명이 와리바시였다는 걸 잊으려 애썼다. 남들에게 와리바시라는 별명을 숨겼다. 고등학교나 대학 동기들이 내 별명을 기억할 수 없을 정도로 몸매를 바꿨다. 권진우도 별명을 숨기려고 무단히 애썼다. 오늘처럼 동기들 앞에서 유난히 불룩한 아랫배를 열심히 만지작거리면서.

6. 40대 후반, 혈당 200mg/dl. 급성 당뇨병·고혈압

나는 그룹 안에서 전설로 불렸다. 그룹 내 최고의 방계회사인 K건설 회사 사장으로 승진한 후부터였다. 40대 후반의 사장은 충분히 전설이 될 만했다. 처음 사장이라고 불렸을 때, 온몸이 감전된 듯이 짜릿했다. 고층 빌딩 20평 사장실에서 서울 시내를 바라보며 혼자서 십여 분을 비명 지르듯 웃었다. 전신거울 앞에서 여러 각도로 불룩한 아랫배를 움직여봤다. 단신의 체구는 오뚝이 행색이었다. 번지레하고 통통한 얼굴

엔 웃음이 넘쳐났다. 행운도 은근히 나를 따라다녔다. 88올림
픽 전부터 전국적으로 불기 시작한 건설 붐은 거의 2002년 월
드컵 경기까지 이어졌다. 서울은 물론이거니와 전국적으로
건설 붐이 일어 새롭게 변모했다. 오래된 건물들이 무참히 사
라지고, 논밭이거나 황무지였던 강남에 바벨탑 같은 마천루
들이 들어섰다. 아파트 대단지는 경제 성장의 상징으로 방방
곡곡에 만들어졌다. 서울 강남이라는 신천지 중 일부가 내 머
릿속에서 태어났다. 1997년 IMF사태는 오히려 나에게 호재
였다. 많은 회사들이 부도거나 경영 위기에 처했을 때, 서울
의 건물들을 매우 저렴하게 구입했다. 영악한 꾀가 호재를 만
들었다. 우리나라가 경제 위기에서 벗어나자 싸게 구입한 건
물들을 재건축해서 건설계의 선두주자가 됐다. 2002년까지
급속한 경제 성장과 더불어 내 앞날은 거리낌 없이 급상승했
다. 나는 서서히 전설이 돼갔다. 매스컴에 차세대 CEO라며
연예인만큼 기사거리가 됐다.

　그 무렵 정기검진을 받았다. 주치의인 내과 전문의가 나에
게 아주 엄중하게 경고했다. 복부비만이 매우 심각하네요. 급
성 당뇨병입니다. 혈당 수치가 200mg/dl 이상이고, 혈압도
120mmHg에 200mmHg 이상입니다. 반드시 치료를 시작해야
하고, 꼭 치료를 받아야 합니다. 뭐라고? 고혈압에 급성 당뇨
병이라고? 주치의는 다시 한번 나를 응시하며 심각하게 말했

다. 복부비만은 몸의 적신호를 의미합니다. 자신도 모르게 몸에 병이 생겨서 망가지기 시작하죠. 지금이 인생의 골든타임일 수도 있습니다. 정신 차리세요. 복부비만이 심해 체중이 거의 90킬로그램에 다다랐지만 그때까지 숨이 헉헉거리는 것을 느끼지 못했다. 풍채 있게 걸으면서 이마며 목등에서 식은땀이 흐르는 것도 몰랐다. 까짓것 치료하면 되겠지. 조심하면 되겠지. 그것보다 나를 쫓아오는 새로운 전설을 만들려는 주위 후배들이나 동료들이 더 위험했다.

전설은 도전을 받기 마련이다. 새로운 전설이 만들어져야 한다. 뻔한 생존의 순환이다. 후배들이나 동료들은 새로운 전설을 만들기 위해 호시탐탐 나를 노려봤다. 허기로 번뜩이는 눈매들이 섬뜩하게 느껴질 정도로 내 주위를 에워쌌다. 그들 중 무섭게 나에게 도전하는 후배가 IT부문의 조부장이었다. 조부장은 당당하게 미래의 산업은 IT라면서 회장단에게 연일 새로운 아이템 리포트를 제출했다. 그룹 안에서 건설 부문은 곧 거품처럼 사그라질 것이라고 공공연히 떠들고 다녔다. 나를 은근슬쩍 째려봤다. 처음 입사했을 때 조부장도 나를 존경과 경이의 눈길로 바라봤다. 선배님 존경합니다. 부럽습니다. 조부장이 쉴 새 없이 나에게 내뱉은 말이었다. 해가 거듭할수록 차츰 눈매나 말투가 달라졌다. 권진우같이 나를 노골적으로 적대시하지는 않았지만 여우처럼 놀기 시작했다. 내가 만든 전설이 부럽지. 겉으로 거들먹거렸지만 속으로 조부장의 눈매에서 섬뜩함을 느끼기 시작했다. 조부장은 몸 안이나 머릿속이 허기지지 않은 듯했다. 권력이라는 또 다른 허기가 그를 꽉 채우고 있는 듯했다. 내 아랫배가 불룩해지고 헉헉거리며 걸을 때, 그의 아랫배는 불룩해지지 않았고 또한 헉헉거리지도 않았다. 그는 175센티미터의 키에 70킬로그램의 몸무게로 근육형 몸매를 가지고 있었다. 그는 표범처럼 날렵하게 움직이며, 내 불룩한 아랫배를 비웃듯 쳐다봤다. 헉헉거리는 걸음걸이를 불쌍하다는 듯이 바라봤다.

나는 20세기의 전설이었다. 그는 21세기의 전설이 되고자 했다. 그런 행색으로 몇 년이나 더 버틸 수 있겠어요? 20세기가 끝날 즈음 그룹 송년회 때 그는 야릇하게 웃으며 나에게 조롱조로 말했다. 관록과 배짱은 쉽게 생기지도, 쉽게 없어지지도 않아. 나도 그를 째려보면서 가소로운 듯이 내뱉었다. 하지만 등짝에서 몰래 흐르는 식은땀을 느꼈다. 나의 상승 곡선은 사장이라는 직함에서 멈췄다. 그렇지만 뱃살은 점점 더 부풀었으며, 거드름의 정점에 도달하고 싶었다. 조부장의 핏속에는 어떤 성분들이 있을까? 지방산 중독에 걸렸을까? 혈당 수치가 높을까? 날씬하고 재빠른 몸매가 색다르게 보였다.

한창 사장 행세를 할 때였다. 과로인지 급성당뇨병 때문인지 응급 상태로 병원에 입원했다. 나를 쫓고 있는 그들의 날

카로운 눈매들이 비몽사몽간 나를 괴롭혔다. 처음으로 조부장의 눈매가 무서웠다. 배꼽 주위에 인슐린 주사가 꽂힐 때마다 내 전설이 희미해지는 것을 느꼈다. 나는 위기를 감지하면서 아직 내 뱃속에서 욕망이 들끓고 있는 것을 알았다. 이대로 허물어지고 싶지 않았다. 아내나 자식들이 하는 꼴은 돈으로 충분히 만들어졌다. 입원하는 동안 아내는 잠시 들여다볼 뿐이었다. 자식들은 오지도 않았고 전화 연락조차 없었다. 주치의는 심각한 어조로 경고했다. 건강이 중요하니 꼭 챙기지 않으면 위급 상황까지 갈 겁니다. 왜 이렇게 몸이 망가졌는지 꼭 생각해보세요. 나의 전설을 무너뜨리고 싶지 않았다. 오히려 전설에 대한 또 다른 전설을 만들고 싶었다. 주치의의 말을 또 귓가로 흘렸다.

2002년 월드컵 열기가 식어갈 즈음, 국토건설부 G부장이 골프 회동 하자는 전화 연락을 자주 했다. 골프 모임을 자주 하면서, G부장과 은근히 귓속말을 많이 했다. 후후. 부장님. 정년퇴임이 얼마 안 남았다면서요? 넌지시 G부장 귓속으로 속삭였다. G부장은 갑자기 환하게 웃었다. 역시 강사장은 전설이라고 불릴 만해. 평소에 내가 큰형님이라고 나긋하게 부르면 마냥 기쁘게 웃었다. G부장과의 은밀한 대화 속에 이미 나는 건설 회사의 회장이 되어 있었다. 권진우나 조부장이 가소롭게만 보였다. 그들을 비웃을 수 있는 또 다른 전설을 만들 수 있었다. G부장이 정년퇴임을 하자 나도 함께 퇴사했다. 회장단에서도 나의 퇴사를 붙잡지 않았다. 냉혹했다. 조부장은 이미 IT 부문 사장으로 새로운 신화를 만들고 있었다. 나만의 건설 회사가 주식회사 형태로 설립됐다. G부장은 고문으로 취임했다. 내 명함에 회장이라는 명칭이 뚜렷하게 박혔다. 회사 창립식 때 조부장과 권진우가 보낸 화환이 유난히 컸다. 나는 씩 웃으며 그들 화환에 몰래 발길질을 했다. 순간 가슴에 찌르는 듯한 통증이 느껴졌다. 나는 더욱 세차게 화환을 찼다. 아픈 가슴을 움켜쥐면서. 그때 '왜 이렇게 돼야 하지?'라는 뜻밖의 의문이 생겼다. 가슴 속 통증과 함께 처음으로 쓸쓸하게 머릿속에서 의문이 채워졌다. 건설 회사는 승승장구할 듯했다. 은행에서는 내 이름만으로 무한정 신용 대출을 받을 수 있었다. 3년 안에 주식 시장에 상장시킬 수 있을 거야. G고문과의 은밀한 대화는 서로의 미래를 위해 계속됐다. 마지막 승부수를 띄워서 난공불락의 전설을 확실하게 만들어야 했다. 아내는 더욱 기고만장하게 압구정동을 싸돌아다녔다. 아내는 회장이라는 직함 위에 군림하는 듯했다. 나를 회장이라는 직함의 그림자로 취급했다. 나도 그런 아내가 집 지킴이로 보였다. 가정은 모래성처럼 직함과 돈으로 지켜질 뿐이었다. 아이들은 돈으로 즐길 수 있을 만큼 마음껏 즐겼다. 가끔 핸드폰으로 그들이 생활하는 화려한 행색을 보내왔다.

집은 가끔 혼자 쉴 수 있는 휴식처 정도였다. 회사 설립 초창기라 몸 따위는 생각할 겨를이 없었다. 주치의는 나에게 자주 전화했다. 제발 조심하세요. 치료를 철저하게 받아야 합니다. 주치의의 목소리는 점점 커져갔다. 나는 여전히 바깥의 전설만 생각했다. 핏물이 진득진득해지는 것을 모른 체했다. 접대 자리가 많았다. 정부쪽 고위 공무원들과 회동이 잦았다. 담배 연기는 언제나 내 몸 주변을 맴돌았다. 손가락에는 니코틴 냄새가 배어 있었다. 폭탄주로 이뤄지는 접대 자리는 언제나 내가 치켜든 건배주로 시작됐다. 은밀한 거래를 위해 폭탄주가 얼마나 많이 몸속으로 흘러들어갔는지 알 수 없었다. 혈압약으로 몸을 지탱해나갔다. 오로지 머릿속에 난공불락의 전설을 만들 생각만 가득 차 있었다. 통증이 생길 때마다 이를 악물었다.

새 정권이 들어서면서 좀 힘들어지네. G고문의 목소리가 부쩍 딱딱했다. 그래도 K과장과 저녁 약속 한번 잡아봐. 새 정권의 기본 국가 정책은 부동산 억제였다. 인천 경제자유구역에 대한 개발 정보를 쉽게 얻을 수 없었다. 제법 얼큰한 접대 술자리였다. 건설부 K과장은 새 정권에 맞는 깐깐한 사람이었다. K과장 주머니에 법인 카드와 돈 봉투를 넣어줬다. K과장은 단호하게 카드와 봉투를 거절했다. 나 같은 전설도 어쩔 수 없었다. 의외로 까다로운 친구인데? 오늘은 좀 힘들군. 차

는 어느덧 여덟번째 여인 집으로 가고 있었다. 아직 아랫도리
만큼은 탄탄하니까. 스트레스나 풀어볼까? 아내는 내일 쇼핑
할 품목을 열심히 머릿속에서 생각하고 있을 거야. 실없는 웃
음만 나왔다.

여덟번째 여자는 내 뱃살 만지는 것을 좋아했다. 이렇게 부
드러운 속살은 처음이야. 그녀는 언제나 가느다란 손가락으
로 샤워 후 축 늘어진 내 뱃살을 콕콕 누르면서 아랫도리를
쓰다듬어줬다. 그러면 온갖 스트레스가 사라지면서 아랫도리
가 힘껏 솟구쳤다. 엇! 왜 이래? 오늘은 전혀 반응이 없네?
폭탄주를 몇 잔이나 마신 거야? 아무리 엄지손가락으로 아랫
배를 콕콕 찔러도, 혀로 아랫도리를 쓰다듬어도 전혀 솟구치
지 않았다. 그녀가 놀란 듯 축 처진 아랫도리를 흔들거렸다.
식은땀이 온 얼굴을 적셨다. 숨소리가 너무 가쁘게 들려. 그
녀가 찬물을 가져왔다. 씩씩거리는 숨소리는 가래까지 끓게
했다. 사춘기 이후 40여 년 만에 어처구니없이 여덟번째 여자
에게서 발기불능이 생겼다. 목덜미가 뻣뻣해졌다. 아내는 여
전히 쇼핑할 핸드백을 머릿속에 그리고 있겠지? 아들놈은 시
카고 어느 뒷골목 팝카페에서 맥주와 팝송에 흐느적거리고
있겠지. 딸애는 어느 대학에 갈까 고민하고 있을 거야. 틀림
없이 일본으로 가고 싶어 할 거야. 뱃살이 심하게 출렁거렸다.
이렇게 심하게 출렁거린 것은 처음인 듯했다. 가쁜 숨소리나

식은땀이 내 몸에서 나는구나. 게으름을 너무 즐겼나? 혈당, 혈압이 얼마나 높아졌나? 몸에 대한 두려운 생각이 머리 깊숙이에서 몇 번이나 번개같이 스쳤다. 밤새 솟구치지 않는 아랫도리 때문에 힘겨워한 그녀에게 아침 식탁 위에 100만 원짜리 자기앞수표를 던져줬다. 그녀가 환하게 웃었다. 나에게 보여주는 살랑거리는 웃음이 아니었다. 낯설게 보였다. 내 기억 속에서 잃어버린 웃음이었다. 50만 원짜리 자기앞수표를 한 장 더 줬다. 선뜻 받으며 또 한 번 배시시 웃었다. 고마워요. 마침 남동생 등록금이 좀 모자란다고 엄마한테 전화가 왔는데…… 배시시 웃는 그녀가 싫어졌다. 곧 아홉번째 여자를 만들어야겠군. 끈적거리는 핏물을 더욱 희묽게 해줄 여자가 필요하겠어. 이번에는 몇 살 정도면 핏물을 힘차게 돌게 할까? 서른 살 정도? 온몸에 핏줄들이 힘껏 뛰어야 하는데, 그렇게 돼야만 혈당 수치가 낮아질 수 있을 거야. 끈적한 핏물이 아랫도리 실핏줄까지 막히게 할 줄 전혀 생각지 못했다. 혈당이 점점 핏속에 많아지고 있었다. 핏줄들은 너덜너덜해졌다. 온갖 기름기가 온몸 구석구석에 퍼져 들어갔다. 근육은 기름기 때문에 굳기 시작했다. 나는 모른 체하고 있었다. 더욱 거드름을 피우기 위해 몸의 변화를 모른 체했다. 더 이상 허리에 맞는 벨트를 구하기 힘들었다. 아직 아홉번째 여자를 만들 돈과 허우대가 더 필요했다.

그러나 나는 아홉번째 여자를 만들지 못했다. 미국 때문이었다. 더불어 혈당과 혈압이 고속 상승했기 때문이다. 영악스럽게 생겨나던 꾀도 기름기와 노폐물로 덮여버린 뇌 속에서는 생겨나지 못했다. 미국이라는 나라가 이해하지 못할 짓을 저질렀다. 골리앗 같은 미국이 다윗 같은 한국에서 성공한 것처럼 보였던 부동산 정책을 따라 하려고 했다. 즉 서민 정책과 노후 대책으로 주택을 담보로 서브프라임 모기지 정책을 실행한 것이었다. 미국 정부는 서민의 내 집 마련을 도와 국민 행복을 도모하고자 주택을 담보로 한 모기지 대출을 남발했다. 짧은 기간에 고속 경제 성장을 해서 대단지 아파트 공급으로 서민들의 생활을 향상시키는 한국이 신기하고 부러웠던 모양이다. '2008년 월가의 탐욕이 부른 참사', '금융 자본주의가 부른 재앙' 혹은 '신자유주의 몰락'이라고 불리는 미국 금융 정책의 실패작이 발생했다. 결국 서브프라임 모기지 정책도 월가의 음흉한 음모였다. 서민 정책이라는 떠벌림은 음흉한 음모를 숨기기 위한 사탕발림일 뿐이었다. 베어스턴스, 메릴린치, 리만 브라더스 등 계속된 도산은 나에게까지 결정적인 영향을 미쳤다. 아홉번째 여자를 만들기 전에 2008년 늦가을, S은행 경기지역 지부장으로부터 최후통첩을 받았다. S은행이 나에게 대출금 반제 독촉장을 보냈다. G고문은 장기 해외여행이라는 문자만 남기고는 더 이상 볼 수 없었다. 나는 도산하고 말았다. 2008년 11월에.

당신은 응급 환자입니다. 대사 증후군이 매우 심각합니다. 당뇨병성 혼수에 빠질 수 있으며 서너 번 발병하면 사망할 수도 있습니다. 모든 걸 그만두고 집중적으로 입원 치료를 받아야 합니다. S은행 경기지역 지부장 전화를 받고 난 직후 내과 주치의의 목소리가 귓속에서 천둥처럼 되살아났다. 갑자기 목이 바싹 마르고 심한 갈증을 느끼면서 뒤통수가 쿡쿡 쑤시고 현기증이 일어났다. 식은땀은 온몸에서 끊임없이 흘러내렸다. 소변은 쓸데없어진 아랫도리에 쉴 새 없이 쏟아졌다. 내가 이렇게 무거웠나? 내가 와리바시라는 별명을 가진 적이 있었다면서? 희미해지는 머릿속에서 아리송한 기억이 떠올랐다.

7. 2014년, 혈당 300mg/dl 이상. 만성 당뇨병·고혈압·신부전증

뭐하는 짓거리들이에요? 송장 같은 아버지를 가지고 흥정하는 거예요? 몇 푼 된다고들. 기가 차서. 머리 위에서 딸의 앙칼진 목소리가 들린다. 고개를 들고 싶지 않다. 또 원망스런 눈길을 받아야 하니까. 아내가 놀란다. 올 수 없다면서? 그래도 가족이 이렇게 다 모이는 것도 마지막일 텐데. 가족사진은 찍어봐야 할 거 아냐. 톡톡 쏘는 말투는 나를 닮았다. 그래서 더욱 딸애가 겁난다. 너도 일본 간다는 말이 있던데, 사실이냐? 아들이 털썩 앉는 딸에게 물어본다. 응, 맞아! 나도 두 달 후면 일본에 취직하러 갈 거야. 마침 전에 알던 재일교포 디자이너가 함께 일하자고 전화 왔었어. 뭐라고? 너도 간다고? 아내는 호들갑스럽게 놀란다. 그래도 내가 송장 같았던 아버지를 사람답게 만들었으니, 나머지는 엄마가 책임져. 우리는 이제 홀가분해지고 싶어. 나만 저 병자를 떠맡아야 한단 말이냐? 아내는 하얗게 질린 얼굴로 부르짖는다. 우리를 양육할 돈도 없잖아! 갑작스럽게 도산하는 바람에 정신적 공황 상태로 몇 년을 허우적거렸는데…… 이제 겨우 벗어나고 있는데…… 딸애는 누구에게 원망하듯 투덜댄다. 우리 식구만 덜렁 남은 카페가 신혼 초 삼선교 주공아파트 같다. 어린 아이들이 내 무릎이나 어깨로 기어오르며 재롱을 부리던 때였다. 네 말이 맞겠다. 언제 다시 우리 식구들이 이렇게 모일 수 있겠냐? 가족사진이라도 몇 장 남겨놔야 훗날 자식들에게 할아버지, 할머니가 이렇게 생겼다고 보여줄 수 있지. 아들이 스마트폰을 아르바이트생에게 부탁한다. 자! 엄마 아버지, 여기 가운데 앉아요. 아들이 내 팔을 당기며 아내 옆에 앉힌다. 휘청거리며 아내 옆에 떠밀려 앉는다. 아빠, 고개 들어! 어쩔 수 없잖아. 송장 같은 얼굴은! 헝클어진 머리칼만 좀 매만져. 딸이 내 얼굴을 치켜 올린다. 잠깐 볼에 루주를 약간 바를까?

딸이 내 얼굴을 두루 살피며 볼에 루주를 살짝 묻힌다. 아르바이트생이 계속 외친다. 가운데 두 분은 좀 붙으세요. 아내가 마치 시체 대하듯 내 곁에서 떨어져 있다. 싫어! 그냥 찍어요! 아내는 얼굴을 계속 찡그린다. 엄마! 이제 붙어요. 손자, 손녀들에게 다정하게 보여야 될 거 아녜요! 아들이 나와 아내의 어깨에 팔을 올리고 힘껏 어깨동무한다. 아들의 팔이 뜨겁게 느껴진다. 아내가 내 곁에서 떨어지려고 계속 움찔거린다. 가운데 두 분 좀더 붙으시고요. 다정하게 웃으세요. 프로 사진 기사라도 된 양 아르바이트생이 계속 외친다. 찰칵! 찰칵! 엄마, 아빠 좀 웃어! 딸이 우리에게 '김치'라고 몇 번씩 말하며 따라 하라고 재촉한다. 사진 몇 장이 남겨졌다. 언제 누가 다시 보게 될지는 모르겠지만. 아들이 스마트폰 뷰파인더를 보여준다. 그래도 모두 웃고 있다. 어깨를 움츠리면서.

참, 아빠! 딸의 목소리가 공격적으로 변한다. 그럴 때 나는 딸이 무서워진다. 2008년 이후 자식에게 생활비를 줄 수 있는 아버지 자격을 잃고 나서부터다. 유전자 감식 결과 그 아이는 다행히 나의 배다른 동생이 아니었어. 그 아줌마 아직 아버지가 떵떵거리며 사는 줄 알았던 모양이지. 한탕 크게 해먹으려고 찾아왔더니 허탕 친 꼴이란! 딸애 목소리가 텅 비게 들린다. 고개만 옆으로 갸우뚱 기울어진다. 무슨 말이냐? 아들과 엄마가 의아한 듯 물어본다. 1년 전 웬 아줌마가 여덟 살짜리

꼬마를 데리고 나를 찾아왔잖아. 내 배다른 남동생이니 책임지라고. 후후. 생김새는 아버지를 닮았더군. 다행히 유전자 감식 결과 동생은 아니었어. 아버지가 이런 꼴인 줄도 모르고. 나 참 어이가 없어서. 아내가 자리에서 벌떡 일어난다. 더러워서 더 이상 못 있겠다. 아들이 아내를 억지로 앉힌다. 이제 곧 헤어질 거야. 그래도 가족끼리 이렇게 얘기 나누는 것도 마지막 추억이 될 거야. 어느덧 볼에 눈물이 흐르고 있다. 카페는 너무 조용하다. 딸이 눈물을 닦아준다.

8. 2009년 이후, 혈당 300mg/dl. 급성 당뇨병·고혈압

2008년 크리스마스캐럴은 처량했다. 축복받아야 할 예수의 탄생일은 온 세계 곳곳에서 축가 대신 눈물과 한숨으로 장식됐다. 온 세계는 어두운 크리스마스를 맞이했다. 산타클로스 할아버지는 루돌프와 썰매를 끌고 다닐 수 없었다. 너무 많은 사람들이 절망과 비탄에 빠져 있었기에 그들 모두에게 줄 만큼의 선물들을 준비할 수 없었다. 집을 잃은 수많은 사람들이 거리에서 겨울을 보내야 했다. 뉴욕에서부터 시작된 노숙자 행렬은 유럽 그리고 아시아 전역에 퍼졌다. 서울에도 노숙자가 즐비했다. 나는 그 많은 노숙자들 중에 한 명이었다. 나는 크리스마스를 지하철 바닥에서 홀로 웅크리고 보내야 했다. 크리스마스트리의 불빛은 희미하게 띄엄띄엄 껌뻑거리기만 할 뿐이었다. 예수라는 작자가 정말 세상을 구원하려고 태어난 것인가. 생수를 쉴 새 없이 들이키며 생각할 것이 없어서 생각해봤다. 나처럼 세계 곳곳에서 넋두리를 늘어놓는 사람들이 많을 거야. 피부색에 상관없이. 나에게 붙여졌던 화려한 수식어는 순식간에 잊혀졌다. 신용불량자, 경제 사범, 노숙자 등 새로운 명칭들이 나에게 붙여졌다. 그러나 이런 낯선 명칭들이 나를 두렵게 만들지는 못했다. 갈증이 나를 괴롭혔다. 아내에게 거리로 내몰린 11월 말. H아파트가 불빛 속에서 멀어져갔다. H아파트나 압구정동이라는 말이 봉인된 시간 속에 갇혀버렸다. 너무나 낯설어서 죽음까지 생각나게 하는, 절망이 깔려 있는 거리 풍경들이었다. 평소에 어떻게 걸어 다녔지? 건널목조차 건널 수 없었다. 온통 붉은 신호등만 깜빡거리는 거리 같았다. 숨을 쉴 수 없을 정도로 무서웠다. 어서 빨리 낯설어진 거리를 벗어나고 싶었다. 85킬로그램의 몸무게로 걷기에는 두 다리가 너무 후들거렸다. 입안이 바싹 마르고 갈증이 심하게 당겼다. 무작정 편의점에 들어가 괴물처럼 생수만 마셨다. 몇 통을 마셨는지 기억할 수 없었다. 아무리 마셔도 입안은 마르기만 했다. 목구멍에서 불길이 확확 타오르는 듯했다. 편의점 알바생이 외계인 보듯 동그란 눈으로 나를 쳐다봤다. 그날 이후로 갈증은 끝이 없었다. 온몸은 혈당으로 불덩어리가 됐다. 거의 매일 물을 찾아다녀야만 했다. 사막을 헤맨다 해도 이만큼 온몸이 불덩어리 같지 않았을 테고, 이만큼 갈증을 느끼지 못할 것이다. 이미 몸과 뇌 속에 남아 있는 생존 매뉴얼은 갈증, 생수, 소변 3단계뿐이었다. 지하철이든 거리에서든 어디서 뒹굴든지 온몸이 불덩어리가 돼 활활 타올랐고 쉴 새 없이 물을 몸속에 부어야만 했다. 또한 부글부글 거품 끓는 소변을 계속 몸 밖으로 쏟아냈다. 소변에서 내뿜는 단내는 지독했다. 구역질을 하면서 소변을 눴다. 나처럼 불덩어리로 변신한 괴물들이 거리에 흔하게 보였다. 심심하지는 않았다. 괴물들은 노숙자라는 집단을 만들었다. 노숙자들은 서울역 광장에 점점 많아졌다. 몇 달간 이리저리 헤매다 보니 간혹 과거에 낯익었던 얼굴을 만나기도 했다. 너도 역시…… 후후. 속으로 한 번 웃으며 고개를 휙 돌려버리곤 했다. 또는 이리저리 돌아다니다가 생면부지의 노숙자끼리 몇 번 부딪히면 반갑다는 눈웃음을 슬쩍 흘리기도 했다. 서로 뻔한 얘기를 할 필요는 없었다. 그저 스쳐지나면서 먹을 것들을 슬그머니 내 앞에 두고 가기도 하고, 생활필수품 등을 쑥 내밀기도 했다. 그저 어슬렁거리며 이곳저곳을 다니는 것만이 우리 일과였다. 얼마나 골목들이나 지하도가 복잡하고 많은지, 참 우스운 사실이었다. 겨우 새우잠을 자고 나면 눈가에 눈곱과 물기가 묻어 있었다. 그래서 살아 있구나 잠꼬대처럼 중얼거렸다. 눈곱을 손가락 끝으로 닦으면서 내 이름을 겨우 기억

해냈다. 어릴 적 배고팠던 기억도 잊어버린 지 오래됐다. 몸은 이미 불덩어리로 변해서 타들어가고 있었다. 아랫배 기름기는 타들어가는 불길 따라 쉴 새 없이 태워졌다. 더 이상 연소될 기름기가 없어지자 온몸이 파삭 줄어들었다. 반년 만에 무려 30킬로그램의 감량이 내 몸에서 일어났다. 눈가의 물기를 닦을 힘조차 손가락에 없어졌다. 쇼윈도에 비친 모습은 어느덧 와리바시로 되돌아와 있었다. 이렇게 돌아와야 했구나. 하지만 배고프지 않았다. 그냥 물만 들이켜고 싶었다. 왕거미 체형은 무너져버렸다. 나에게 왜라는 자학적 질문은 사치일 뿐이었다.

젊은 선배놈은 늘 내 잠자리를 넘보곤 했다. 서울역 구역사 앞 지하도는 겨울바람을 그런대로 피할 수 있었다. 놈은 잠자리를 내 옆으로 정하곤 했다. 그러다가 언제부터인가 먹을 것이나 생필품을 말없이 서로 주고받곤 했다. 놈은 자기가 먼저 지하도 통로 자리를 차지했다면서 선배라고 우겼다. 선배 하슈! 나보다 젊으니 젊은 선배라 부르리다. 놈은 증권사 애널리스트였다. 불과 1년 전만 해도 몇억 원을 주물거리며 돈 불어나는 계좌가 즐거워 잠을 잘 수 없을 정도였단다. 그도 2008년 재앙의 희생자가 됐다. 그의 아내는 매우 냉정했다. 그가 이혼하자고 하자 망설이지 않고 이혼 서류에 도장을 찍었다. 그는 어안이 벙벙했다. 이렇게 쉽게 도장을 찍냐? 나라도 살아야 할 거 아냐! 그래야 애들이라도 키울 수 있지. 내가 주식 투자를 적당히 하라고 얼마나 잔소리했냐? 그의 아내가 이혼 도장 찍으며 했던 말이었다. 40대 중반에 이혼 당하면서 노숙자가 됐다. 놈은 간혹 우두커니 앉아 있거나 누워 있다가 '괜히'라고 단말마적 비명을 지르곤 했다. 그래서 나는 '젊은 선배'라기보다 '미스터 괜히'라고 불렀다. 괜히라는 말이 귓속에 박힐 때마다 섬뜩섬뜩했다. 그러면 나는 알아들을 수 없는 욕지거리를 몇 시간 동안 씨부렁거렸다. 한번은 너무 심심해서 묻고 싶지 않은 질문을 던졌다. '괜히'가 무엇인가요? 떨리는 목소리로 물었다. 미스터 괜히는 온몸을 부르르 떨며 나를 쏘아보곤 '괜히'라고 고함을 질렀다. 놈의 입에서 그 말만 튀어나왔다. 혈당으로 헐렁해진 뇌세포가 순간마다 뒤틀렸다. 욕지거리가 나왔다. 내장들이 입 밖으로 쏟아질 것 같았다. 그때 괜히 건설 부문 주식만 매입 안했더라면…… 아내 말을 들을걸…… 괜히 억지 부리다가…… 괜히 아내와 이혼했어…… 내 참, 아버지가 증권사를 나오라고 할 때 나와서 아버지 사업이나 돌볼 것을 괜히 더 있었다가…… 그만 이제 그만 괜히라는 말을 하지 말아요. 괜히라는 부사는 내 가슴을 퍽퍽 쳤다. 과거에는 그 말을 모르고 살았다. 온몸에 또다시 불이 붙었다. 생수를 한없이 들이켰다. '괜히, 괜히' 지하도 온통 메아리치며 비수처럼 잔인하게 우리를 찔렀다. 매일 괜히를 내뱉는 놈의 주둥이가 너무 더러워 보였다. 놈의 주둥이가 더러워서 화가 치밀었다. 놈의 주둥이에 주먹을 날렸다. 그만해! 입술이 터지며 진득한 핏물이 사방으로 튀었다. 그래도 놈은 몰래 고개 숙인 채 간혹 괜히를 씨부렁거렸다. 할 수 없이 놈의 아내에게 몰래 전화를 걸었다. 놈은 아내의 전화번호를 아직 1번에 저장해놓고 있었다. 놈이 '괜히, 괜히' 매일 그러는데 데려가세요. 괜히 할 때 알아봤어요. 데려와도 또 괜한 일을 저지를 구제불능 인간이에요. 그냥 놔두세요. 매정하게 전화를 끊었다. 다시 놈의 아내에게 전화했을 때도 매정하긴 마찬가지였다.

함께 지내다 보니 은근히 서로 건강을 챙겨주곤 했다. 늙은 후배, 얼굴색이 엄청 안 좋네요. 전번 노숙자 무료 검진 때 의사가 매우 걱정하던데. 고혈압, 급성 당뇨환자에 고지혈증까지 있다면서. 무료 진료 의원이라도 가보세요. 혈압은 120mmHg에 200mmHg이며, 혈당은 언제나 공복에 300mg/dl을 넘었다. 무료 진료 때 얻은 비상약으로 겨우 버티고 있었다. 그냥 송장으로 화장터에 실려 가고 싶을 뿐이었다. 젊은 선배 놈도 잠결에 식은땀을 흘리며 낑낑거렸다. 놈 역시 송장 얼굴이었다. 놈은 간경화 초기였다. 놈은 아직 구제될 수 있을 것 같았다. 그래서 놈의 아내에게 전화를 했다. 댁은 댁 걱정이나 하세요. 별걸 다 신경 쓰시네요! 더 이상 할 말이 없었다.

언제나 냉혹한 바람이 우리 곁을 맴돌았다.

점점 마시는 물의 양이 많아졌다. 그 많은 물이 비쩍 마른 몸 안에서 어떻게 사라지는지 젊은 선배 놈이 신기하게 쳐다봤다. 우리는 하루하루를 서로 초조하게 지켜봤다. 누가 먼저 쓰러질까? 혼수상태로 응급실에 먼저 실려 온 사람은 나였다. 아플 정도로 눈이 부셨다. 웅성거리는 소리가 희미하게 들렸다. 어렴풋이 눈 속에서 딸애의 잔뜩 찡그린 얼굴이 어른거렸다. 딸애는 투덜대면서 내 곁을 지켰다. 1여 년 만에 딸애를 봤다. 딸애 눈자위에 다크 서클이 짙게 번져 있었다. 송장 보듯 한번씩 눈살을 찌푸렸다. 왜 이런 꼴이 됐어? 처음에 아버지인지 알아보지도 못했어. 얼마나 쏙 말라 비틀어졌는지. 사진을 찍어 엄마한테 보내서 아버지라고 확인했어. 젊었을 때 모습이라고 엄마가 시큰둥하게 말했어. 엄마는 귀찮아서 못 오겠데. 이미 3백만 원짜리 아버지는 사라졌다. 의사가 조금만 늦었어도 큰일 날 뻔했데. 저혈당 쇼크에 빠졌었데. 당뇨병성 혼수라고, 인슐린 분비 능력이 전부 고갈돼, 인슐린을 투여하지 않아서 생긴 증상이라고. 겨우 눈을 뜨게 된 거야. 거의 한 달 정도 딸애 간호 덕분에 퇴원할 수 있었다. 딸애의 짜증이 커져갔다. 그동안 키워준 대가인 양 나를 간호해줬을 뿐이다. 퇴원하자 딸애는 내 곁을 떠났다. 더 이상 나를 양육할 수 없잖아. 나도 내 살길 찾아야겠어. 아버지는 그동안 살았던 식으로 살아봐. 전화번호만 알려준 채. 젊었을 적 내 모습을 보는 듯했다. 그래도 딸애와 가장 오래 함께 있었다. 아들과 만났을 때, 아들은 나를 범인 다루듯 심문했다. 도대체 왜 이렇게 됐느냐. 우리까지 허기지게 만들다니. 어떤 식으로 사업을 했느냐. 나와 젊은 선배는 그냥 설렁탕만 먹으면서 아들에게서 야단을 들어야 했다. 허기를 몰랐던 아들의 방황은 길고 험난했다. 나는 아들의 술주정을 받아주는 아버지 역할밖에 할 수 없었다. 혈당으로 너덜너덜해진 핏줄로는 아들의 술주정을 받아들이기 힘들었다. 50만 원짜리 아버지 노릇이라도 하지 않으면 안 되었다. 주차 요원으로, 대리 기사로, 환경미화원으로 단발성 직업으로 연명해나갔다. 2008년 이전 기억은 도저히 생각나지 않았다. 압구정동, 대치동, 도곡동, 청담동 등 그런 동네들이 있구나. 기억은 그 정도에서 끝났다. 한강 넘어갈 형편도 아니었다. 강남이 낯설게 보였다. 나와 함께했던 여자들이 몇 명이었는지 기억조차 없다. 아내와 첫사랑 이름만 기억할 뿐이었다. 헐떡거렸던 숨소리를 앙상한 몸에서 찾을 수 없었다. 첫사랑과의 잠자리는 허기를 잊게 했던 기억으로 남아 있다. 간혹 미스터 팬히를 만났다. 만나면 어설프게 웃으며 지냈냐고 인사말만 주고받고는 몇 시간씩 공원 벤치에 우두커니 앉아 있었다. 그도 너무 쇠약해져 '팬히'라고 투덜댈 수도 없었다. 벤치에 함께 앉아 있는 것만으로도 잠시 좋을 뿐이었다. 불어오는 바람 따라, 나뭇잎이 변하는 색깔 따라 날씨 얘기만 서로 몇 마디 나눴다. 간혹 우리는 심심하다는 핑계로 기억하기 싫은 옛일을 끄집어냈다. 처음에는 느릿하게 말하다가 결국 회한의 눈물로 끝을 맺었다. 우리의 인생에서 골든타임은 언제였을까? 내가 괜히라고 생각하기 직전이었어. 바로 아내나 아버지가 걱정스럽게 말할 때인 듯해. 미스터 괜히가 눈물을 뿌리며 고백했다. 노닐던 비둘기들이 화들짝 달아났다. 나의 골든타임은 언제였을까? 딸애가 나에게 함께 가족 여행을 가자고 칭얼거릴 때였다. 아들이 미국에 가기 싫다고 울부짖을 때였다. 의사가 복부비만이 위험하다고 말했을 때였다. 함께 몇 분간 울부짖다가 잠잠해졌다. 몇 시간 흐르면 서로 간다는 말없이 묵묵히 헤어졌다. 작년 여름부터 공원 벤치에 그가 오지 않았다. 입원했다는 소식만 들었다. 그의 여동생이 담담하게 그의 죽음을 알렸다. 먼저 갔구나. 한숨 쉬며 하늘만 멍하니 쳐다보았다. 하늘은 너무 파랬다. 그래도 허기로 단련된 내가 생명줄이 질기긴 질긴 모양이다. 파란 하늘에서 그의 얼굴을 도저히 찾을 수 없었다. 싸늘한 바람만 불었다. 그냥 하루하루 혈압, 혈당, 동맥경화 그리고 쓸데없는 한숨과 싸우고 있었다. 그런 것들과 싸우고 싶어서 싸우는 것이 아니었다. 너덜너덜한 핏줄에 아직도 피가 흐르고 있기 때문이었다. 바람 따라 흐느적거리며 숨 쉬고 있기 때문이었다. 숨 쉴 수 있는 공기는 한없이 많 았다.

딸애가 때때로 안부 전화를 걸어온다. 부드러운 목소리는 아니었다. 그나마 딸애 목소리에서 위로가 됐다. 여섯번째 여 자가 삼청동 카페 주인이었다는 것도 딸애가 화를 내면서 알 려줬다. 몇 달 전이었다. 딸애 전화를 받자마자 딸애 고함부 터 들어야 했다. 나 원, 아버지라고 부르기 창피해서. 삼청동 카페 사장은 누구야? 우리를 돈으로만 키운 거야? 떳떳하게 대답할 수 없었다. 딸애가 가슴을 콕콕 찌르는 원망을 길게 털어놨다. 내가 중학교 졸업하고 유럽으로 가족 여행을 가자 고 했을 때 갔어야 했어. 한 번도 가족 여행을 간 적이 없잖아. 일본에 유학 갔을 때 엄마와 함께 한 번도 나를 만나러 온 적 이 없었어. 그렇게 출장이라고 외국에 많이 돌아다니면서 나 는 가까운 일본에 있었지만 오지 않았잖아. 오빠가 미국 가기 싫다고 했을 때 보내지 말았어야 했어. 아빠는 우리한테 너무 무관심해. 엄마와 한 번도 우리 문제를 심각하게 얘기해본 적 이 없잖아. 나를 몰아붙이는 딸애의 화난 목소리를 듣기만 했 다. 온몸이 움츠러들었다. 어이없는 삶이었다는 생각만 머릿 속에서 맴돌았다. 내과 주치의가 대사 증후군 환자라고 정색 하며 말했을 때, 불룩한 배를 만지며 가소롭게 웃지 말았어야 했다. 도대체 배다른 동생이 몇 명이나 있는 거야? 나를 찾아

오면 어떻게 하겠다는 거야? 아직 아버지가 떵떵거리는 사장
으로 알고 있는 모양이지? 딸애는 지쳤는지 몇 달간 전화가
없었다. 나는 그래도 딸애 전화 올 때를 기다렸다. 소식 없던
아들에게서 전화가 왔다. 아들 목소리는 씩씩했다. 며칠 후
어머니와 함께 만납시다. 응, 대답만 하면서 눈물을 닦았다.
닦아도, 닦아도 눈물은 저절로 흘러내렸다. 마치 온몸이 눈물
로 가득 찬 듯했다.

9. 2014년 이후, 당뇨 합병증과 저혈당 쇼크에 빠지다

언제나 이산가족이었지만 또다시 이산가족이 됐다. 가족이
함께한 마지막 만남이었다. 핸드폰 화면에 뜨는 가족사진을
바라본다. 사진 보는 것이 하루 일과가 된다. 눈가가 자꾸 시
려진다. 화면에 뜬 얼굴들에 웃음이 가득하다. 아내 얼굴에만
웃음이 어색하게 퍼져 있다. 아들이 내 어깨를 꼭 껴안고 있고,
딸애가 내 오른손을 꼭 잡고 있다. 뿌연 시야 속에 딸의 웃음
만큼은 또렷하게 보인다. 딸애가 먼저 일어나서 나를 등 뒤에
서 껴안았다. 딸애 체온이 등 뒤에서 뜨겁게 느껴졌다. 나라
도 먹고살 돈을 벌러 가야지. 그동안 아버지 덕에 호강했잖아.
후후, 펑펑 썼던 돈이 이렇게 무서울 줄이야. 그 무서운 돈이
아버지를 송장 같이 만들었어. 그래도 우리는 그 무서운 돈을
벌어야 살 수 있어. 딸애가 더욱 힘껏 나를 껴안고 볼을 비볐

다. 아빠, 언제 다시 볼지 모르겠지만 자살은 하지 마. 경찰서에서 갑작스레 아빠 소식을 듣고 싶진 않아. 너무 슬플 것 같아. 전화번호도 바꾸지 말고. 그냥 살다 보면 꼭 만나게 될 거야. 딸애 체온이 그립다. 뿌옇게 변한 화면에서 딸애 얼굴을 찬찬히 본다. 딸애가 가족끼리 유럽 여행을 가자고 했을 때 갔어야 했어. 그때 회장 명함만 뿌리고 다녔지…… 제발 자살하지 마. 아내가 딸애 말을 듣더니 픽 웃었다. 자살할 기력도 없을 거다. 이미 송장인데. 아들과 딸이 아내에게 버럭 화를 냈다. 엄마! 그동안 아빠 덕에 호강했잖아. 앞으로 많이 사랑할 거야. 딸애가 물기 젖은 목소리로 말했다. 30여 년 만에 딸애에게서 처음 들었다. 눈시울이 뜨거워졌다. 가슴이 뭉클했다. 이 말 듣기가 그렇게 어려웠던가? 남들은 쉽게 할 수 있고 들을 수 있을까? 사랑한다고, 사랑할 것이라고. 자주 들을 수 있었다. 아들딸이 쉽게 말할 수도 있었다. 내가 만든 장애였다. 나도 늦었지만 가슴 속에서만 몇십 번이나 외쳤다. 이제야 사랑한다는 것을 알았다고. 목구멍에서 울음이 섞여 내뱉을 수 없었다. 딸애가 내 주머니에 돈 봉투를 쑥 집어넣었다. 괜찮다며 돈 봉투를 딸에게 돌려줬다. 아빠, 돈 좋아했잖아. 아무 말도 할 수 없었다. 사랑해. 딸애가 다시 한 번 힘껏 말했다. 딸애 눈에도 물기가 번졌다. 내 삶의 골든타임을 놓친 후회가 가슴을 찔렀다. 언제부턴가 말들은 목구멍에서

만 맴돌았다. 온갖 말들이 목젖에 걸려 가슴만 답답했다. 아들딸에게 정말 미안하다고, 사랑한다고 외치고 싶었다. 무엇보다도 건강해야 한다고. 애비 꼬라지를 닮지 말라고 애원하고 싶었다. 아들이 나를 껴안았을 때, 아들 눈 속에서 허기가서려 있는 것을 보았다. 안타까웠다. 두려웠다. 내가 만든 아들의 허기였다. 어쩔 수 없었다. 나만 원망하라고 속으로 외쳤다. 못난 애비 때문에 허기지게 살아간다고. 남을 원망하지 말란 말을 내뱉을 수 없었다. 허기를 면하기 위해 으르렁거릴 눈빛이었다. 속으로 간절히 바랐다. 제발 나를 닮지 말고 허기를 지혜롭게 극복하라고. 몸에서 나는 소리를 들어야 한다고. 목에 가시가 걸린 듯 말을 할 수가 없었다. 아버지, 할 말 있어요? 돈 벌면 아버지 찾아올게요. 그때까지 부디 잘 지내세요. 따뜻하게 내 등을 어루만졌다. 내 꼬라지처럼 되지 말렴. 겨우 더듬거리며 말했다. 아버지는 어쩔 수 없이 그렇게 됐잖아. 나도 어쩔 수 없이 그렇게 될 수도 있고. 아들의 말이 겹겹이 가슴속으로 파고들었다. 가슴에 터질 듯이 눈물이 고였다. 눈두덩에 힘껏 힘을 줬다. 아들딸이 떠난후 카페 의자에 얼굴을 묻고 가슴속 눈물을 쏟아냈다. 아내는 귀찮은 듯 나를 흘겨보더니 남인 양 자리를 떴다. 5천만 원이라도 모아지면 연락해요. 간병인 노릇은 할 수 있으니까. 그래도 묵은 정 때문인지 한마디 남겼다. 아내는 이미 낯선 사람이 된 지 오래된 듯했다. 아내는 그럭저럭 단세포 동물처럼 살아갈 것이다. 아들딸을 위해 엄마로서 머릿속에 간직했다. 마지막 추억거리가 된 가족 모임이었다. 점점 흐려지는 시야 속에 사랑한다고 아들딸에게 속삭여본다. 나날이 사랑한다는 말이 많아진다.

가족과 헤어진 후 매일이 낯설다. 시간이든 사물이든 사람이든 창백하게 보인다. 바람에 몸을 맡겨 이리저리 돌아다닌다. 인슐린 치료도 받지 않았다. 몇 번 무료 진료소에서 전화가 왔었다. 이미 늦었다는 느낌이 온몸에서 왔다. 하루하루 전화기 화면 속 가족사진을 되새겨보는 것이 좋다. 무료 진료소 의사가 간곡하게 말했다. 저혈당 쇼크가 자주 오면 매우 위험합니다. 단것을 꼭 갖고 다니세요. 어질어질하다. 백내장으로 뿌옇게 보이는 것이 다행이다. 내가 볼 수 있는 것은 가족사진뿐이다. 딸이 준 돈 몇 푼이 주머니에 잡힌다. 편의점에 진열된 과자류가 보인다. 목캔디? 초코파이? 사고 싶지 않다. 달콤한 맛이 역겹게 느껴진다. 이대로 어질어질한 것이 좋다. 젊은 노숙자에게 주머닛돈을 건네준다. 서울 거리 어디쯤에서 쓰러질까? 곧 저혈당 쇼크에 빠질 것이다. 삼청공원일까? 서울역일까? 내가 만든 청담동 H그룹 빌딩 앞일까? 어느 곳에서 뒹구는 송장이 될까? 며칠 후 나는 의과대학 해부학 교실 시체 안치소에 있을 것이다. 가을바람은 언제나 나를 위로해줬다. 겨울바람보다 포근하다. 식어버린 내 몸을 겨울바람에 맡기고 싶지 않다. 가을바람에 묻히고 싶다. 아들에게 띄엄띄엄 문자를 보낸다. '나를…… 의과대학교실…… 해부 실습용으로…… 기증하렴.'